U0528716

李自成传

[俄]提莫夫·马格梅特 ◎ 著

陈幸欣 ◎ 译

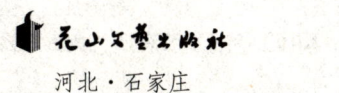

图书在版编目（CIP）数据

李自成传 /（俄罗斯）提莫夫·马格梅特著；陈幸欣译. -- 石家庄：花山文艺出版社，2022.12
ISBN 978-7-5511-6336-1

Ⅰ.①李… Ⅱ.①提… ②陈… Ⅲ.①传记小说—俄罗斯—现代 Ⅳ.①I512.45

中国版本图书馆CIP数据核字(2022)第208388号

书　　名：	李自成传
	Li Zicheng Zhuan
著　　者：	[俄] 提莫夫·马格梅特
译　　者：	陈幸欣
责任编辑：	郝卫国　冯会洲
责任校对：	杨丽英
装帧设计：	佩　莹
美术编辑：	王爱芹
出版发行：	花山文艺出版社（邮政编码：050061）
	（河北省石家庄市友谊北大街330号）
销售热线：	0311-88643299
印　　刷：	北京一鑫印务有限责任公司
经　　销：	新华书店
开　　本：	880毫米×1230毫米　1/32
印　　张：	10.125
字　　数：	220千字
版　　次：	2022年12月第1版
	2022年12月第1次印刷
书　　号：	ISBN 978-7-5511-6336-1
定　　价：	58.00元

（版权所有　翻印必究·印装有误　负责调换）

目录 CONTENTS

001 ‖ 楔　子

第一部　将士

008 ‖ 第一章　返回陕西
029 ‖ 第二章　苦难隐忍之遭遇
048 ‖ 第三章　智慧的较量
067 ‖ 第四章　血腥麻将
086 ‖ 第五章　冰冷的黄河水

第二部　谋士

108 ‖ 第一章　暴风雨前
128 ‖ 第二章　捕虎诱饵
153 ‖ 第三章　新友新敌
174 ‖ 第四章　闯王
196 ‖ 第六章　夕阳西下

第三部　天子

218 ‖ 第一章　新的拂晓
240 ‖ 第二章　卧虎伺机
258 ‖ 第三章　"皇帝万岁！"
276 ‖ 第四章　秀丽山川
294 ‖ 第五章　三军之战

317 ‖ 尾　声

楔 子

夕阳最后一缕光芒温柔地抚摸着太皇山树木繁茂的山脊。六月的一天就这么悄悄地过去了。

夜幕很快降临山野。在阳光还未完全褪去前，山林的鸟儿仿佛一下子沉默了，连树叶都似乎在焦虑的期待中静止不动。尽管附近瀑布单调的水落声让过往的人昏昏欲睡，但山中的夜晚并不是宁静无忧的。

这个时刻山中神灵悄悄苏醒，而此地的真正主人——老虎大显神威。如果说和山中神灵还可以沟通，那么老虎这个庞大的野兽是不会放过它的猎物的，无论是迷路的旅行者还是掉队的羚羊。

它走在山路上，优雅从容，引人注目，如同皇帝一般。山老虎只有五岁大，这是它精力最为旺盛的时期。如绸缎般光亮的条纹虎皮下，一块块肌肉像巨大的球一般滚动，尾巴如竹林里的竹竿那么粗，疯狂地击打着它捕猎路径两旁的灌木丛。

老虎在山中漫步，这对它来说是少有的活动。它在自己的地盘上如此从容自在，简直像一只农民家中温顺的猫刚喝完主人家男孩给它倒的一碗山羊奶后到处徘徊，看看这个对它满心关爱的世界上还有什么新鲜事。

然而老虎可不是温顺的猫，前一天一头农民的水牛在寻找美味多汁的草时误闯其领地，随后便成了老虎的腹中之餐。不幸的是，这头愚蠢的水牛出现在山大王饥饿寻食之时，老虎一个快速跳跃，抓住颈部，强有力的尖牙深深插进水牛的

颈部,这样,老虎几天内就不用为食物发愁了。

饱餐后它经过夏日的森林,在树干上摩擦其两侧光滑的皮毛,留下一些碎毛作为它领地的标志。

老虎在自己的地盘上,所有其他的动物都急匆匆地逃离其领地,而老虎高高在上,根本也没有注意到一些小动物。它高度灵敏的双耳不放过夜晚一丝一毫的声响。遥远处有一头野猪咆哮着,喊叫它的小野猪回来,心想现在是睡觉的时候了,可这些小东西还在附近的水坑里玩耍。还有一些准备入睡的松鸡在草丛中鸣叫,它们数量众多,可山林之王并不在意它们。近处沼泽里的青蛙们开始了它们的夜间合唱,一只比一只叫得更响亮。这一切都习以为常,可老虎敏锐的耳朵不知何故在这个熟悉的背景中听到一种陌生的、不和谐的声音,令其不安。

老虎低声吼着,半睡的布谷鸟被惊醒,从附近的树枝上跳下,冲进森林远处。老虎走下小路进入灌木丛深处,那里有一条长达几公里的小溪,清澈的溪水潺潺流动。越是进入灌木丛深处,它凭嗅觉越是强烈感觉到陌生而又危险的气味。曾经在某处它已经尝到过这个带有酸味、无与伦比的味道,如今混有熟悉的人类血液的气味。

老虎一下子不动弹了。有人在旁边!一个显然受伤的人。而这种气味,哦,当然是致命的金属味,总是萦绕在它与这个不寻常人的周边。

几年前,一个人用钢爪在老虎身上左侧留下伤疤,当时老虎还年幼无知,贸然接近在山口过夜的几个旅行者的篝火营地。它幸运脱身,然而在以后的几个星期内不得不躲在附近的高原灌木丛中愈合伤口。

这个人正在死去。他侧躺在小溪边，双手紧按着在皮衣下几乎难以发现的伤口。在他旁边湿润的沙滩上，横躺着一把钢爪。老虎一动不动，爪子半悬在空中，以免不小心碰到枯木。它金灿灿的双目紧盯战利品。但理智告诉它这可不是一块简单的肥肉，而原因并不在于那个人触手可及的金属物件，而是在于那个人本人。这个人身上充满了力量和对死亡的蔑视。老虎知道这种感觉，在它脑海深处意识到这个受伤的人在某种程度上等同于自己，如果说不是外在的力量，那么就是某种精神力量。

这个人慢慢地将双眼从迷人的银色溪流上挪开，小溪水已经渐渐开始变成晚霞一般的血红色。突然，他的目光停留在一只庞大的野兽身上，它处于河对岸，正好站在他最后一次露营的对面。人和野兽的目光对视了几秒，然后老虎似乎恭敬地发出一声吼声，退后几步，无声无息地消失在阴暗的树林里，好像它就从未曾出现过一样。

这个人不是别人，正是后来建立大顺朝的李自成。此时，李自成松了一口气，他自己也不知为何如此紧张。死亡暂时离开，可他深知这不会长久，死亡随时还会到来。他身经百战，因此很清楚，像过去几天困扰他的伤其实是致命的。他的时间不多了，而他还是要感谢上天给予他的机会，在这么个风景如画的地方离开这个世界。正是在此，他开始了自己不寻常的人生，也在此自己的生命将结束。

他背靠大地，模糊的双眼望着蓝宝石般的天空中飘着的几朵猩红色云彩……这血红色让他想起了过去几年里跟随他的勇士曾流过的血。

意识渐渐模糊。他闭上双眼，试图勾勒出一个美好、明亮

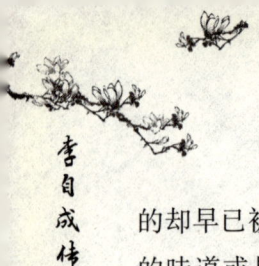

的却早已被遗忘的离别景象，如家中炉膛的温暖，母亲玉米饼的味道或是心爱的妻子的爱抚……可他怎么也回忆不起这些，脑海中尽是战役、酷刑、勇士或敌人的哀号组合起来的混乱画面。

他摇摇头，想摆脱这些血腥回忆，尽力尝试着在生命最后时刻匆匆捕捉波光粼粼的清澈山水，它如同时间大河一般急速奔流。然而夕阳的闪烁光辉将透明的河水也染成了血红色。李自成叹了口气，又轻轻合上双眼。一个梦境向他走来……从遥远的童年开始的古老梦幻……

梦中的一切都是那么轻松愉快：明亮的天空，绵延的山脉，母亲身穿刚洗净的浅色衣裳，双手因不断劳作而长满老茧，她将双手浸入银灿灿的河水中。他自己站在温暖的河滩上，河滩附着淤泥而微微发滑。他向激流迈开第一步……水流让他的脚底发痒，潺潺河水围绕他旋转不停，沙沙作响，他回头看着母亲，开心地笑着……然而笑声骤然止住，身后是一片荒芜的沙漠，山丘上只留下家乡村庄的灰烬……他望着脚底，看到河水渐渐变成深红色，而他身披铠甲，从紧握发光利剑的手上流下一滴凝重的鲜血。

他抬起头，深深吸了一口气……他应当正视死亡。过去的几年来他所做的一切都是召唤死亡，可当时死亡一直在冷眼旁观。一切终有尽头。

回顾往生，他毕竟曾经辉煌过，从一个普通的农民成为一名战士、一位将军，甚至是天子！他热爱过生活，得到过很多人的爱戴。

他拔出利剑，举过头顶，直指上天，然后紧闭双眼，身躯慢慢陷入深红色的河水中……

老虎在对岸的灌木丛中小心观望,只见这个人伸手拿起钢爪刺入前胸,他的嘴唇嚅动似乎想说出什么,可生命已离开了他伤痕累累的身体。那人最后一次睁开眼睛,在他双目中映照出迅速变暗的天空。他深呼一口气,身躯渐渐松弛下来,他永远离开了这个世界……

　　老虎晃了一下脑袋,随后潜入灌木丛,它不由得对眼前这个陌生人的勇敢肃然起敬,可没有人会在生命最后时刻不乞求宽恕。

　　而在河岸躺着的这个人在过去几十年里曾是中国百姓的希望与噩梦,他此刻在深红色的河水中度过生命的最后旅程。

第一部　将士

第一章　返回陕西

晁林，在绿林弟兄中更为人熟知的是他的外号石头。他的性格与绰号完全相符——出奇地愚蠢与顽固。否则怎么解释这么一个事实，他在通往秘密营地的路上巡逻、站岗时竟然让一个老流浪汉从眼皮底下溜过！一位身穿打满补丁衣裳的瘦弱老头儿突然出现在营地，连何利伟这么一个不可一世的绿林头目也惊呆了！他手里拿着一碗蒸饭，目不转睛地看着这个陌生人。老人头发灰白，额头上系有马鬃毛制成的丝带，在晨风中发带如海鸥翅膀一般飘动。老头儿在林地中站了一会儿，随后向帮会营地篝火处蹒跚而行。

这些绿林好汉们刚才还在为早餐而欢呼雀跃，可当这个陌生人弯曲的身影渐渐接近时，他们一下子愣住了。当然，头目何利伟第一个发话。他把饭碗放在石桌上，不紧不慢地站起来朝老头儿走去，并伸出手，以他本有的严厉语气说道：

"老家伙，待在原地别动。不知你从何而来、去向何方，也不知你是如何穿过我们的防备线进入领地的，可你再迈出一步便将是你的最后一步。"

老头儿果然站着不动，旁人可能会觉得他会被吓到膝盖发抖的地步，可何利伟经验老到，敏锐的双眼一下子就抓住老头儿混浊双眼中闪过的一丝嘲笑的火花。

"抱歉，好汉，打扰了您的用餐。"老人的声音出乎意料地低沉有力，连何利伟都不由自主地颤了一下，"我不知你们在这片土地上扎营，否则就另选别路了。"

尽管何利伟父母在取名字时寄予他无限期望,期望他能成为成功的手艺人或商人,可他还是做了绿林头目,这俨然不是长久之计。他的直觉也糟糕到如此地步,竟然在光天化日之下让一个孤独的老者闯入营地。无论如何,他没有注意到老人话中隐藏着的讽刺意味。这种讽刺的语气显然与他的处境不符。

这边,何利伟双手叉腰,向老头儿迈近一步。

何利伟从来不侵犯老人、孩子。其中一个弟兄微微低着头,粗声粗气地喊道:"我们只是劫富济贫,从没有掠夺过农民的财产。那些有钱人戒备森严的车队,时不时在我们这里来来往往,我们向他们索取些过路费,也好让手底下这些穷苦弟兄们吃饱喝足,对吧,弟兄们?"

弟兄们一直屏声静气听着头儿和陌生人的对话,这时开始小声议论,而在这议论声中人们听到了老人低沉的赞许声。老人现在感觉到了这些绿林好汉对他们的头儿是坚信不疑。他脸上掠过一丝微笑。

"至于那个放过你的笨蛋石头,"何利伟故意提高嗓门儿,"他换了岗,一回营地,就重重处罚他。"

"你是个严厉的头儿。"老人低着头说。何利伟捋了捋他浓密的胡子,微微一笑。

"可你办事公正。"这个奇怪的老头儿说完话,抬起头,眼睛直视何利伟的鼻梁。何利伟不禁往后退了退。要不然怎么解释,三天前你还是墨德村铁匠世家的孩子,现在成了绿林好汉,家里人或许都是穿金戴银、吃香喝辣的吧?

何利伟呆住了,他手下弟兄们也愣住了,他本能地感觉到老人这番话藏有深意。几个机灵点儿的手下立刻奔到陌生人经过的路途,看看他是否带来了朝廷士兵。

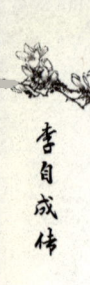

老人俯下身子，从何利伟碗里拿起一把米饭，仔细地把它揉成一个米团，然后塞进嘴里细细咀嚼……

你敢说你这些大米也是自己种出来的，而不是烧杀抢夺村里百姓，让他们在春雨前无家可归而得来的？

老人拄着拐杖，直视着陕西最风云的绿林首领的眼睛。要知道朝廷可是设了重赏取其脑袋的，奖赏的黄金和他的头颅一般重。

何利伟好不容易才把视线从老头儿混浊的双眼挪开，透过他的肩膀，他看到手下那两个最机灵的弟兄从林子里跑过来。

"哎，他把石头给杀了！"第一个手下喊道，然后他提起晃林血迹斑斑的长袍，而这时他还来不及说完话，一支暗箭从林子里飞射而来，射中他的喉咙。他跪倒在地，紧握其脖子抽搐不止，这时候第二支箭射中他同伴的眼睛，那个可怜的人甚至都没来得及反应就一命呜呼了。

"你究竟是什么人？"何首领声嘶力竭地喊问，并将一把长刀拔出鞘。而老人则用嘲笑的眼神瞥了瞥身后因为那个手下人丢了性命而引起的混乱场面。冷箭一支接一支射过来，何利伟的手下连发生什么都不明白就一个接一个倒下了。反应最快的一些弟兄冲进树林，其中最幸运的几个躲进了灌木丛而免于灾祸。那些在暗处的弓箭手并没有将所有目标赶尽杀绝，而是盯着那些试图抵抗的一部分人。仅仅几分钟前，风景如画的林地上还洋溢着宁静与美好，这时却早已成为横尸满地的血腥场面。

"你事到如今还不明白？"老头叹了口气说。何利伟摇摇头，不知所措。

"我就是你的阎王爷……"

老头儿似乎是随口一说，可何利伟就那么莫名其妙地深信不疑，他立刻抓起篝火旁放着的一袋钱，头也不回冲向树林。可为时已晚……

熟悉的黑羽箭从远处飞来，如同唱着挽歌，一下子嵌入他左肩胛骨下方。何利伟惯性地向前迈了几步，然后双腿弯曲，头朝下倒在树林边的灌木丛中，旁边则是叮叮咚咚的泉水。他抽搐了几下，随后便停止动弹。老头儿则坐在石桌旁的草地上，从何利伟的碗中端起米饭开始就餐。

从林地另一头的树丛中走出一位身披皮革盔甲的英姿飒爽的年轻男子，他便是幕后的弓箭手。他边走边将巨大的紫杉木弓背在身上，背上已经挂着一把包裹在破油布中的长刀和一个刻有文字的箭筒。

"哎呀，罗师父，你怎么也不等我一起吃午饭？"那个年轻人责问老头儿。老头儿只是轻轻挥了挥手，说道："那你快来一起用餐吧。"

明媚的阳光照耀在弓箭手脸上，显然他还是个青年，看上去最多不过二十岁。他挺拔英俊，留着军队里最普遍的小胡子，外表打扮乍看似乎比实际年龄要大一些，而轻盈的步态、练武人特有的刚毅眼神以及常年被紧绷的弓弦磨出印记的右手食指，都告诉我们他不是个普通少年，而是一名经验丰富的斗士。

他身穿上等的皮质盔甲，脚着柔软的靴子，左手戴弓箭手手套，另一只手套则被随便挂在闪闪发亮的腰带上，腰带的金属片上画有皇帝打猎的图案。

他身上的所有饰品告诉我们，这个战士英勇无畏、久经沙场，且自珍自爱，腰带体现出他良好的艺术品位。而他裸露出的纤细手指显现了青年的艺术气息。如果不是看到他刚才如此迅速冷静地解决一帮绿林，人们很可能误以为他是京城皇家宴

会的常客，出入于各种莺歌燕舞场合。

可李自成从来不是这样的人。他纯粹是个杰出的战士，这次的行动再次向同行者罗阳证实了这一点。

李自成走到罗阳身边，一下子坐在草地上，抓起米饭就往嘴里塞。激烈的战斗过后这个年轻人需要补充能量。再说，他们已经几天没进食了，干粮补给都已吃完，而方圆几十里大部分野兽被那帮强盗猎杀，余下的也逃离别处。

老人放下空碗，从腰带上拿了一块手帕，小心地擦了擦嘴唇和手。然后，他站起来，慢慢地走到泉水边，舀了满满一碗，仔细漱了漱口。

罗阳回到草坪，正对着李自成坐下来，他亲切的目光扫向年轻人，他正从那帮绿林头目的口袋里掏出干鹿肉津津有味地嚼着。

"我说得有理吧？"老人这一问似乎是在继续他们的话题。

而少年顿时停下手中的美餐，思虑片刻并摇了摇头。

"不，我再说一遍，这不对。"他斩钉截铁地回答。罗阳有些不解地望着少年。

"可事实完全在我的预料之中，我们突然出击让他们魂不守舍。可如果按照你的战术，只是伏击他们，那帮强盗对此早习以为常，很快就能摸清情况，杀我们一个回马枪。那么我们就惨了……罗师傅，你看看这帮人。"李自成指向空地上横七竖八躺着的尸体说，"他们随时准备把你撕成碎片，这帮团伙唯一的弱点便是他们的头目。他本不该和你谈话，而是马上杀了你，或者至少是将你打伤，然后再和你进行对话。那帮手下正是全看头目的脸色行事。他们和头儿犯了同样的错误：被你的谈话分了神。尽管如此……其中有三四个还是逃脱了。"

年轻人笑了起来。老罗师傅也微微一笑。

年轻的弓箭手说完便继续用餐，而罗阳望着青年，想起了他们第一次相识的情景……

这是发生于一个半月前，差不多是大年三十那天，老唐的路边客栈那天是座无虚席，老板娘柯氏忙得团团转，根本就来不及上菜。客人们的胃好像是酒鬼的酒囊一般，怎么也填不满！

外面雨雪交加的鬼天气也已经持续了两天两夜，所有向北行路的客人们都不得不在老唐客栈歇一下脚。

这里什么鸟人都有！有商会的办事员，有为王公贵胄甚至是皇帝效劳的官吏，也有四处奔走讨生活的农民，聚集在这个炊烟袅袅的客栈里，享受着空气中弥漫的热汤佳肴。

饭桌上人们交谈甚欢，渐渐地按三六九等形成了小团体。

有的在赌钱，用从穷人身上剥削来的税收一掷千金。有的在玩儿麻将，用身上最后的钱和衣物作最后一赌，只想着后面一局会得到幸运之神的眷顾，完全不顾以后何去何从。

还有一些人喝着去年剩下的发酸的酒，低声议论着去年饥荒如何席卷了南方各省，饥荒也即将侵袭北方。去年小麦和水稻颗粒未收，而女真部落的袭击则越发厉害。女真族首领皇太极率领庞大的军队攻入朝鲜，迫使其签订了有利于女真的条约，这一胜利使女真野心勃勃。尽管朝鲜仍然普遍效忠于大明，可北方边界地区的形势变得越来越紧张。

早些时候听闻南方饥荒泛滥，已经有杀婴儿、人吃人的可怕传闻，可人们并不太相信这些。毕竟这是南方，天知道那里发生了什么。大多数人把这一切的责任都推到年轻的崇祯皇帝身上，他刚继位一年之久，完全摆不平遗留下的各种难题。所有人对未来忧心忡忡，不知道会发生什么事儿。也就是说，没

钱的人家只好勒紧裤腰带、藏好钱财，远离贪婪的官吏和强盗。可谁也说不出，官吏和强盗到底有什么区别，黑道白道都是抢人钱财。

罗阳从雨帘中走过来，走进客栈，宽大的帽檐边滴滴答答淌下雨水，他迫不及待地脱去身上湿答答的雨衣。唐老板亲自接待他，用他一贯的口气抱怨恶劣的天气和泥泞的道路。罗阳耐心地听着老唐的抱怨，在他连珠般的话语中抓到了一丝停顿，轻声问道："能给我这个孤老头子找个客房吗？"

"客房？哦哦，当然有，客官，有几个不错的房间供您选择。"店主喋喋不休，可罗阳打断了他。

"有好几个空房？"他用怀疑的眼神看着店主，一边环顾着人满为患的厅房。老唐困惑地盯着老人。

"好吧，说实话，只剩一个空房了，房间里一个床铺我安排了那个年轻的士兵住下。"店老板甩了甩从不离手的毛巾，指向大厅的角落处。昏暗的灯光下，一个穿皮质盔甲的身影隐约可见。

"他是何人？"罗阳小心问道，尽量不让老板察觉到他的好奇。店老板耸了耸肩。

"偶尔路过的行者停了下来，听说曾在甘肃王公军队里服役过，他那时好像是逃过去的逃兵？"

店老板还是耸了耸肩。

"看起来不像。那些逃兵往往都是些醉鬼，还喜欢拿别人出气……我这辈子见得多了。而这个年轻人安详、自信，还挺有钱。或许是退伍了，要么就是探亲。至少第一眼看上去是这个样子。"唐老板似乎觉得自己有点儿太轻易下结论了，所以尴尬地朝罗阳笑了笑。而老人郑重其事地点点头。

"拿一些炖肉和好酒送到他的饭桌上,我想我会和他共享晚餐和一间房。"老人说着,向年轻人用餐的地方走去。四处闯荡的智者罗阳在北方省份可是无人不知,所以老板急忙按照这位贵客的吩咐忙活去了。

年轻的士兵对老人只是微微点头,又继续享用他的美酒。罗阳一屁股坐到被众多来客磨出光亮的长凳上,严肃地朝年轻人望去。店主则端来了一盘香喷喷的炖肉和一壶美酒。罗阳还不等老板拿来酒杯,举起酒壶不紧不慢地喝下第一口酒。他打了个嗝,然后开始吃炖肉。士兵用嘲笑的眼神看着他。罗阳则假装视而不见。老人吃光盘里的肉,用大饼仔细刮干净剩下的肉汁并塞到嘴里,这时年轻人终于开口说话:

"大厅里空位子多得是,你为何到我这里?"

罗阳大笑一声说:"因为在座的人当中只有你拥有我需要的东西。"

士兵惊讶地抬起眉毛,而这一点让罗阳很是欣赏,"这个年轻人不急于提问,极有教养,像是皇宫里出来的孩子。"

"能不能告诉我,什么东西如此宝贵,连我自己都不知道?"

"是你房间里那张空着的床铺。"老人平静地回答。年轻人笑了起来:"要是我不答应呢?"

"你不会拒绝。"

罗阳说话的口气是那么坚定,看着年轻人吃惊的样子,他解释道:"你今天需要一个不生是非的同屋,而明天则需要一个可靠且拥有智慧的同行者与人生导师。上天如今给你这样一份厚礼,机不可失!"

"要是我没猜错,这份厚礼便是你吧?"

"年轻人,正是。罗阳愿意为您效劳……"士兵猛地站起来，深深低头鞠躬："请您原谅，先生！我长时间跋山涉水，与野蛮人相处，因此变得没教养了，冒犯先生！"

罗阳面带微笑，站了起来，一只手拍了拍少年的肩膀让他坐下。

"一路上比你更粗鲁的人我见识得多了。"

老人坦然回答，年轻人则一副窘态。

罗阳坐下后继续说道："既然弄清楚我的身份了，那么就来说说你吧……你在王公军队里服役过吧？"

"先生，正是。"

"是在甘肃？"

"先生，正是。"

"那你尊姓大名？"

"先生，李自成……"

"行了，别一个劲儿叫我先生。你可以称呼我罗师父。明白了吗？"

"好的，先生……哦，不，罗师父……能与您共享晚餐并同宿一室，真是三生有幸！"

罗阳注意到年轻人又要深鞠躬，赶忙一把抓住他的手掌，郑重嘱咐："我认为不必大张旗鼓，以免引人注意。在这个小地方聚满了各色人等，他们中间有的暗藏矛盾，所以你都不清楚什么时候就突然爆发冲突……现在就是这个情况，我年轻的朋友……看今日的天气是不会变好了，冬季漫长，我建议今晚好好在这里休息，美美睡一觉，明日再继续我们的旅程。那你是向北走的……"

李自成坐在长凳上，迅速接着话题说道："前往陕西一个小村庄。正好去看望我侄子，帮他干一些农活儿，很快就是播种季节，田里总得有人手才行！这不是军队的屯田，所以我们不仅要在租来的地里耕种，还要主动纳粮。我也曾经做过牧羊耕地的活儿，我父亲不能养活全家，所以后来我不得不当了邮差。而当时有机会在各地奔走，比以前见闻多了，也就慢慢拿定主意，决定参加甘肃领主军队。"

罗阳摇了摇头。

"年轻人，你经历虽不多却值得敬佩……你打算什么时候去服役？"

李自成沉重地叹了口气，像是有心事……

"我还不知。"他诚恳地回道，"还没想好。我想先回老家，然后再看着办……"

"那我有一个提议，无疑对我们两个来说都合适。"

"先生，我洗耳恭听……"

"你又来了！"

"抱歉，先……抱歉。罗师父，那您的提议是什么？"

"我们一起向北走。"罗阳严肃地点点头说。

李自成激动地喊道："太荣幸了！"

可老人却一脸生气的表情说："是我说错了什么，还是你根本就没认真听我说话？你先坐下。"确认热血沸腾的年轻人安静坐到位子上后，老人继续说，"我并不是无偿帮你，只不过有一段时间我们的路程一致，我们两个互利罢了。我的智慧与人生经历，加上你的武艺，将确保我们的旅程畅通无阻。我正是从这个角度考虑我们之间的合作的。你听懂没有？"

"明白，罗师父。"

"那就好！"老人搓了搓手掌，"哎，掌柜的，再给我和我年轻的朋友拿一壶你的好酒来！路途疲劳，谁不想拿酒润润嗓

子……你也不例外吧？"罗阳朝李自成侧了侧身子说。

年轻人嬉笑着答道："罗师父，即使您一生见多识广，也恐怕很难遇到有谁会拒绝免费的好酒吧。"

老人笑眯眯地说："我原先以为你会付账……可既然你话说这份儿上，那好吧，酒钱我付，房费你付。"

年轻的士兵开怀大笑："好吧，一言为定。然而这次您的交易可是吃亏的，像您这样的智者也会马失前蹄，要么就是您一时计算不清。"

"说来听听？"老人眯起了眼。李自成比画着双手说："房费是固定不变的，可我们究竟会喝多少酒，那说不准了！"年轻人振振有词。老人却摆摆头。

"看你的身形，我估摸你的胃也只那么点儿大，且我了解老唐，可以保证你喝不了他多少酒，他的酒可上头了。再说，你也不像是个酒鬼，所以我们这是公平交易。"他摊开手说。这时唐掌柜拿来一壶美酒，一会儿工夫就干掉了一壶酒，随后，唐掌柜又拿来一壶酒，两壶酒下肚，一老一少已喝得酩酊大醉，就不再有闲聊的心情了。

他们第三天才离开这个店。但该死的天气，雨雪交加，昼夜持续，夜晚道路结冰，白天则变成沼泽地一般泥泞不堪，不要说是车轮，连马蹄也会被陷在泥中。那些赶路者中大部分人都是赤脚大仙，行路想都别想。当然有几个胆子特别大的，决心在这样的恶劣条件下继续前进，可大部分人半天后就返回客栈，那些没回来的也恐怕是在风雪中丧生了。

可第三天突然放晴，阳光明媚，道路也被渐渐晒干，路边结了冰，但这比前两天湿漉漉的薄冰舒服了。

李自成脚步轻快，而要赶上老罗的步伐还是得费点儿劲。

让他吃惊的是，老人无论是体力还是速度都毫不逊色于他。一方面由于罗阳有多年的徒步经历，另一方面则是归功于长期保持健康的生活方式，每天早晨当太阳刚刚在地平线上升起的时候，他就操练太极，日复一日，从不间断。

第一个月的行程不紧不慢，他们或在人烟稀少的客栈停留，或是在开阔的野外支起帐篷歇脚，罗阳总是很谨慎地选择落脚地。在一些小村落买来的食物基本够吃一阵子，干粮吃完了，李自成就操起他神奇的弓箭去狩猎。

老人煮米饭的工夫，年轻人就收获满满，有野鸡、珍珠鸡、黑松鸡和野兔等，然后他们立刻把这些野味儿烤成香喷喷的晚餐。

总之，这两个行者路上也算是没吃什么苦头，加上每次他们用餐时还会海阔天空，时不时聊聊人生哲理什么的，可以说他们的长途跋涉称得上是知心好友的散心之旅。

可当他们刚踏入陕西界，情况就急剧变化……

乍看同样是丘陵、树林、河流和湖泊，但一种不祥的寂静笼罩着一切。一开始李自成觉得，这只不过是因为他多年未回家乡的莫名紧张……他的亲人见到他会是什么反应？毕竟当年他几乎是逃出去的……

然而渐渐地，他们发现在途经的几个村庄里，所有的客栈大门紧闭，意识到事态不妙。

偶尔经过的几个路人，一看到他们两个身挂长刀、手持大弓的外来客，吓得脸色苍白，连忙头也不回地跑到别的道儿上。罗师父几次试图敲住户家门询问，可没有一户人家开门的！即使主人在房中，也尽量不让人察觉到，似乎所有的住户家宛如空房。

他们在陕西的第二天,终于弄清楚了这一切的原因。两人到达一个小村庄时,一眼看到一个身上血迹斑斑、正坐在被烧毁的房子边上抽泣不止的女人,她用疯狂的眼神望着这两个外来行者。

她被一个五六岁的小女孩抱着,小女孩身上肮脏破烂的布衣简直让人不忍直视,她们脚下趴着一只巨大的卷毛狗。它伸出舌头,平静地看着罗阳和李自成,然而经验丰富的行者心里清楚最好小心行事,这只狗忠于主人且极其危险。

罗阳小心翼翼地在远处停下脚步,挥了挥手也让李自成放慢步伐。深呼了一口气,他轻声问那个女人:

"大嫂,冒犯地问一句,你们村子里究竟发生了什么?村子里人呢?"

他的嗓音似乎在一瞬间让女人脑海里闪过一丝理智,但立刻被原有的疯疯癫癫所淹没。狗竖起耳朵。而小女孩松开紧抱母亲的双手,细声细气地回答道:

"来了那么多人,杀了我们的朋友,还有他们的爹娘……然后烧了房子……我和娘躲在地窖里,听到他们喊着……啊啊啊……大火一直烧……后来下起雨,火灭了,我们就从地窖里出来……哦!我们的狗还从林子里跑出来……它躲开了那些拿长矛的人……"

那些人手拿长矛?——李自成用怀疑的口气问。女孩点点头。

"是,这么长的竹子做的长矛,黑色的尖尖头……"

"黑铁长矛?"罗阳疑惑地道,"这不是皇帝的军队!"

"也不是王侯小队,他们一般都装备精良,不比正规军差!"李自成也若有所思地补充说,"难道是强盗?可他们有什么理由抢、杀百姓？"

罗师父俯下身子问女孩。

"吃过了吗？"

女孩摇了摇头。

"爷爷，不记得了……"

"那些坏人是什么时候来的？"

罗师父接着问。女孩皱皱眉头，像是回忆了许久。随后伸出三根手指。

"三天前？"罗阳试图猜测。她点点头。老人转向李自成说："把我们的干粮给她们，我们一路上就算野菜也能当饭吃……她们更需要粮食。"

李自成理会老人的心意，把干粮口袋从肩上取下……

京城。紫禁城。湖宫。

天子朱由检抵达宫殿时，心中乱成一团。这位天朝皇帝的心情宛如阴天，怎么也放不晴。

紫禁城外面是熙熙攘攘的繁荣市井，可他却不得不在此细听进士梁德明上奏陕西近来饥荒严重的细节。他所陈述的事实远比先前在皇帝身边不断窃窃私语的太监纪超所说的糟糕多了。

延安县一年内几乎滴雨未落，土地干涸龟裂。去年秋天人们在城里吃鼠尾草度日，后来开始吃树皮，到了年底所有的树皮也被吃光了，百姓就开始吃粉灰。几天后他们的肚子便胀得同西瓜一般，一个接一个倒下死去……所有县城、郊外都挖了巨大的坑，每个坑中埋了数百人。这次饥荒最严重的是庆阳与延安以北地区。梁进士念完奏本，仔细地将它卷起放进一个淡黄色的皮筒中，然后目不转睛盯着崇祯帝。

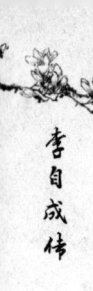

朱由检脸上不动声色，一般天子在群臣面前不宜表露自己的心思。可他内心却充满了恐惧感。他清楚饥荒后接下来的一系列政局动荡、农民暴乱、强盗猖狂、人心惶惶。

而北部的女真正好伺机越过边界，围攻京城。且军队在这样的形势下会如何行动……统帅们各怀心思，他们当然不会在乎有多少百姓死去，对他们来说这时候抓住机会掌权才是最重要的。

当然也有忠于天子的臣下，但事态究竟如何，无人知晓……近百年来连续不断的骚乱，让军队无暇平衡各类纷争。而最致命的一点是根本没有人能提出解决饥荒问题的合理建议。怎么对付干旱，恐怕连圣人也有心无力吧！寺庙里的僧侣昼夜祈福，可仍无济于事……

"也就是说，危机重重！"

朱由检冷冷地说。进士不由得压了压身子，头也不敢抬。崇祯帝叹了口气。将六部上等官员请来议事，看看有什么办法。心想这些个进士恐怕也提不出什么好建议！皇帝摆摆手让梁进士退下，梁进士一步步拜礼后退，出了谒见厅。

崇祯帝皱起了眉头。此时他独自一人，可以稍稍发泄一下心中的火气。微微抬起的眉毛正说明了他此刻的心情。崇祯帝是个明白人，他清楚地觉察到身边笼罩着谎言与猜忌。那些忠诚之士接二连三地提示宫廷内权力正被太监党所掌控，他们的组织力量庞大，宫内各个角落布满了他们的耳目，阉党从上到下，里里外外，正逐渐伸出他们的权力之手，试图左右官吏们甚至是皇帝本人的意愿。尽管至今为止，事态还并未被太监们所掌握。

崇祯帝心知肚明，天下局势愈发混乱。去年该死的旱灾遍布南方，人们开始人吃人。由于葡萄牙船只几乎切断了大明海上贸易，朝廷国库中资金短缺，根本无力支援灾民。

各地暴乱已是家常便饭，所有起义农民都在等着能团结、领导各地起义军的领袖出现。一方面，各地分散的起义力量给了朝廷分别歼灭的机会。但从另一角度来说，要是起义军有统一的领导人，那么朝廷可以与之谈判，商定条件并拖延时间。而到时候或许局势有变，或者起义军内部出现权力纷争而自动瓦解。历朝历代起义军重蹈覆辙的历史难道还少吗？

崇祯帝想到这儿，不由得扬了扬嘴角，他连独处时也极少流露出这样的表情，但很快就收敛住了。当今局势不容乐观。这个梁进士上奏所言只不过是冰山一角，问题的严重性难以想象。设想有几百个村庄闹饥荒，数以百万计的农民为生计挣扎，成千上万的劫匪阻断邮路和贸易线路，抢劫商人甚至是朝廷官员。劫匪中不乏一些退伍士兵，作战经验丰富。农民军尽管大部分力量分散，目前还没有对抗朝廷的能力，但或许不久的将来他们便会组织起强劲的队伍。

崇祯帝身靠龙椅，从桌上拿起金钟摇了摇。

谒见厅金钟声余音未了，就听闻走廊金砖上嚓嚓的脚步声。忠诚的太监头儿纪超急忙赶来回崇祯帝的话。

当太监笨重的身影出现在谒见厅门槛前，崇祯帝已摆出天子威严的神态。

纪超如往常一般行叩首礼。崇祯帝脸上掠过一丝令人难以捉摸的笑容："纪超，轻点儿，否则，不是你就是地板四分五裂……朕视你二者皆为宝物。"

"是，圣上。"纪超回话，眼睛始终盯着地面。崇祯帝笑了笑。纪超一向顺从圆滑，对此崇祯帝从未质疑，也习以为常……

"纪公公,你如实说来,在各省局势果真那么不堪吗?"

"圣上,您说的是何省?"

纪超试图回避饥荒话题,可崇祯帝没有给他回旋的余地。

"比如陕西……"

"圣上是想听真话吗?"

"纪公公难道有权欺瞒朕吗?"崇祯帝质问道。太监纪超始终头也不敢抬,深叹一口气:"陕西形势如同一个火药桶,一触即发,有些不明事理的草民试图闹事。"

崇祯帝沉下脸:"你指的是何人?"

"小人说的是那些少年莽夫……"

太监纪超说这话时心里颤了一下,眼前的崇祯帝也只不过是个十七岁的少年!他怎么那么多嘴说出"少年"二字,岂不落个欺上的罪名……得赶紧挽回局面。

"圣上,万岁爷,您知道,在陕西发生的暴乱,幕后煽风点火的在京城……"

"怎么讲?"

"依小人愚见,圣上,女真首领是幕后主使。女真蛮人曾直逼紫禁城,入侵朝鲜,现在恐怕又企图在京城附近扎营!他们想依靠叛军的力量……"

"京城坚不可摧。"崇祯帝说话的口气犹豫不决。太监讪笑一声。

"圣上,强大的军队不能打开的大门,有时候很容易被一头黄金诱惑的驴撞开。圣上以为身边的那些大臣一个个都两袖清风?"

"朕对身边的人从未担心过。"崇祯帝斩钉截铁地回答道,"你出此言是有何证据,还是道听途说?"

纪超终于把头抬起来望着崇祯帝：

"圣上，小人确有证据。我这个老太监要是无能，不及时给圣上可靠的消息，那圣上还要小人作甚？"

崇祯帝沉重地点了点头，心事重重地转身望向窗外。

陕西北部某地。

罗阳和李自成路途上第一个就碰到了何利伟率领的那帮土匪。他俩通过炊烟和食物的气味很快就找到了强盗的营地。而对李自成来说，消灭这帮人根本是小菜一碟。在篝火边饱餐一顿之后，他俩该决定下一步怎么办了。

李自成先在一个土匪身上拿起一把大刀，用它在地上挖了偌大的一个坑，将强盗们的尸体扔了进去。"不让他们被野兽吃了罢了！"年轻人说这话时不知为何竟脸红了起来。罗阳则赞许地点点头。但他亦有些不解地问："你有些可怜他们？"

李自成耸耸肩："怎么会……我只是惋惜是我杀了他们。"

"我的心思有些不合常理。照理说一个武将应当为此深感自豪才对。"

"可我是农民出身，上天安排我习武从军，要是有可能，尽量不杀人放血。再说，他们正好碰上我，挡我的道，本也不是他们的罪。人各有命，冥冥中命运注定的。"

"君子求诸己，小人求诸人。"罗阳喃喃自语，李自成饶有兴致地看着他。

"你自己刚想出的？"

"是孔子名言。我不是智慧的创造者，我只不过把智慧传授给想触摸它理解它的人罢了。"

李自成似乎心领神会，放下手中的刀剑，环顾四周。

"师父,好像没什么异常。可以前行了。"

"太好了。那你说向何方前行。"

李自成向北面远处的群山指了指。

"我们再走几天路程,就到达我出生的村庄了。师父,您是我的贵客。"

"小李,我深感荣幸。那我们快走吧?"

"好,我想尽快离开此地。"李自成一把抓起行李回答道。老人持起手杖,两人一道向北,向李自成不断提起的家乡米脂县前行。但他们来迟了。罗阳后来很长一段时间深深地自责,责备自己为什么一路上提议停留歇脚,让途中的风景耽误了行程。可他内心也清楚,再怎么赶路,他们也无法阻止在此亲眼所见的惨况。

当他们登上最后一座山峰,展现在眼前的是米脂县所在的山谷。年轻的士兵想借机大发言辞,可话到嘴边又被咽下去了……罗阳也站在山头愣愣的,一动不动。

因为他们在山谷中所见的一切实在是令人心颤:村子已然被毁,整个村庄七零八落……房子大多被火烧得只剩下骨架,谷仓和牛马棚尘烟弥漫。地上到处散落着被镰刀切成锯齿状的长矛和干草叉的碎片,墙上、柱子上的刀伤箭痕密密麻麻。

他俩在草堆中找到了几支完整的白色羽箭,金属箭头制作精良。李自成在废墟中仔细查看,一言不发,只说出"官兵"后,又继续查找线索。

罗阳则站在一旁,试图辨认出这废墟上空飘绕的是什么奇怪甜腻的气味,这个味道刺鼻且令人恶心。看着年轻人没有停下来的意思,罗阳有些不耐烦了,终于朝李自成那边抬了抬头:

"依你看,这里发生过重大事情,村子里的百姓怎么都不见了？"

他抬头看着李自成，年轻人的眼里充满了悲痛和绝望。他微微合上双眼，声音嘶哑地说道：

"百姓们都被杀了……"

"那么尸体呢？"李自成猛然朝一边望去，这时老人才发现一大堆稍稍还有些冒烟的灰烬……他顿时明白了，空气中弥漫的恶心的甜腻味正是被烧焦的人肉味道……

年轻人双膝跪地，双手遮面……老人也慢慢走到他身边跪下……他将一只手放在李自成肩上，轻抚他那粗糙的皮革盔甲。

"勇士，哭出来吧，你尽情哭吧，心里会好受些，眼泪也能洗净他们的罪孽。"罗阳瞅着那堆骨灰摇了摇头。李自成则抬起头，干涩的眼里饱含了悲伤：

"师父，我早就哭不出来了。早在儿时，我娘就被老天带走了。年少时，父亲也撒手人寰。你告诉我，为什么把这里的人都杀害了？他们从未做过什么坏事，怎会遭此劫难！袭击他们的不是强盗，而是官兵！"

"我还不清楚真相是什么！"罗阳轻声低语。他再次环视废墟，"我还没考虑这一点，等你稍微缓过神来，我们再谈论此事，再做出理智正确的决定。"

李自成双眼无神，愣怔在那里。

"我会报仇雪恨的。"他自言自语。

老人耸耸肩："你有权这样做，这是你的选择。可你记住，报仇的时候先挖两个坟墓……"

"为何要挖两个坟墓？"李自成不解地问。

"给敌人和给自己。你在世上的所作所为，迟早会回报到你的身上。"

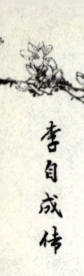

罗阳说完站起身,缓慢地准备离开这个被烧毁的村庄。

"你去哪里?"李自成没有转身,背对着老人喊道。老人停下脚步,语气出奇地平静。

"该想想在哪儿过夜。小李,相信我,在死人旁边过夜可不好受。"老人说毕便走了。

李自成望着老人的身影,沉默不语。过了一会儿,突然起身,从怀里掏出一块布,一手抓起一把掺有灰烬的泥土,将泥土包在布里。他把这包泥土塞进长袍翻领中,再一次冷冷地望了一眼曾经的家乡。忽然他的目光被一只飞过路边的鹰所吸引住。猛禽发出刺耳尖锐的叫声,随后如同闪电般冲向天空。李自成目不转睛地盯着雄鹰。眼前的景象似乎在预示着他从今往后的生活也将如同这只雄鹰充斥着猎杀和血腥。他不敢再想下去……李自成暂时抛开了沉重的思绪,快步追上师父罗阳徐徐前行。

第二章　苦难隐忍之遭遇

陕西北部某地。

信使早晨到达营地，可晌午时分起义军便乱成一锅粥。这支参差不齐的农民队伍开始做第一次战斗准备。这都是些衣衫褴褛、饥肠辘辘、长途逃亡后疲惫不堪的人，他们当中有的从未经历过战斗。

这支自发组织的起义军首领为刘海，李自成从他的军帐中走出时，心绪矛盾。毫无疑问，他恨不得马上能投入战斗，面对面与杀害他家人、邻居的仇人厮杀一场。可环视周围这一切混乱的景象，他隐约有一种不祥的预感，他在农民士兵一张张脸上读到了死亡的印记。这支军队最多也只不过以其声势吓唬吓唬人罢了。可说到声势，这几十个装备粗糙、训练松懈的农民士兵难道算得上是一支声势浩大的队伍吗？李自成轻摇着头向篝火处迈步，他打算将起义军头儿的意思传达给师父罗阳。

罗阳这时正盘坐在仅余丝丝灰烬的篝火旁打瞌睡。似乎周围这些骚乱不安与他毫不相关。可当附近一个农民激动地高声喊叫时，李自成敏锐的目光捕捉到了他师父的眼皮轻微颤动了一下。

他刚走近篝火旁，老人立即睁开双眼，一副全神贯注、洗耳恭听的样子。

李自成不紧不慢地坐到破旧的垫子上，这块破旧的垫子好几天来一直代替了床铺，所幸的是，辰月（4月底5月初）即将结束，阳光晒干了地面，天气也变得越来越暖和。青草茵茵破土而生，候鸟从南方飞回，沼泽地里满是野鸭野鹅，所以同伴们也能填饱肚子……大概十天前他们加入了刘海领导的队伍，在此之前有一个月他俩一直徘徊于附近荒芜的村庄，试图找到能细说米脂县真相的人。可沿途经过的村子，要么空无一人，要么也被化为灰烬。

罗阳同时也察觉到，在荒凉的村子里不仅无人居住，连牲畜、粮食，甚至一些日常用品如锅碗瓢盆什么的都消失得无影无踪。一切都表明，村民们并不是匆忙逃离家园，而是早有打算，带上了所有需要的物品。

老人每次见此情形，都会在村子旁站立许久，沉浸在自己的思绪中。李自成则早已习惯师父的这种状态，所以耐心等着老人回过神来。罗阳终于转过头来说："我们到此处并不是时候。我多么希望现在身处异地。"

"那您想身处何方？"李自成问。

老人嘴角一笑，"你眼前看到了什么？"

"一个荒废的村子，这已经是我们这个月看到的第七个了，这又说明什么问题？"

罗阳叹了口气。

"年轻人，这意味着前所未有的苦难时期即将到来，我这老鼻子嗅到变革的味道，可我还是无法确信，是祸是福……"

"师父，当然是福，是福。"年轻人大笑着。

老人眼里充满了惊讶不解："李壮士，何以见得？"

李自成摊了摊手："这个嘛，形势恐怕再糟糕不到哪儿去了吧！所以说再怎么变化都比现在要好，还是师父另有高见？"

罗阳皱皱眉头说："我又有何高见？只是吃过的盐比你多罢了。依我看，村民们如果生活安定，就不会背井离乡。他们要是投奔其他村子的亲戚好友，这样还好说，要是贫困与饥饿将他们赶入林子里那就惨了……"

"师父，弟子愚笨，还是没明白您的意思……"

老人简单一句话说："我的直觉告诉我这里有血光之灾，以后将是混乱局面，年轻人，咱们可是要做出抉择，究竟站在官府还是官府外？"

李自成迷茫地望向远处。空无一人的村子并不比烧毁的村庄好多少！这里空气中笼罩着难以捉摸的恐惧、绝望和濒临死亡的气息。

李自成小心翼翼地拔出身后的剑，可老人一把握住了他的手。

"附近一个人也没有。"他嘀咕了一句，"只有死亡和空虚，这可不是佛教中所说的为追求真理而达到的空灵意境，而是通向混沌的门槛，这意味着在此之后除了死亡别无他物。我们必须找到其他人。"老人突然冒出这么一句话。

李自成似乎一直沉浸在师父的言语中，许久才动了动身子，满怀期盼地瞅着罗阳。罗阳捋着银灰色的长须，若有所思。终于发了话："咱们沿着那些逃离村庄的人的足迹走，找到他们。我觉得对你来说不是件难事，村民们牵着牲畜赶路，甚至都没有刻意隐藏他们的踪迹。"

李自成点点头。确实，李自成之前在看到荒芜的村子时，便立刻注意到了村民们的足迹，并开始察看四周寻求线索。而这些踪迹说明他们正前往附近的山里。

"在您看来，那儿除了死亡和苍凉，还能有什么？"他紧锁眉头问道。

"战争之火。"罗阳吐出这个词，然后就把包袱背起，动身

走向通往附近大山的道路上。

"那我们去哪儿找人？"年轻人望着师父的背影问了一句，他心里清楚师父或许也不知道答案。

老人头也不回地摆摆手："要是我是见多识广的明智之人，那我认为不是我们去找他们，而是他们自己会找上门来。"他转了话题说，"快点儿，小李，最好快点儿跟上。"

果然在第二天他们就碰到了起义军站岗放哨的。那天太阳正落山，李自成打算找个地方过夜，突然冒出来两个手持长矛的人。这两人根本算不上是真正的士兵，李自成一下子便捕捉到了兵器和持器双手之间的不协调，这样的微妙细节只有老到的习武之人才能察觉到。尽管这两个农民哨兵长得凶神恶煞，可他们也只能吓唬吓唬普通百姓罢了，要对付像罗阳、李自成这样老到的人可不容易。

"来者何人？"其中一个年岁较大、身穿打满补丁长衫的高个子农民扯着嗓子喊道。他用长矛顶在罗阳胸前，可罗阳不慌不忙地微微低下头，笑着向他鞠躬行礼。

"我们是路过此地的流浪者。"他谦逊、顺服。李自成也跟随师父的样子朝第二个农民鞠躬。

这个人看上去不过十七八岁，眼里充满着惊恐之色。显而易见，他怕极了面前的这两个人。说实在的，罗阳和李自成的行装足以让人害怕。

李自成身后背着巨大而沉重的弓箭和刀鞘精良的长刀，腰间挂着他从土匪那儿得来的匕首。罗阳握着的手杖在这两个农民兵看来也像是一件武器，否则他们怎么也不理解一老一少两个行者独自在荒郊野外，要是没有点儿本事，怎么能挺过来？

年纪大的那个农民紧皱眉头吼了一声说："你们跟我来。"

李自成耸耸肩，瞧了师父一眼，便跟随老农民走到一旁。年纪小的那个农民把长矛顶在罗阳背后，让他紧随其后。

过了一会儿，罗阳终于打破了沉默，开口问："二位，请问您是何许人？我们只是普通人，你们为何抓我们？"

"你们如何证明你们所言是真的？"

"那你又是何人，有何权力要求我们来证明我们是什么人？"李自成口气中带着嘲笑。走在最前面的农民突然停了下来，转身将他的长矛对准李自成的心口，可后者刹那间蹲下身子，侧转身来，操起龙尾长刀一挥手把农民撂倒。农民还没反应过来，自己的长矛就已然在李自成手中了。老农栽倒在地上，瞪大眼看着这个年轻人轻松自如地挥舞着兵器。

此时，罗阳也转向后面的年轻农民，从他因恐惧而变得僵硬的手中接过长矛。

"这样便好。"老人温和地笑着说，拍了拍他的肩膀。

李自成也放下长矛，向老农民伸出手，扶他起身，然后把兵器归还给他。老农民沉下脸有些不解地问："壮士为何不杀我？"

"我们无缘无故，为何要杀你。"李自成摆弄着他的刀鞘说道。这个时候罗阳也把长矛递还给目瞪口呆的小农民："你可知，世上等着尝我刀剑厉害的人多了去了，而我们需要找到你们的头儿，请允许我称呼你为兄弟，因为我们有共同的目标和仇人。"

农民一脸的不信任，摇摇头说："流浪汉，你使了什么花招蒙骗了我的双眼？我这一辈子都还从未碰到过比你聪明、智慧的人！"

李自成笑了起来："好汉，惭愧啊惭愧！要是我聪明，早就进了紫禁城的皇宫了，给皇帝治国出计谋了，但事实上呢，我

还在这泥泞不堪的道路上出生入死。至于智慧嘛,的确在我身旁,这位是……大名鼎鼎的罗阳先生,是真正的智者,也是我的师父……"

两个农民一听此名,虔诚地望着温和谦恭的罗阳,然后慢慢地双膝跪地。老人迟疑了片刻,走过去扶起两人。

"现在不是跪拜的时候。"罗阳似乎略带羞涩地说道。他刚才还是俘虏,现在一下子成为农民眼里的神仙,"你们尽快带我们去见首领,我们有要事相商。"

"是,是,当然。"那个年纪大的农民朝年轻的同伴点头示意,并拿起长矛径直走入林子,还不断回头看着罗阳和李自成。而那个年轻的农民却好像完全忘了自己的职责,走在罗阳身边,连珠炮似的问了一串问题,诸如"您走了多久"或是"最喜欢哪个省"等。他的许多问题都有失分寸,罗阳在答复了几个后,真想用那结实的手杖敲打他屁股让他闭嘴,所幸的是,这时他们已经到达了起义军的营地。

有个姓唐的农民带他们到首领的帐篷中,首领姓刘名海,以前是个税吏,现在则是起义军弟兄中威望甚高的头儿。起码罗阳他们在路上听到姓梁的年轻农民谈及他们首领时毕恭毕敬的口气,就能下这个结论。

据起义军兄弟说,那时刘海为陕西咸阳县老爷徐安明的手下,很长一段时间负责征收税务。尽管在官府当差,可他与普通百姓打交道时通情达理,从不欺压百姓,因此受到大家爱戴。可征税一年比一年难。官府胃口越来越大,而天灾又给百姓们带来新的困难。

去年百姓们实在交不出税,情绪激愤,几个官府办差的被农民们赶出村庄,甚至被殴打了一顿,还有一个收税的被淹死在村外。徐安明县老爷不得不求助官兵。刘海这时候也面临着双重选择，要么继续忠于朝廷，要么干脆自寻他路。

刘海在家中是第五个儿子，长辈世代从军，他也承袭了这一传统，发誓将效忠于朝廷和军队。然而一天他与地方官兵一小队人马路过一个村庄，在此发生的事彻底改变了他效忠于朝廷的想法。村子里的一个不懂事的男孩把石子扔到一个官兵身上，那人大发雷霆，随后这队人马一把火烧了整个村子。

刘海亲眼见证他们是如何毒打手无寸铁的农民，那些活着的人被捆绑奴役，死去的村民的尸体则和整个村子一起被焚烧。刘海实在看不下去这恐怖场面，逃到树林里，一头倒在枯萎的秋草丛中，几天几夜都回不过神来。他内心痛苦至极，就这样不知过了多久。唯有神灵知晓，他的灵魂饱受折磨。可他从林子里出来时，脱胎换骨，连他的家人和好友都难以置信：这会是刘海？是那个曾经穿着长衫、花天酒地的税收官吗？

刘海深深意识到，村民们迟早都会饱受官兵残害，于是他到了最近的一个村子，把所有村民叫出来聚到村广场，在大伙儿面前慷慨陈词。在他脑海中，人们被殴打时的尖叫声与房子燃烧的熊熊火焰历历在目，所以他的言辞生动而有说服力。大家对这个诚实的税官坚信不疑，觉得他就是村民们的救星。所有人跟随刘海，收拾家当，并把妻儿老小送到远方亲戚家避难。而其余留下的人，在东边树木繁茂的山脚下扎下营地。

刘海召集了这些牧民、铁匠和陶工，把他们组建起一支自己的队伍。毕竟他从小受到习武父亲和兄长的熏陶，耳濡目染，也掌握了不少军事技能。

他搭建了一个临时练兵场，操练士兵，让他们慢慢掌握基本的战斗策略，学会该如何抵抗官府的军队。他心里清楚，要是不这么做，这些农民兵在对手面前将不堪一击。他的努力终于有了成效，这些曾经手扶耕犁的农民们作战力也逐渐像模像样起来。即便是他们没有正规军那么厉害，可他们有着自己的优势，那就是他们为自己与亲人的生存而战的坚定目标。有时这个目标远比功名和金钱诱惑来得更有动力。

罗阳和李自成走过几十个帐篷，来到一个众人围坐的篝火前，这些人正烧火做饭，一个更大的军帐入口就在旁边。姓唐的农民让他俩在外等候，自己钻进军帐。

李自成环顾四周，发现篝火旁的那些人把目光都投向他们，有的人眼神中透露出一丝不善。他觉得这情有可原，他身上的盔甲定会引起当地人的惊恐和愤怒，这里的人对衙门的态度可不友好。

此时军帐的门帘被打开，唐姓农民招手示意他们进去。李自成弯着身子走进低矮的军帐。只见刘海身坐精美的地毯，一对油灯在其两侧照明军帐。在荒郊野外还用着油灯的这个习惯足以证明刘海以前当过官。要知道对普通农民来说，油灯可是奢侈品，所以他们根本就没有屋子里用灯的习惯。

一看到来人，刘海起身作揖，随后眼睛直勾勾盯着他们。刘海指着正对面的座位让来人坐下，赶紧又把米饭和米酒端放在他们面前。李自成不禁仔细观察起周围。

刘海的营帐里除了那块地毯，其他的物件都颇为简陋。在其身后，一边摆着一个旧木箱子，箱子后面一把和李自成身后挂的相仿的剑随意歪放着，另一边则是磨损的盔甲，盔甲上还粘有几层皮纸，看来刘海正在修补它。他本人则身穿一件褪色的长袍，后脑勺盘着一个紧紧的发髻，一派军中将领打扮。他看上去三十岁左右，略微眯起的双眼露出警惕之光。此人似善似恶，令人捉摸不透。李自成也见过不少这样的人，看起来温和友善，可实际是强劲的对手。

而罗阳好像对这些细节丝毫没有察觉，仿佛置身事外。这时沉默不语的刘海开口说话："闻名天下的罗长者来到寒舍，真是幸会，幸会！对您的英名，在下是早有耳闻，今日三生有幸，亲眼见到真尊。"

"过奖，过奖了！"罗阳淡淡地笑笑说。刘海也笑了起来。

"今日相见，在下有诸多不解想请教……"

"老朽能解答好汉的难题吗？毕竟，我流落四方很久了……"刘海点点头。

"果然不出我所料……那么您为何要流落四方？"

"行之乐趣在于去旧迎新。"罗阳摇着头说道，"诸多人在行路中能打开新视野。我则在游四方中广集世道变革真谛。"

"那您怎么看世道变革？"刘海口气里带着嘲讽。

老人深深叹了口气。

"世道不济，尤其这几年，情况愈发糟糕。一路上我们碰到许多被烧毁的村庄。刘首领，山谷中满是死去的百姓，你打算如何对抗？就靠这几十个可怜的农民？"

刘海眉头紧锁，脸上露出忧郁的神情。

"罗长者，在下不知我日日夜夜所思所想的难题，这些兄弟们把命都托付给我，大伙儿不怕自己流血牺牲，为的是子孙后代。我们如今的任务就是为了子孙们的未来，至于其他的问题，以后再打算。"

"此话有理。"罗阳嘀咕了一句，他也被刘海朴实的言语所震动。

"这些弟兄们难道还有别的其他出路吗？"刘海说着，向军帐外望去。

老人点点头说:"无疑,他们别无选择。可你当时却能另选他路。你这么一个仕途顺畅的税吏,为何要放弃安稳的日子跑到林子里折腾?"

刘海沉默不语,轻抚一下他那稀少的小胡子,然后说道:"要不是这样,恐怕我良心不安。"老人一脸严肃地点头赞许。

"弟兄们会给你们安排一个帐篷住下,明日再谈要事。如今你们路途辛苦,该歇息了。"

"刘首领,感激不尽,我们正想歇脚呢!"李自成起身说话。罗阳也站了起来。刘海此刻一下子从座席上跳起,显然想送他们二位出去,可罗阳摆了摆手道:"这些小事怎敢劳烦首领亲自出马呢!让小梁护送吧,一路上他和我还挺投缘的。"

"就这么办吧。"刘海即刻把小梁喊来。这个年轻的农民则欣然答应这份差事,将客人们送至住处。

次日早晨,他们再次来到刘首领的军帐。尽管刘海过去几个月饱经沧桑,可他仍旧保持用早茶的习惯。早茶后,他终于开口提到了折磨他好几天的话题。

"感谢上苍派二位来到本处。"刘海恳切地说,"此乃肺腑之言,毫无夸大。昨日您一针见血,这些百姓们把命都托付于我,在下要对他们负责,然而在下毫无把握,只怕他们在第一场战斗中便会白白送命。在下想请教二位,您为智者,而您又是一个久经沙场的勇士。我该如何应对,既不违背现实,又不愧对良心?"

罗阳放下茶杯,许久抽着他那老旱烟,眼睛一直望向刘海头顶处。阳光透过军帐幕布的缝隙照射进来,一圈一圈吐出的烟雾忽隐忽现。在老人的脸上读不出他心里到底在想什么,而刘海小心翼翼,生怕打扰他的思绪。

终于，罗阳如同从睡梦中醒来一般，动了一下身子，用略微惺忪的双眼环视四周，发了话："我想起我的老师，他的一生遵循李耳的处世哲学，我曾向他询问如何摆脱困境。而他却讲了这么一个故事：从前有个有权有势的高官得了严重的疾病。他儿子请来了三个大夫，一个骗子，一个墙头草，还有一个赌徒。他们依次查看病人。第一个骗子说：'你体内冷热不均，阴阳失调。你的病根不在于天地祖先，而是由于你有时饥饿、有时饱腹、有时纵欲享乐、有时过度操心、有时又漠不关心。尽管如此，我还是能治你的病。''你只不过是个普通大夫……'官吏说完赶走了他。随后第二个墙头草发话了：'你从娘胎里开始，天生就精气神不足，喝再多的母乳也无用。'冰冻三尺，非一日之寒。疾病长久淤积，治病无用。'大夫医术不错。'高官点点头，命令招待他用餐。最后那个赌徒说道：'你的病根不在于天地，不在于人为与你祖先之灵。疾病源于自然，形成于体。我们所知的是，一切皆由自然规律支配。那么，草药针灸又如何能治好呢？''大夫见解深刻。'高官给了他这么个评价，并给予重赏。而后来他的病也自然而然好了。"

刘海默不作声，仔细听着老人的话，等他点透这个故事的内涵。罗阳深呼一口气，继续说道："命存不因珍视之，康健不因怜爱之。命丧不因鄙视之，抱恙不因忽视之。故惜命者或亡，轻命者或寿。若事与愿违……然当真如此？世间万物，自有规律，生死存亡俱定焉。所以说，不是我们决定将来的战斗中谁死谁活，无论我们意愿如何，一切皆已定。刘首领，你自身拥有强大的力量，为了那些信任你的人去做斗争，你已无别路。"

刘海听这些话时神态是那么专注，李自成甚至在一瞬间以为他把两个客人全然抛在一边。但过了许久，刘海突然睁开双

眼，用火光四射的眼神盯着罗阳：

"罗长者此话有理，在下别无他路。万分感激您，坚定了我走此路的决心，哪怕是要和皇帝老儿拼命，我也会走下去。"罗阳微微点头。刘海把目光转向李自成。

"那你这位甘肃王公军队的将士怎么看？"

李自成深吸了口气说道："如果放在其他时期，我或许会说你的这支队伍注定要败。可是，除了考虑基本的实力、人数等之外，还应算上天命和统帅的才能……当然还有运气……如果你相信这个的话，我相信……"

刘海笑着回答："否则我也就不会在此，那就好办。"

"你们不能与朝廷的队伍正面交锋。可是你们的队伍可以出其不意，单个袭击那些督抚派下来到村子里敲诈百姓的小队人马。在狭小的山路上消灭他们，想来对你们不是难事。再说，这些人马大多都是步兵，也就是说你们不会遭到骑兵追逐。总督也不会立即发现少了几队人。朝廷办事效率低下，所以消息要过很久才能传达到。你想，几队人马不知不觉失踪，然后上报，朝廷受理调查，这中间的环节众多，通常要持续相当长一段时间。在此期间，你会有足够时间把缴获的武器分发给弟兄们，加紧练兵，加强他们的战斗力。然后你们就能对付更强劲的对手，要是你和弟兄们能声东击西，游击作战，那更会让敌方惊慌失措。这样一来，官府的注意力也会被你分散，农民们就有了一个喘息的机会。如果碰上天公作美，他们就可以安心种田。或许一切都会好转起来。然而你和你的弟兄们将不再有安逸的生活，因为你们是反叛朝廷的人。"罗阳说道。

刘海摇着头说："也就是说我们余生都在逃亡中度过？"

"那也难说。"罗阳接着补充道，"皇帝还是个少年，才刚满十七岁。他处理国事,靠的还不是自己的脑子,而是朝臣们的流言蜚语。除非你和那个该死的女真族一样对天子的权力构成威胁,否则皇帝才不会管地方上的事呢。等皇帝慢慢长大懂事,你也会羽翼渐丰。万物如流水,皆动皆变。老朽也将助你一臂之力,与朝廷针锋相对。可你要答应我,在我告诉你时机已到之前,不要轻举妄动。你的队伍都是血誓弟兄,你的担子重千斤,要成事,道路漫漫艰难至极。但我保证,我会奉陪到底。"

"承蒙相助,感激之至!"

刘海紧紧握住老人和李自成的手:"那何时开始练兵?"

"早饭后即刻开始。"罗阳说这话时语气有些急。

他朝刘海狡黠地眨眨眼,起身离开了军帐。

从那天起,每日李自成带领刘海的那帮弟兄,披星戴月,餐风宿雨,在练兵场挥汗如雨。他让农民们徒手转动花岗岩石块,用手指揉搓河里光滑的鹅卵石,以加强他们双手的抓力。他使用木棍演示剑术。渐渐地,这些农民也开始觉得自己成为一个真正的勇士了。可李自成与刘海心里清楚,他们和朝廷正规军队实力还是相差甚远,因此每天的操练也就更勤更苦了。这一切皆为长久大业。

就这样过了大半个月,一天他们的信使急匆匆跑到营地报告说哨岗在附近发现了一小队总督派来的人马。刘海下令立即准备出击……

罗阳则抬头望着正午刺眼的阳光,似笑非笑地说:

"是个殉身的好日子。"

李自成有些不可思议地盯着师父:

"罗师父,您说什么呢?您怎么在战斗前一天提死这个词?"

"小子,你可知死亡并不在乎何时何地何人提它。将士们的使命便是为天子而存亡。这些农民呢，为自己和亲人们存亡。为志而亡，至善幸焉。而归宿终究只有一个。不过今日我们的任务是尽量保存实力，并摧毁仇敌，这并不难办到。"

"如何办到？"李自成目不转睛地看着老人。

罗阳则微笑着问："告诉我，今日平原上风向如何？"

"东风，从山那边吹来。"

"善哉。那队人马前往的村子在西边，对不？"

"对，师父所言极是。"

"那我们这么行事……"

老人开始在他前面的一堆沙子上作图谋划。

正午时分，太阳高高挂在头顶上，名洲镇驻军士兵中大名鼎鼎、外号为"野猪"的队长晁丁带领手下几十个人来到这个偏僻的村庄。这队人马停留在林子边，领队的决定在踏上村子唯一道路前先勘察四周。他们离最近的房屋大概不过两里路。

春天阳光的沐浴让身穿盔甲的士兵们浑身是汗，每个人脑子里想的全是尽快能回到营地洗个凉水澡，然后到最近的酒馆找个村里的妇人好好放松一下。士兵们已然厌倦日复一日的征途，尤其最近一段时间，似乎总是有人抢先向被征税的村民们通风报信，所以他们到达村子里时，所有的人连同他们的财物一起蒸发得无影无踪！以前，所到之处，士兵们可以尽情玩弄村子里那些水灵灵的黄花姑娘。而她们的父母则含泪乞求放过他们的女儿，把最后一点儿食物从地窖里取出来作为补偿。可他们发泄完兽欲就将女孩和其父母一同杀害，这样朝廷军队的恶名便会销声匿迹。为此整个村子也被烧成灰烬，反正也没什么可榨取的了。现如今一个月了，所经过的村子都空无一人，粮仓马厩也都空荡荡的。"野猪"队长并不担心是否能征收到税，这个和他没多大关系。在总督面前负责的人是游击将军，而他自己只管到村子里抢夺财物，然后报告上交。要是收不到东西，也如实报告罢了。可在这一片村落发生的事情让他百思不得其解。对于领军头儿来说有一条铁律，即情况蹊跷时就得当心。可要么是正午的烈日让晁丁头脑发热，要么就是山谷宁静安逸的景象使他放松警惕，他竟然没有发现队伍所处的干草丛是怎么突然燃烧起来的。新草还未长出，高耸的枯草越烧越猛，延绵好几里，一下子阻断了他们通往村子的道路，更糟糕的是，南边的退路也被截断了。

晁丁慌乱地环顾四周，他的手下则聚集在其身后，等待头儿发号施令。

"见鬼，大不了不去前面那个村子了！走为上策！"队长下令说。可他怎知，其实有人对他们下手了。

从枯草燃烧的刺鼻烟雾中，飞出一支焦灼的箭头直刺一名兵丁的咽喉。那个兵丁随即松开手里的刀剑，双手紧握飞箭，慢慢倒下身去。"野猪"队长还没来得及完全意识到情况的危急，又一个兵丁也倒下了，他的盔甲被箭刺穿，箭入左胸。

"野猪"惊慌失措地转过身来，抽出刀剑，用尽力气大喊："弟兄们撤退，你们几个掩护我！掩护我……"

几十个人围住他们的头儿，可什么也看不清，烟雾如面纱一般蒙住了他们的双眼。士兵们被烟熏得直流泪水，许多人开始咳嗽。但小队人马仍旧慢慢地向山谷出口移动。晁丁原以为他们能在烟幕的掩护下逃脱，然而当他们快到达林子边缘处，从旁边的灌木丛中跳出来一群手执长矛、衣衫褴褛的人。这些民间自制的防御装备只能阻挡兵器的一次攻击，要是第二次再撞击，那盾牌便会被劈碎。然而这群人只和他们打了一个回合便已近在咫尺。盾牌散落一边，可"野猪"他们还没来得及反应过来，就已然束手无策。攻击者自制的长矛刺穿皮甲，总督府的士兵一个接一个倒下，鲜血直流，受伤的人被刺穿喉咙身亡。不到几分钟的时间里，"野猪"发现自己已成光杆司令，齐刷刷几十杆长矛对准了他的胸口。那些人戴着宽边帽，帽檐下一双双愤怒的眼睛死死盯着他。晁丁无奈地叹了口气，松手放下剑，剑掉落在石头上发出沉闷的叮当声。他双膝跪地，把手置于脑后，表示自己已投降。对于这些人怎么处置自己，他并不抱幻想。谁让他曾作恶多端，毁了这些人的家呢。如今他们怎会放过他……

正想着，他发现这群人朝两边分开，从中间走过来一个高大威武、面目清秀且装备精良的人。显然是他们的头儿，"野猪"寻思着。突然他认出了这个人，这使他脑海深处闪现出一个或许可以保命的念头。

"我认识你，你是刘海，咸阳的税吏！你不认识我了吗？我是老晁。""野猪"高兴地想站起身来，可刘海却用长矛狠狠顶住他的胸口，让他再次跪下。

刘海的眼神中充满了轻蔑之意。的确他也认出了晁丁，以前在咸阳最有名的酒家不止一次碰过面。他甚至还记得这人怎么被戏称为"野猪"……可如今面对晁丁，刘海心中毫无怜悯之情，不得不求助于罗阳：

"罗老，请君指教，这个人如何处置？"

"任何人都应活着。"罗阳走过来，神情凝重，"只不过每个人都注定过上他们应该过的生活。让他走吧。"

"野猪"内心闪现一丝希望。刘海惊讶地盯着罗阳。

"就这么轻易让他走了？"

"死人一点儿用处也没有,将来他或许对我们有用处。"

罗阳说的话让众人有些无法理解。晁丁和刘海当然更觉得莫名其妙。罗阳这时深叹一口气说道:"砍了他的双手,然后把用水浸湿的生皮带绑紧了他的头发,免得头发散开挡住了眼睛。要是命大,明天太阳升起之前他能走到有人烟的地方,人们或许能把皮带解开。要是来不及,那晒干的皮带会像铁锤子敲碎核桃那样把他的头骨弄碎。这样就是他命薄……"

"野猪"简直怒不可遏,只见这时一个身穿官军盔甲的人手拿光亮的长刀向他走来。

"这个罗老头到底卖什么关子,此举又有何好处?"刘海自言自语道。只听"野猪"撕心裂肺的一声惨叫,他的两只胳膊已被砍下,士兵用火烧了烧其肩上的伤口,又在头上绑了皮带,"野猪"痛苦号叫着消失在林子里。

罗阳则向正在缴获兵器的弟兄们点点头,随后他们愉快地交谈起来。而士兵尸体已经被高高堆起,准备焚烧。

"你给败者一个机会,从而向所有人展示了你的仁义。"罗阳平淡地说,"现在每个弟兄都相信,如果有什么危急情况发生,你会如坚固的大山一般守护他们,因为只有对敌人仁慈的人才会真正忠于自己的人。"

说完罗阳转身走向林子深处的营地方向。刘海沉默不语,目送罗阳好久。

京城。紫禁城。紫宫。

大明朝万岁爷朱由检脑子里思绪很乱。他刚得到密报,四川的执政太监计划推翻皇室,这或许只是个谣言,应该对他的皇位不构成威胁,可太监最近活动频繁,是时候收拾他们了。

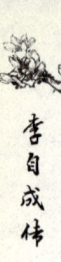

把这些阉人们安置在朝廷和地方要职上是自古以来一贯的传统，目的也很明确，就是为了防止父子相传的世袭继承。以前历代皇帝并不太关心朝廷机构变革，也就用了最简单的办法，把他们所有接近皇权的男子都阉割了，当然，除了那些皇室成员或者贵族家族成员。

当年少的崇祯皇帝登基时，一系列问题接连出现。明熹宗朱由校驾崩之后，因其子皆早夭，没有留下子嗣，弟弟朱由检立即继位。朱由检为明光宗第五子，生母为贱婢刘氏，他幼年从未窥视过皇位，觉得继位遥不可及。那些宫廷阴谋、权力游戏都与其无关。争夺龙椅的尽是他的哥哥们。可他在一旁亲眼见证了权力争夺的过程，这也给其将来的执政手段奠定了基础。

公元1627年，朱由检登基后，下令捉拿大太监魏忠贤阉党，杀明熹宗乳母客氏，从而彻底铲除阉党势力。办成此事可以说阻力颇大，可崇祯帝从小在宫廷争斗的环境中耳濡目染，他明白强者制胜这一道理。其太傅正直忠诚，从朱由检懂事起的第一天，便尽心尽责培养教导他，使其掌握许多必要的技能。

年少的崇祯帝继位时，朝廷内忧外患，危机一个接一个，老天爷也似乎有意作怪，连续几年无收成。北方女真族大肆侵犯，南方葡萄牙海盗船不断骚扰。好几个地方州县农民暴动接连而起，当然这些暴乱被效忠朝廷的将士们迅速镇压。大明朝军队实力强盛，连北方女真也不得不忌惮三分。

然而太监在朝廷的势力还是让崇祯帝颇为头痛……东林党的大臣们不断提出革新朝政，是时候好好关注这个问题了。而且子嗣的事儿也得考虑……一国不能无太子，须尽早安排……也就是说，这段时间应暂时冷落一下嫔妃们，应往皇后的寝宫去得更频繁些。皇后最近不止一次提醒崇祯帝对她有所冷落。

朱由检心想，是得看望一下皇后了。

他不知不觉中走到寝宫靠北侧的窗口前。映入眼帘的是景山一片翠绿的迷人景致。景山位于皇宫北部，在群山中脱颖而出。那里曾经拥有巨大的煤炭储量，所以被称为煤山。随后动土修建，形成有五座山峰的人造山。

景山美妙之处在于山坡上种植了许多松柏，郁郁葱葱。崇祯帝儿时最爱在此嬉戏，也是在此与皇后相识。

崇祯帝长叹一口气，在他心里似乎总扎着一根针，一个不祥的念头，可这究竟是什么？崇祯帝至今还不明白。一种迫在眉睫的灾难降临感萦绕在他脑中，已经许久了。

崇祯帝离开窗口，从桌子上拿起一瓶南方进贡的好酒，徐徐倒入瓷杯中，看着手中的杯子，阳光照射下晶莹剔透！制作这种皇家瓷器的工匠简直有巧夺天工之手艺。这个瓷杯称得上世间宝物！傍晚的霞光穿透杯子，薄薄的杯壁在天子手中闪闪发亮。

崇祯帝慢慢喝下美酒，在此之前已有太监检验是否有毒。他清楚，历代皇帝是如何被下毒害死的，所以不敢麻痹大意、重蹈覆辙。

一下子他的思绪又被那些朝政局势、宫廷琐事拉了回来。

他寻思着，自己是否太杞人忧天了？他可是当今皇上，是幅员辽阔、实力强盛的大明朝一国之君。他手中握有四百万人的军队，只要君令一声，就能使任何敌人粉身碎骨。那些遗留下来的朝廷内部问题嘛，总可以一步步解决得了的，毕竟他的治国之路还长着呢！至于南边想造反的人，诛杀勿论，其财产入国库，明日得下旨宣告，那今日嘛……今日就去会会皇后……

崇祯帝朱由检淡淡一笑，往后宫走去。

第三章　智慧的较量

山中村庄。刘海叛军营地。

十月下半月，天气甚是清爽宜人，正如夏日，宝蓝色的天空中飘着几朵棉花般轻盈的白云。李自成端坐在山岗上的一块大石头上，俯视着营地。

从上往下看去，这里已经不再像一个军营，而更像一个隐蔽于山间杂草树丛中的村落。瞧，铁匠铺烟雾缭绕，那个曾经带李自成他们去见刘海的唐姓农民已好几个月时间待在这个村子。即使身处山岗，也能闻到缪氏玉米饼的香气，耳听附近林子里传来的一阵阵孩子们欢快的嬉笑声。

村子里的几排房屋旁整整齐齐排列着乳白色的帐篷，这些结实牢固、经得起风吹雨打的营帐是士兵们休憩的地方。

每个营帐都设有篝火，几十人在此生火做饭。李自成突然想起，他是如何费尽口舌才说服刘海派人春耕的。

当时，他们成功打劫了一队朝廷人马，大伙儿累得筋疲力尽。而李自成却在刘海军帐中提到农作之事。

"春耕？小子，你说什么呢？"刘海一下子没明白李自成的意思。他们整个春天收获不小，还劫持了总督一队人马的粮饷。

"弟兄们的双手早已不习惯扶犁了！"刘海用下巴指了指帐篷外说，"他们已习惯杀敌，而农作之事只会让其懈怠衰弱。"

李自成耸耸肩。

"你是头儿，一切由你决定。只是给你说说，你的人马数量日益增多，到时候你靠什么来养活他们？总督派遣的士兵越来越多，战斗一次比一次激烈，你的弟兄们每次耗尽力量作战，再这么下去，你的人就会骨瘦如柴，恐怕连罗阳师父的手杖都拿不起来了。"

刘海斜眼瞧着他，随手把一些纸张扔在桌案上。扪心自问，他自己也不清楚该如何养活这些人马。目前他们的粮食来源，要么是抢劫而来，要么是从较远的受灾不那么严重的村落购买。

"你有何建议，李队长，尽管说，我洗耳恭听。"

"也没什么特别的。选一个荒废了的村子，建立前哨，然后士兵们重操农业。春季我们尽全力开垦播种，妇女儿童照顾庄稼，那里也可以安置铁匠铺。说实话，咱们的兵器磨损严重，需要修整甚至重新打造。这样还能一石二鸟，既为秋冬储备粮食做准备，又能安置士兵们的家属。"

刘海脸上露出赞许的神情："李兄弟此言有理……可如何寻得这个村子？"

"我有些法子。"李自成含含糊糊地回答。其实在此之前，他和师父已经不止一次商议此事，并找到几个合适的办法。

几个农民也很快指出所需村庄的位置。有的曾在那里办过事，有的亲戚曾居住于此。刘海的队伍在此长期扎营那可再理想不过，这里拥有肥沃的田野、基本完好无损的房屋、铁匠铺、谷仓和附近流淌不息的山间小溪。

对刘海他们来说，村子还有一个优势，那就是它远离商道。当时村子的人离开家乡，并不是由于惧怕即将发生的战事，而是村子太偏远。有人往南边走，希望过上更好的日子，有的搬到附近村庄的亲戚家。当刘海的队伍到达村子时，只见两个老头儿守着破烂的菜园子勉强度日，还有两三只瘦弱不堪的牧羊犬。刘海他们想把这些狗赶走，可被罗阳拦住了，曾经凶猛无

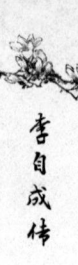

比的牧羊犬如今却可怜巴巴地发出呜呜声乞食。

老人拿出一块熟肉喂狗，它们立即像保镖一样一步不离跟随他身后。随后的几个月里，这群狗在悉心喂养下逐渐强壮，它们成为最理想的守卫者。不仅能保护村庄免受狼群袭击，还能在有人试图闯入这个新建的军事据点时提前发出警告。

刘海之前的担心也是多余的，他手下的人毕竟在过去不是从军的，所以一回到村庄生活便如鱼得水，农耕、制皮、打铁等，百业俱兴。

罗阳和李自成建议刘海在新建的队伍中引入屯田制的一些措施，即大部分士兵被派耕种土地。在军事驻点，士兵们得到土地、农作工具和耕牛，每人分配五十亩地，一些土地肥沃的地方每人增加到三顷。

罗阳还提起了永乐皇帝曾给河南柳营这个军队驻防点下的诏书：如老弱病残百姓被胁迫劳作，而军士休憩闲散，则百姓遭殃，将士懈怠。百姓安居乐业乃将士之职责也。如使民众受苦，何为国之军士？

如果说在朝廷军队中实行军队驻防点能保障一定的供给问题，那么在农民起义军中这是必不可少的解决粮食自给自足的途径。依照以前的情况，用不了多久将不会有饥荒。

士兵们劳作之余，跟着李自成习武击剑、操练武术技能，并开始侦察周边地区敌情。除此之外，李自成还在队伍里训练士兵们如何布阵、歼敌。

在此期间，陕西总督的人马因为前一阵屡屡失败，而未冒险进入偏远地区，这给刘海的队伍一个休养生息的机会。他们及时补充力量、修补缴获来的盔甲兵器。如果说刘海的队伍还不能与朝廷的军队作正面抵抗，那么使用伏击战术，还是能给朝廷的军队来个下马威的，照这样的事态发展，京城将视其为严重威胁。

这也是令李自成最为忧心的。直至今日，在陕西省内有这么一个组织严密的队伍的消息还没有传到皇帝的耳朵里，或者是在传送消息中途丢失于混乱冲突中。可有朝一日，如果朝廷要员将刘海的队伍视为眼中钉，那么处境就不妙了。

晚夏时李自成准备把自己所担忧之事告诉刘海。刘海在住宅里接待了李自成，仔细聆听他说的每一句话，然后问道："那你有何高见？难道解散队伍？"

李自成摇摇头说："看起来合情合理，但行不通。你会被弟兄们当成叛徒，被他们撕成碎片。哎，你可不想有这个下场吧……"

刘海双目一动不动地盯着李自成，他剃得干干净净的脸上抽搐了一下，他有些闷闷不乐地接着问：

"那你有何高见？"

"我还不知。"李自成耸耸肩，"头儿，你可清楚，要是我们被迫出了山麓到平原，与朝廷军队正面交锋，那我们的队伍到时候连尸骨都不会留下。咱们的木头盾牌将不堪一击。那些朝廷的骑兵会把弟兄们踏得粉碎。我们只好接受力量悬殊这个事实。和他们的火药枪相比，骑兵攻击对我们来说更为致命，冲击力之大，将把我们的人一下子撞倒在地，然后倒地的弟兄就被他们刺杀了。"

刘海脸上露出的表情愈发阴沉了。李自成明白，刘海脑海中尽是血淋淋的画面。他当然不愿让自己的人白白送死。过了好久，刘海才回过神来，再次问道："那如何是好？"

"头儿，我确实不知……当然，你可以在很长一段时间里保

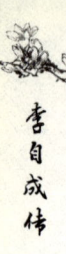

持目前的突袭战术，可迟早朝廷会发现我们的阵营并前来消灭咱们。与朝廷正面冲突，我们恐怕还不是他们的对手，所以说咱们进退两难。"

刘海苦笑了一声，说："儿时祖母说，种树的最佳时机为二十年前，另一个最佳时间就是今日。我们生逢何时，便行何事，别无选择。哎……"

李自成点点头："我明白你的意思。我这就去训练弟兄们。"说完他离开刘海住处。

李自成回想着夏末秋初的这次谈话。现如今他身坐山岗高处，脑子里想的仍然是同样的问题。战斗一场接一场，没完没了……百姓们、弟兄们正在死去，村庄、城镇一座座硝烟弥漫、烈火熊熊。这一切又有何意义？难道这些无尽的牺牲能改变弟兄们的生活吗？有谁过上了丰衣足食的日子？有谁盖了新房？还是皇帝免除税收，开始救济贫苦人家了？事实上，他们这场争斗为战而战，只为复仇，并无终极目标，这样的行为毫无意义。

突然他身后传来一阵轻轻的脚步声，李自成这个经验老到的习武之人立刻辨认出这是小梦，这个小士兵幼年时曾受伤落下残疾，所以步态和其他人不同。

"小梦，你有何事？"李自成头也不转地问道。他寻思着小梦惊讶不已的表情，禁不住得意地笑起来。小梦对自己沉重的脚步颇为不满，平时总是尽量轻手轻脚，可每次李自成都能准确无误地喊出他的名字，这可让他难过一阵子。

"罗师父请您过去。"小梦毕恭毕敬地鞠躬说道。尽管刘海在队伍中首领的地位无可非议，但李自成凭借他出色的军事指挥才能率领弟兄们打了一次又一次胜仗，他在队伍中的威望之高恐怕无人能及。李自成站起身，拍了拍长袍，又整了整小梦乱蓬蓬的头发，向村子走去。罗阳此时正在自己的房子里悠然自得，享受着宁静时分。

只见房中烟气氤氲，老人吞云吐雾，沁着茶香。他一见李自成便点点头，又随手把一卷书塞进他无底洞似的包裹中。

李自成向师父打了招呼，在其对面的位子上坐了下来。他从罗阳手里接过一杯香气宜人的春茶，细细啜饮着，喝下一半后便小心地将茶杯放在桌案上。他一言不发地望着师父，脸上充满期待。

他从罗阳的眼神中抓住了一丝赞许之情。这是因为李自成表现出了足够的耐心，并没有急匆匆地发问。这一点让罗阳颇为欣慰的是李自成总算吸取了以前的教训，沉得住气了。

"今年山上的天气甚好。"罗阳点燃了烟。李自成摊开双手说："大家都在议论，这预示着寒冷的冬季即将到来，还好，刘海把队伍安置到村子里，今年过冬，我算是安心了。"

"算是安心了？"老人惊讶地抬起头。李自成苦笑着说："我担心的是，总督不会那么轻易地放过我们。其他郡县皆爆发起义，一方面来说对我们有好处，朝廷人马注意力分散，不得不去对付多方起义力量，然而朝廷会派更多更强的军队，他们是训练有素的将士，我们再怎么训练作战能力也与朝廷的队伍相差甚远，再说起义队伍如一盘散沙。"

"小李，至于战斗力嘛，经你训练，这些农民们比地方兵都要强几倍！"老人轻笑一声，李自成也跟着笑了起来，老人接着说，"可我们的队伍如一盘散沙，你说到点子上了！目前，起义队伍到底选谁为头儿，是个难题，这必将导致内部纷争，不会有什么好结果的，所以说成大事需要确定一个领袖。"

李自成再次拿起茶杯啜了一口，静静地看着杯子上热腾腾

的水汽。然后轻声问道:"也就是说,这里的人没有一个英明的领袖统帅都注定会失败?"

"确实如此!"老人语气平静。

"就没有出路了吗?"

"暂时还未找到出路。"

"那投降呢?"

"此举何意?每个人都将被处决。至少在战斗中阵亡能赢得荣誉。"

"可那些老弱妇幼……他们怎么办?"

李自成盯着老人的眼睛,但只看到映射出的炉火之光。罗阳沉默了一会儿,随后开口道:"我不是听错了吧,你说话口气怎么如此绝望?"

"师父,这并非绝望……而是梦想破灭后的担忧。"

"今日你的言语让老朽糊涂了,你所言梦想、破灭,何意?"

李自成此刻眼前闪现的尽是飞蛾扑火的景象,他们的队伍将会何去何从,想得他头皮一阵发麻。他深深吸了一口气,好久才让自己冷静下来。随后说道:

"在我看来,这场斗争前途渺茫。就算我们征服几个地区,从王公贵族手里抢得土地,在那里定居,制定自己的法令。然后呢,朝廷就会派大军来消灭我们。历朝历代不都是这样吗,我们也将重蹈覆辙。千千万万的弟兄、百姓将血流成河。前车之鉴何其多啊!师父,您说,出路在何方?无人能忍今日之生计,可以后的日子呢,比今日更好吗?亦无人知晓。今日事态之顽疾根源,如不斩草除根,又有何用……"

罗阳点点头表示赞许:

"你能有如此见解,我甚是欣慰。这意味着你所思所想皆为正道。唯有愚笨自大之人才不会抱有怀疑态度。弟兄们把希望寄托于你，而你能全力以赴担当重任。老朽并非先知，我也不明这场斗争结局到底如何，历朝起义首领有争得皇位的先例。谁知此次呢？凡事皆有可能。"

李自成禁不住打了个寒战："我该不会听错吧？你在暗示……除掉皇帝？"

"小子，难道你打算一辈子在林子里东躲西藏？再说，我也没给你出什么主意。"

"可……"

"你先别急，听我细细讲述一个寓言故事。我儿时常会向母亲抱怨邻居家其他孩子有谁比我跑得更快、游得更好，那时候夜里入睡前母亲便会讲起这个故事。它告诉我们人生的可能与不可能。"

老人在房屋中已有些发黑的柱子上敲敲他的烟斗，又把它塞进衣服褶皱处，轻声讲道："冀州南部有两座高山，太行山和王屋山，每座山方圆七百里，高万丈。山北有一位老人，名叫愚公，和全家在山脚下居住。有一天他突然觉得，山北交通阻塞，来回得绕道儿，很不方便。于是就将全家人召集在一起商量，想用全力把这两座大山搬掉，开辟一条大道。大家都表示赞同，只有他的妻子怀疑，对他说：'凭你这点儿力气，连小山也平不了，又怎么能把这两座大山平掉呢……再说，挖出来的泥土、石块又往哪里放呢？'

"愚公对此已有答案：'把挖掉的土、石头扔到渤海就行了！'他带领几个儿子挑上担子，凿石头，挖土块，用畚箕和箩筐把泥土石块运到渤海湾。冬去春来，一年后他们只往返运了一趟，因为路途实在是太过遥远。河曲有个名叫智叟的老人，

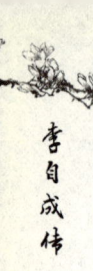

嘲笑愚公：'你真是太愚蠢了，像你这样大年纪，这么点儿力气，恐怕连山上的一根茅草也拔不动！'

"愚公长长叹了一口气回答道：'智叟啊，你糊涂……我完不成这件事又有何妨？即使我死了，还有我的儿子在呀！儿子又生孙子，孙子又生儿子，子子孙孙，无穷无尽也！可山是不会再增高了，何愁挖不平呢！'

"河曲智叟被说得没话可说了。而山神听到了愚公的这番话，害怕愚公不停地挖下去，就把这件事原原本本地报告了天帝。天帝被愚公的精神所感动，就派大力士夸娥氏的两个儿子，背起这两座大山，一座放在朔方的东部，一座放在雍州的南部，从此以后，从冀州的南部到汉水的南岸，便没有高山阻隔了。

"这个故事告诉我们，一旦有了宏大目标，就不要为琐事阻碍，不要怀疑你是否能成事……如此为得道之事，那定有后继之人完成伟业。"罗阳语气出奇地平静。

"我会细细斟酌。"李自成说完离开了师父住处。罗阳则望着弟子的背影，心中顿生忧虑。

到了深秋，刘海的队伍已经发展到了一千五百人。李自成提出建议想在村子里依据朝廷军队模式组建起一支由各种不同年龄段和武装力量组成的流动型队伍。得到刘海的允许后，他将弟兄们分成十人、五十人和一百人的小分队，每支小队确定队长，并在一些小分队中单独挑出长枪兵和弓箭手进行训练。

他这样做是有原因的。尽管直至今日他们所遇到的总督人马是一些零散力量，最多不超过一百五十人，可有朝一日朝廷会派大队人马，甚至动用手铳、火炮来绞杀他们……这样的念头一直萦绕在李自成心中。如果说手铳瞄准性较差，且射程不过四五十步，火炮也只能够一次齐射目标，这些对弟兄们威胁还不算太大，那么骑兵就不同了，他们能横扫敌方。最让李自成担忧的便是骑兵，因此他在自己队伍里招募了一些猎人，教他们如何使用军用弓弩。他们已经获得五十多支军用弓弩，这些都是战利品。

朝廷的弓弩手曾几度给他们制造了不小的麻烦，作战队伍中几乎五分之一的人都受到过箭伤。

刘海队伍里的人对朝廷的弓弩手又敬又怕，这是块难啃的硬骨头。大家都开始仔细琢磨该如何对付。李自成总孜孜不倦地引用大将军的一句名言：弓者，器之首也。故言武事者，首曰弓矢。

李自成让新手们于二十步之遥射中人形大小的木板，起初对许多人来说是不可能完成的任务。然而日复一日，一个月过后几乎所有的人都能十拿九稳射中小木板。

随后李自成把木板移至五十步、一百步。同样，大家开始都未成功，但渐渐地弓箭手们便胸有成竹了。

弓箭手队伍日益强大，李自成把训练重心转向长枪兵，他挑选了最强壮、耐力最好的农民们。长枪兵的任务最为艰巨，他们是挡在最前锋承受敌人骑兵第一打击的队伍。李自成给他们配的兵器为长六尺的狼筅。尽管刘海认为在山区朝廷不会派骑兵前来攻击，可李自成用从罗阳那里学来的话回应他"无知不为惧，惧己所不学"。听到此话，这个当过税吏的农民军头领只是摇摇头。一天，他请罗阳到家中议事。

喝完第一杯茶之后，刘海有些窘迫地提出他最关心的问题："罗尊长，请恕我冒犯，可正如我们以前曾几次说到我这个首领必须对弟兄们的将来负责，因此我必须万分信任我的每一个追随者。"

老人只是点头不语，往杯中续了些茶叶，双眼透过一缕落在前额上的银发盯着刘海。刘海发觉罗阳对他的话题颇有兴致，继续言道："您比任何人都要了解李自成……噢，我并不是说怀疑他的人品，他和弟兄们并肩作战、流血流汗。可是……怎么说呢……我还是要说出肺腑之言！罗长老，我实在是有些怕他！"

罗阳正在喝茶，听刘海这样一说，猛地被茶水呛了一下，连忙把茶杯搁在一边，甩甩手指上的几滴茶水，不断咳嗽着……刘海赶紧拍拍老人有些弯曲的背。罗阳用惊诧万分的眼神看着刘海："直到今日你才开始怕他？刘首领，一个抱有远见的英明领袖不应如此。"

刘海目瞪口呆，往后踉跄了几步，随后摸出身后蒲团下放着的一个葫芦酒壶，噗一声将软木塞打开，仰起脖子喝了起来。老人平静而耐心地瞧着刘海独自享用美酒，突出的喉结上下蠕动着。当刘海把空酒壶撂在一旁，慢慢心平气和下来时，罗阳用其一贯戏谑的口气说道："想当初，有李自成这样的士兵再好不过了，他既精通十八般兵器，又能教会其他的士兵打仗……"

"对对，正是如此！"刘海急忙插话。

老人颔首微笑，继续说："你可告诉我，你害怕什么？"

刘海瞬间满头冒汗，他赶紧擦擦前额，点了点头。罗阳意味深长地一笑，往杯中倒满茶水，不紧不慢地喝了一口。刘海望着老人，支支吾吾发话了。

"说实话，李自成此人的确颇为神秘，甚至我都没能摸清他的那些秘密。"

"比方说？"

"他说他出生在羊倌儿家庭，儿时常放羊。是吧？"

"正是……"

"那么该如何解释他被甘肃王公接纳入伍？难道那里经验丰富的兵还少吗？他一个偏远村子里的小小羊倌儿，怎么会被选上？"刘海眼里满是疑惑，继续说道，"显而易见，他饱读诗书，通晓战事谋略，甚至许多史上杰出将领皆不能及。那么就奇怪了，这个农民的儿子是如何得到朝廷将领一般的学问的？"

刘海眼睛一眨不眨地盯着罗阳，而老人只是微笑着。随后他放下空茶杯，轻拍刘首领的肩膀。刘海身穿一件昂贵的丝绸长袍，上面绣有龙图案。老人轻声说："刘首领，别忧心了，无论这个年轻的士兵到底是何人，有他这样的才华却唯你马首是瞻，该心满意足了。且信我一句，你以诚相待，他便忠心耿耿，像他这样的人永不会背叛。可他对背叛之人恨之入骨，会无情报复。刘首领，要是无他事，我先走一步……我会在远处瀑布树荫下静静思考我们俩的谈话。"

老人说完起身便走了出去。

而刘海继续用崇敬的目光望着他。这个罗阳，说话既不失其身份，充满对首领的敬意，又话中有话，饱含了师长对愚笨弟子的谆谆教导，实在是高明。

等罗阳掀开门帘离开、脚步声渐渐消失后，刘海轻轻拍了拍手掌，继而从小房子暗处溜出一个不起眼的人，他像蛇一般蹿到刘海跟前，深深鞠躬道："主子有何吩咐……"

这个人着装破烂不堪，甚至都无法想象出衣服原来的样子。一顶宽边圆锥形帽子，帽檐和双眼齐平，几乎遮住了他的脸。此人死气沉沉的说话声不仅让人无法推测他的年龄，甚至雌雄难辨。他或许是个壮年男子，或许是个中年妇人。但他有一个特征，让人看一眼就很难忘记他，因为他神出鬼没的步态，乍一看,似乎并没有挪动步伐,可就这么一眨眼工夫他就从一个角落突然蹿到了另一个角落。

"你可听到我们的谈话了?"

"主子,字字铭刻在心。"

"在你看来,李自成这小子如何?"

"他极其危险,主子。可老头子说得对,不是针对您。起码暂时还不是。"刘海抿了抿嘴,若有所思地听着墙外村子里的喧闹声,许久后终于发话:"你前往甘肃,去查清楚李自成在那儿当边兵的一切经历。去问问当地那些小酒馆掌柜、大夫,要是他曾打过仗,那就会受伤,就会找人治,也许有好多这样的经历……反正这些不需要我来教你。快去,你有一个半月到两个月的时间,眼下冬季将至,也不必担心会有什么朝廷那边的威胁。这个时候恐怕朝廷的人马都不会上山来。而春季之前我必须弄清楚李自成这个怪家伙的一切。你听明白了吗?"

陌生人把身躯弯得更低了。刘海从房间角落的一个小箱子里取出粗布包,掂了掂,银子发出沉闷的响声。

"这些应该够用了。趁关卡还开着快点儿出发。蛇年(1629年)年初前等你回来报信,可别让你主子失望。"

这个人微微点头,动作轻盈地向房外走去,门帘仿佛丝毫不动,可他瞬间便已无影无踪。

刘海又坐回垫子上,想起他和这个神秘之人是如何在一场战斗中相逢的场景。他准备等待更为确切的消息,然后再做一些重大决定。正如古法兵书中所言:"昔殷之兴也,伊挚在夏;周之兴也,吕牙在殷。故惟明君贤将,能以上智为间者,必成大功。此兵之要,三军之所恃而动也。"刘海已在周边省份建立了一个强大的情报网。他的众多眼线助其一臂之力,让刘海的队伍在和朝廷人马的冲突中尽可能减少伤亡。

因为刘海事先就得到消息,对那些朝廷将领的情况了如指掌,比如他的长处、弱点,还有什么最能引其上钩。利用这些情报,他便能掌控战局,发挥自己队伍的最大优势。

刘海队伍的人数虽然不多,可屡次作战还从未遭受过失败,而他的将士们总会清楚地掌握对方在附近几条作战线路上的动向,这一切在很大程度上要归功于刘海布下的眼线所提供的消息。

如今他的线人要为其了解李自成的来路,他可不能容忍身边的人来历不清。要知道,他自己立下了宏图大志。

"向前一步,再往前一步,顶起矛头,右腿微微蹲下……矛头再抬高些,要对准马的前胸去刺。"李自成沿着长枪兵的列队走来走去,目光尖锐地盯着士兵们的每一个动作。士兵们的矛镦必须要牢牢顶在地上,否则将无力抵抗来自飞马骑兵的冲击力。

李自成满意地点点头,说:"与第一次操练相比,现在弟兄们的动作可以说已经非常标准了。然而,和朝廷军队的训练水平还是不可同日而语。朝廷的将士们世代习武,谁又能和他们相提并论呢?"

"立正,解散。"李自成下了口令,然后他注意到那些农民们不像以前那么大惊小怪了,而是敏捷地按照指令行动。他们流着汗,在霜寒中面带微笑。这些昔日的普通农民们终于开始进入士兵的角色了。虽说还并不专业,可至少在面对敌人骑兵攻击时不会惊慌失措、四处逃窜。

士兵们慢慢散开,相互交谈着,分享他们刚才训练时的感

想。李自成则走到一边，掀起盖在水桶上的一块粗布，又解下盔甲脱下上衣，拿起水桶便往身上倒。

冰冷的水倾泻下来，李自成一下子屏住呼吸，他热乎乎的身躯开始冒出水汽，皮肤渐渐发红，似乎体内流淌着一种神奇的热量。他拿起士兵递给他的毛巾，开始大力揉搓身躯，活血驱寒。

而另一旁，当地的一些小男孩们兴致勃勃地看着长枪兵操练的情景。他们每个人仿佛梦想穿上闪亮的盔甲，手持猩红色枪缨的沉甸甸的长枪。李自成看着孩子们，回想起自己的童年……他在他们这个年龄时所期望的远非如此。

此刻罗阳从他背后走来，轻轻咳了一声。李自成转过身子微笑着说："瞧，罗师父，这些小子将来可了不得。"他指着那群兴致高涨的男孩们。罗阳捋了捋银灰色的发须，故意装出异常严肃的表情往孩子那儿看去。孩子们被逗乐了，嬉笑着散开，而罗阳转向李自成说道："操练进展得如何？"

"一切皆按计划进行。"李自成说着便把盔甲穿在已擦干的身上，"有些进展，可要操练的内容还多着呢。我以为，春季之前他们将变为成熟的队伍，到时候能和总督人马一拼高下。当然，前提是咱们的人数得多。我可不会让他们和朝廷军队一对一作战。我们这边只能依靠安排巧妙的阵营，还有伏击战术才有胜算……要看情况吧。"

罗阳环顾四周，看看附近是否有耳目，随后小声说："据松鸦传信，陕西总督春天打算派几百名骑兵到此……"

李自成微微一颤。

"也就是说，咱们训练长枪兵正是时候。"他若有所思言道。老人点点头。李自成继续发话道，"而且咱们迫切需要一些火器，至少是火枪。没有这些火器我们将无法阻挡骑兵的攻击，毕竟咱们训练水平还差得远，再说人数也不够。所以说，我们必须偷袭一个不太强大的驻军，缴获兵器，我以为咱们的队伍有能力办得到。"

"我听闻，"罗阳似乎漫不经心地插话道，"附近地区有一些起义队伍，好像战果硕硕，他们当中不仅仅是农民，还有一些以前朝廷的士兵也加入他们的队伍里。"

"你的意思是我们和他们联合起来？"李自成拉紧箭带，整了整背上的剑鞘，大声喊道。

老人则摊摊手说："我又是何人，怎能左右将领？"

"那我又是何人，能决定与谁联合与谁决裂？"李自成照着师父的口气说道，罗阳则耸耸肩。

"你可以向刘首领提个建议，难道舌头还会掉下来？再说，他手下众多弟兄早就议论纷纷，有这个想法了，也不是什么新鲜主意。"

"你自己为何不提？"李自成反问了一句。

罗阳圆滑地闭上了双目："老朽何德何能？只不过是浩瀚尘世中的一粒尘埃！哪是我来助天降大任之人一臂之力的！"

李自成只是不住地摇头。罗阳这个人精，众人皆知，刘海只要一听他的名字就会心服口服，都不需要怎么去劝说。可他偏偏不去说，要让李自成去说服刘海。

然而李自成觉得，目前为止他还未能向刘海提供那些实质性的战略解决方案。至于谈谈朝廷军队的战术，理论上解释解释，那完全小菜一碟。可要是讲到关键问题，决定与谁结盟、何方为敌，那是掉脑袋的事。正如孔子曰："多闻阙疑，慎言其余，则寡尤。"还是好好遵循古代圣贤之言吧。

"你那些剑客技能如何了？"罗阳把话题转移到另一个令他头疼的问题上。李自成早心领神会，苦笑一声说："师父，此并非易事。对那些农民来说，学会长枪还算是容易办得到，他们从小就熟悉爬犁草叉，道理也差不离儿，教他们如何精通长枪长矛并非难事，而剑道完全是另一码事……剑和刀不同，剑有双刃，需通解微妙武艺。可那些农民们连基本的七种直握法都学不会，更别提其他的握剑法了。说起来简单，但我们还是需要有正宗的精通剑法之人。诚然这些弟兄们心中充满慷慨杀敌之情，可一上沙场，面对精通战术兵器的朝廷将士，他们将以卵击石、粉身碎骨。"

"小李，我信你。"罗阳郑重其事地点着头，"然而要想实现刘海的抱负，从总督手里夺得陕西，就不得不考虑与其他农民起义队伍联合起来并推选一个首领。千里之行，始于足下。用不了多久，你的那些牛犊子，"罗阳朝村子那头正专心习武练剑的士兵们扬扬下巴，"在这个牛棚里会觉得挤得很咯。小子，你别不信我，技艺渐长，野心亦长。"

"师父，您放心，我会铭记在心，并慎重考虑此事。"

话说子月末（12月7日至1月4日），厚厚的积雪已然覆盖山坡，一个阴沉的冬日黄昏时刻，刘海两个月前派去甘肃的那个线人像鬼影一般悄悄地溜进了主子住处。霎时牛皮纸窗户后油灯发出的幽幽红光被熄灭了……

京城。皇宫。

年少的崇祯帝朱由检在灯下仔细地看去皮的黄果，然后又把目光投向龙椅下方战战兢兢立着的户部大臣。

大臣刚向崇祯帝上了奏本，陈述秋收之事。说完他已汗流浃背，夹衣尽湿，此刻他恨不得立马掏出手绢擦去额头滴落下的汗水，更奢望着能变成一只飞蛾离开宫殿，到市井街巷透透气，但他不得不弯腰等待崇祯帝开金口。

而崇祯帝听闻此祸殃之信，许久不欲言。泱泱大国，已遭天灾人祸，天下大势岌岌可危。国库亏空，几省皆农民暴动频发，秋季税收危矣。

崇祯帝紧靠着精美木雕龙椅背，双目紧闭，长叹一口气。朝堂中大臣们前一刻还小声议论着，顿时鸦雀无声，谨慎地看着崇祯帝的脸色。向崇祯帝报告噩耗可非易事。那个倒霉的大臣寻思着，宁可用白绫自缢，这样起码还能保全尊严，也不愿监斩官来砍他的人头。

他甚至闭上眼睛，想象着死去后道教法师们在其房中用金锁链驱邪超度的场景。之后家中会奉上黑狗、屠刀和木板，法师将切断狗尾巴。随后房主人把吱吱尖叫的狗依次拖到屋里各个角落，一圈后将其驱赶到大街上，这样就算驱除邪灵煞气了。烧制一些硫黄火硝混合物，用来熏蒸房子，亲戚们再把法师给他们的红纸卷轴贴在门口，免得恶鬼们再转回来。

而他上吊的那根横梁将被砍断烧毁，他为自身以及家族尊严荣耀而死，则死后会被誉为忠臣，家族功名皆存。

大臣想着想着，只听崇祯帝一声高喊："爱卿！朕早已预料有此灾祸，莫非户部无力解各省之灾？唯瓷器丝绸产业不足以豢养宫中上下，国库几近亏空，如何填补？卿以为如何处之？听朕一言，如若无力回天，户部首当其冲裁减官员。"

面对这位年轻可又咄咄逼人的皇帝愤怒的目光，上奏的户部大臣把脸几乎贴到地上，说："陛下，户部长期提议减少朝廷邮驿开支，近来路途险恶，百姓减少甚至中止递书向宫中传递

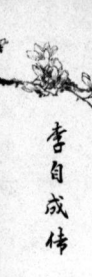

消息，陛下，那些锦衣卫、斥候皆可……"

"你提议大大削减邮驿？"崇祯帝终于抬起头看着大臣。他吞吞吐吐地开口道："户部以为应该全部解散邮驿……此举将使国库财政有至少一年半的喘息时间。"

崇祯帝从龙椅上站起来，朝堂群臣皆立马弯腰俯身。

"就按你说的办吧。"崇祯帝扫视了一遍下面战战兢兢的群臣，随口说道，"对了，东林的各位，随寡人进御书房议事。朕以为须细细商议此奏本，研究对策。"

说完，崇祯帝头也不回地转身离开。他身后立刻出现三个穿着破旧衣服的人，一步不离跟随着。他们其貌不扬的外表或许会迷惑任何人，可崇祯帝和其亲信随从心知肚明，这三人并非只是文人学士，更为久经沙场的将士。他们可不是来讨好崇祯帝的，而是打算翻天覆地重整朝政，并且他们很清楚该如何行动。

第四章　血腥麻将

　　早春雪刚融化，总督的士卒就沿着微微晒干的小径上了山。起义军派出的第一批哨兵寅月末（约为2月4日至3月4日）就在距离较远的村子附近发现了总督人马的踪迹。这是一个不超过一百五十人的轻装队伍，没有骑兵的踪影，这让李自成暗暗庆幸。尽管他再清楚不过为何没有骑兵，这是因为早春的山地太过松软，马匹在山坡行走危险重重。要是骑兵和马匹在行军过程中滑倒，那不但会导致人马伤亡，还极有可能给整支队伍造成损失。

　　然而，光从这队人马的行程线路来分析，陕西总督这次欲除掉农民起义军的决心已下。所有的军士皆集中兵力，细细排查每一个村庄，寻找起义军的蛛丝马迹，而不是像以前只是在废弃的村落来回徘徊，找一些逃难农民留下的财物。

　　李自成建议刘海先不急着和总督人马冲突，目前且暗中观察其动向。可他们都清楚，迟早有一天双方的交战不可避免。目前刘海的队伍由三千多名训练有素的士兵组成，他们每人明确自己在阵营中的位置和职责，并在一定程度上掌握了所持兵器的用法。他们还无力抵抗朝廷数千人的军士，可对付总督全副武装的小股力量已不在话下。

　　一切皆决于瞬间。早春的一个清晨，前哨巡逻前来报告称有一支一百五十人左右的骑兵队伍沿着秘密山路向营地赶来。营地弟兄们都开始慌乱起来，可李自成安抚他们说巡逻的只是报告队伍行踪，而并没有拉起警报。由此可见，沿山路前行的并非敌人。

　　刘海和李自成带着罗阳,一起在营地另一头与队伍的前锋人马相见。骑兵从林子深处飞奔而来,顿时拉马停下,清晰可见,一个个身着朝廷军服盔甲、英姿飒爽。然而等他们走近,仔细打量,全然是另一景象:士兵们所戴头盔、着装完全不合身,眼神毫无敌意,反而充满好奇。他们迈着小步走到刘海他们跟前,摘下头盔,低头俯身。

　　一位年长的鹤发骑手往前站了站,他身上的衣物质料讲究,可已饱经风霜,脚下穿的是一双结实的牛皮靴。马鞍上紧紧绑着一个套索,背后挂着普通的狩猎弓箭和箭袋。

　　骑手低下头,单膝跪地:"早闻刘海英雄大名,请受一拜!在下是……"

　　"程北?"李自成急匆匆地打断了他的话,随后走到其身边,一把握住他的肩膀让他起身,"老友幸会幸会!难道老友认不出我了,我是小李,你曾教会我骑术!"

　　骑手起身注视着李自成,许久后目光闪现出一丝光亮,他猛地抱住李自成:"原来是你,神速披风小李!弟兄们!"他转身面向自己一百五十人左右的队伍,"这是自己人,昔日好友!"

　　李自成此时也面朝刘海和罗阳,只见他们俩脸上神情惊讶万分,李自成说道:

　　"首领、师父,这是自己人。"他指着程北马披上的字说,"朝廷邮驿投奔咱们来了!"

　　皇帝决定解散邮驿,他们这些人皆愤愤不平。自古以来,邮驿乃是一国通信命脉,国家时局安,则邮驿安。此差事自古不更。可一夜间数千名训练有素的骑手失去差事,他们怎么养家糊口,要知道他们除了在马匹道路上送信,也无其他出路。

这些弟兄们对以后的日子毫无信心，满怀对皇帝和朝廷的不满，只有一条路——到起义军的队伍中。

铲除不正之风，或许皇帝是在那帮奸猾的太监教唆下解散他们的。按理说皇帝乃天子，一国之君，道之化身，他本人怎会做出这么愚蠢的决定？

当总督的人下了解散命令后，陕西邮驿管事程北就毫不犹豫决定投奔起义军。事不宜迟，他立刻调动自己的人马，聚集起陕西乃至天下最优秀的骑手，协商之后决定上山。民间已传得沸沸扬扬，深山中有一支刘海率领的起义队伍，他们骁勇善战，神出鬼没，每次都将总督的人马打得落花流水。

程北只是有一个顾虑，自己手下的人是倚靠国库供给，其中不少几代得俸于朝廷，起初他们难以接受程北的想法，可邮差们后来细细琢磨，明白自己除了在道上奔马送信，什么本事都没有，他们习惯于中规中矩、安定、简单的生活方式外，一下子没了依靠又能何去何从？而程北指的出路或许是个好办法。况且至今人人对刘海的农民队伍赞不绝口。整个冬天，各地上山的农民一拨接一拨，几乎没有人下山返回，当然也有少许人因为各种原因没能在起义部队里扎根，可其中又有谁能安居乐业、另寻好去处？

而且每个身处刘海营地的人都这样描述这支队伍：纪律严明、训练有方、不烧杀抢夺，弟兄们亲如一家人，首领亲自为士兵分配所获土地，分享丰收的粮食。

在刘海的队伍中绝对无"饥荒"二字。今年夏季他将率人马下山，从贪婪的官员和朝廷手中解救陕西百姓，到时候陕西就真的会太平祥和！

程北这个老邮差在前往陕西北部的途中从很多人口里皆听

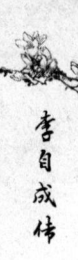

闻这些，愈发意识到他和弟兄们投靠的是一个强有力、行正道的农民首领，所选之路善矣！他和手下不通战术，可毫无疑问他们的骑术、技能以及人手对起义军来说如同及时雨。再说教他们战术谋略并非难事，邮差常年积累的耐力非常人所能及。如今，李自成竟然作为刘海左膀右臂站在他眼前，这让他如释重负。要是没这层关系，大家或许还会抱有疑惑态度，现在好了，邮差们人人皆识起义军的主将，气氛一下子轻松起来。

这些新来的邮差们曾走南闯北，到过不少村落，所以在农民队伍中很快就遇到不少旧相识。他们一下子打成一片，互相嘘寒问暖。

尽管邮差们并未经历过饥饿与丧亲之痛，可他们今日站在反抗总督队伍一边。想当初日夜办差辛苦，一瞬间就被解散革职，丢了饭碗，邮差们对朝廷和皇帝此举怨恨无比。李自成让这些新士兵花一两天工夫熟悉营地生活，随后便开始骑兵训练。曾经的师父程北如今成了他的弟子……

第一日操练如何掌握刀剑盾牌的技巧，士兵们学得还算是轻松。刘海请程北到其住处一聚，那里还有李自成、罗阳以及百夫长和千夫长。

程北到了刘海居所，起初有些受宠若惊，他一个小小的邮驿管事怎会受到如此厚待？当罗阳这位大名鼎鼎的智者将一杯香茶端放在他跟前时，他俯身致谢，稍稍平复了一下心绪，倾听他们请他来的缘由。这个老邮差想起孔子之言"言寡尤"，便保持沉默，不急着发问。

当在场的每个人品尝完精心泡制的香茗并致谢后，刘海微微低头，开口问："您走遍天下路，能否告知天下之情形？吾等孤陋寡闻，只了解一些陕西内大小事情，根本不晓天下事。阁下率众投奔此地，依我所见，说明朝廷日益衰败。是否如此？"

程北神情严肃地点点头："我和手下弟兄们近年来奔走于中原。不仅是陕西，还有甘肃、河北、四川、山西等地皆爆发起义……多地农民军战果丰硕。朝廷官吏们一听到那些首领诨号如八大王、老回回，当然还有那个颇有名声的闯王高迎祥，就吓得失魂落魄。农民军手上不仅持着鞭子、爬犁，还有长矛刀剑，甚至还广泛使用骑兵！很快起义队伍的力量可以和朝廷相抗衡了。"

刘海与罗阳互相对视了一眼，而李自成若有所思地点着头，其余人等皆神色凝重。想当初他们只不过是些农民和工匠，因世事变故不得不另寻生路，而如今突然发现竟然站在悬崖边上，一脚踏空便粉身碎骨。想来有些害怕，但只是稍许而已。

"你们在说骑兵……"李自成炯炯有神地扫视一圈，"弟兄们，如今咱们也有骑兵了，完全有力量和其他农民队伍争个高低！不久以后所有周边省份将在咱们掌控中，皇帝老儿也不得不惧我们三分！"

在场的每个人情绪异常激动，深深陶醉在美好前景之中。的确，现如今这是一支强有力的队伍，不容小觑。战士们相互拥抱着，神采飞扬，有的还从口袋里掏出酒瓶……

唯独罗阳站在一旁，用沉重的目光打量着士兵们，不住地摇头。在其漫长艰难的现实生活中，他什么没见过？没有人比他更清楚，狂欢之后随之而来的将是苦难。

"罗长老，在下早有意和您深谈。"刘海指了指他前面的椅子，请罗阳入座。刘海的人马在数月前已增加了一千五百名骑兵，在程北和李自成精心教导操练下，他们已成为精干的队伍，数次血腥战斗中让朝廷军队尝到了滋味。并且他们已下山扎根

于山谷。军营驻扎于汉中，直逼西安。

刘海的住所位于汉中城郊，罗阳坐在这个小屋里，准备倾听起义军首领发话。

"几个月前我曾派人前往西安和兰州，在下交给他的任务便是打听一切关于李自成的来历。罗长老，希望您不介意在下的此举吧？"

罗阳只是双眼微合，表示他愿意听下去。刘海继续说道："您可知我的线人带来什么消息吗？"

"你不说我从何得知？"罗阳漫不经心地撇撇嘴，说，"这可是你的线人……"

刘海大笑一声："您从未怀疑过带到我营地的究竟是何人？"

罗阳此时睁大双眼盯着刘首领："我为何要怀疑？你可知民间说法？人无完人。好友亦有瑕疵。寻好友之过——失友也。"

刘海则猛拍双手："那么杀人算不算过失？您能想象，我们的小李在二十岁时曾从死牢里逃出来？！他犯下的是杀人罪！"

罗阳轻轻一笑："这里每个人每隔一天甚至每天都在杀人，这有何稀奇？经验足的士兵一下子能杀掉好几个人，那么要是他以前曾做过这样的事，又有何妨？"

刘海挥挥手说："我说的不是他们那些人，而是咱们这个神秘的左膀右臂，我们对其一无所知。"

"那你为何沉默许久？"罗阳抬起头。

刘海用手摸摸后脑勺："还不是每天事务繁多顾不上……可不能再这样下去了，必须得把事情搞清楚，我可不能和一个不明底细的人并肩作战。"

"那你自己去问他呀！"罗阳高声说道。刘海则低下头默不作声，突然猛地击掌。只见从门外进来一个赤脚男孩，这是负责刘海伙食的随从，他俯身听令。

"快快把李自成军师请来，告诉他我在等他。"

"主子，得令。"男孩子轻便的身影一下子溜出了房间。罗阳向窗外望去，只见一排排士兵舞刀弄剑、尘土飞扬……的确他们的队伍已不容小觑，一山难容二虎，此番谈话在所难免。稍过片刻李自成便来了。他走进房屋时，脱下击剑用的手套，擦擦冒着汗珠的额头。他刚训练完一百名新剑手，直接就从操练场奔过来。刚踏进门槛，他就瞧见了刘海脸上的尴尬表情，还有师父罗阳好奇的眼神。

"何事这么紧急？"他急匆匆走进房间，一屁股坐在他们对面的蒲团上，从几乎冷却的茶壶里倒了一杯茶。罗阳耸耸肩说："依我看来，并无大事。只是……"他话未说完，就被激动的刘海打断了："我可不会等到我们出大事的那一天，我也会相信一个死牢的囚犯，尤其还是个逃脱死牢的……"

李自成苦笑一声："是这个事……我早已预料到这段历史终究会浮出水面……"

"那你既然早已预料到，为何隐瞒至今？你过去的那些事，难道就这么让你金口难开？"

罗阳虽未责备，可说话的语气略带怨气。李自成摊了摊手："这也没什么可说的，要是去问问营地里的每个人，或许十有八九都能讲出类似的故事吧。"

"我不明白你究竟为何隐瞒？"或许罗阳刚才的话起了作用，刘海的声音也缓和了些。一瞬间刘海脑海中闪现一个念头，的确身边需要像罗阳这样的智者，以便及时让他在关键时刻不要冲动，"小李，你如何能与那些普通的农民相提并论！你武艺高强，才华出众，当然是众多弟兄的表率，也是队伍里的领头人。"

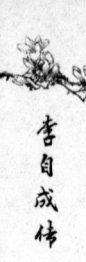

这几年军中战技大大提高,这都归功于你,我预感你是成大事之人! ……你也别说我说得不对,我就看中你的才华,也知你品性,你认准目标一往无前,有撼动山河之勇气。然而我希望我们之间能坦诚相待,毫无间隙和误会,这可是成大事得胜之根基,因而请你告知我你当时究竟犯了什么罪?"

李自成笑了一声,说:"我把地主的儿子给杀了。"他有些不情愿地回答。刘海和罗阳互递了眼色。

"我了解你的人品,毫无疑问那个地主的儿子该得此下场吧。这事发生在甘肃?"罗阳问道。李自成摇摇头:"还是在我老家。"他轻声说,"你们想让我细细说来?"

刘海和罗阳又一次相互对视一眼,随后两人皆摇摇头。他俩都觉察到,李自成此刻偷偷地松了口气。或许只是错觉呢,天知道。

"就这事?"李自成看着罗阳和首领,眼里似乎没有丝毫隐藏。可刘海谨慎地挥挥手,示意李自成留下。

"唉,恐怕接下来说的也非好事。"他口气生硬,随后倒了一杯冷冰冰的茶水放到李自成面前。李自成犹豫了一会儿,然后便端坐在首领前的长凳上。他抿了口茶水,把杯子放在桌案上,全神贯注地盯着刘海。

刘海一时也不知如何开口,正琢磨着,罗阳竟一把将话接了过来:"小李,考虑了你所提的与其他起义军联合的建议,你的提议确实有理,即便是我们有一支训练有素的骑兵队,可还是无力抵抗人数众多的朝廷官兵。对了,你是否熟悉官兵口里说的马匪,他们好像在附近出没。"

李自成沉默不语。在他脸上甚至都不能觉察出他内心想的是啥。罗阳则暗暗得意,他多年来的教导没有白费,这个年轻人已经学会了不露声色。

"我孤陋寡闻,见识没那么广。"李自成终于开口回答。他脸上除了恭敬,什么表情都不显露出来。罗阳师父心里暗暗寻思。据刘海的密探报称李自成从死牢里逃出后曾有一段时间成了马匪的一员。好小子知情不报!可他并没有将此说出口,因为李自成说得也对,刘海的军队里难道就各个清白吗?

"可惜了。"刘海漫不经心地说,温和地点点头,"自然,我尊重你的意愿,可此事对我们来说将大有好处。"

"我明白。"李自成点点头,突然不知为何他说出下面的话来,"那个向你告发我的人一定说过,我曾有段时间为逃避官府缉拿,躲在林子深处强盗那里,等待风声过去。我承认这个事儿,只是当时给予我庇护的那些人对你来说力量过于微弱。况且听说在我离开后过了一个月,那帮人就被总督的巡逻队剿灭了。对了,师父,就是那个时候我和您相遇。"李自成朝罗阳鞠了一躬,罗阳也点头示意。

刘海正想说些什么来缓解略有些僵持的气氛,可正在这一刻从营地南门那边传来一阵尖锐的哨子声。

"有紧急情况!"李自成喊道,立刻跑出房子,紧跟其身后的便是罗阳,随后刘海也急匆匆穿上有些不合身的铁环护甲抬脚出了屋子,满头是汗的报信人从马上摔下,连滚带爬地到他脚下:"报首领,有敌军!人数众多!正朝咱们这边赶来!"

李自成猛地跑到报信人身边,一把抓起其衣领大喊:"你说清楚,是什么军队?人数众多那是多少?离咱们的村子还有多远?"

那个可怜巴巴的报信人只不过是个未满十五岁的少年,他一直待在村庄远郊一个精心隐藏的岗哨,暗中观察周边动静。

少年浑身都是灰土,他抹去了脸颊上的汗水和泪水,喊道:"有好几千人!总督的人马还有火矛!他们离咱们只一步之遥!"

刘海深深吸了一口气,试图让自己怦怦乱跳的心平复下来。这次总督动真格了!以往只是些松散的队伍在村子里轻而易举地掠夺些财物,可这次非同以往,是装备精良的朝廷的官军,专门用来对付起义军的。最好不要和他们正面交锋……可是已没有其他出路,这如何是好?刘海回头看了眼李自成,想从他那里得到解决办法,可他只是若有所思地摇着头。

"你怎么不说话?"刘海着急地喊道。李自成则慢慢抬起头望着他,突然间……脸上竟露出微笑!他的笑容如此灿烂,仿佛报信的带来了一个天大的喜讯!刘海见此,心中怒火渐长,他不明白李自成为何发笑,难道嘲讽讥笑他刘海?站在一旁的罗阳洞察到刘海此刻就要发火,立即用手拍了拍刘海的肩膀,让其不要动怒……

李自成这时扶起报信的少年,向旁边人喊道:

"好生招待这小子,他可行了几十里路给我们带来喜讯,关键一战正等着我们!"

周围的人一听此言,情绪高涨,高声大叫起来。几个人很快拉着报信的少年到了厨房,那里已弥漫着炖鸭的香味。

李自成猛地一转身,向刘海发问:"刘首领,您似乎并不愿意面对敌军?"

刘海紧咬嘴唇说:

"这怎么说呢……"

"实话实说呗!"李自成笑了起来,"其实您的担心没有必要,首先,咱们终于有机会来一次真正的战斗,而且在实战中能看看我们弟兄们的训练成果。其次,给总督他们点儿颜色看看，让他们以后再也不敢冒犯您的地盘。还有，这场战斗如果取胜，你将荣耀无比，咱们有资本和更强大的起义军结盟。我本人是不愿意总是当老二，到处乞求别人的。"李自成突然冒出这么一句话来。

刘海沉思许久，忍不住低声问道："那要是咱们败了呢？我们的队伍是个什么下场？况且，咱们人数上也没他们多。"

"依我看，他们不会超过五千人。"李自成平静地说，"我们的队伍也近四千人了，其中一千五百人为骑兵。也就是说，人数几乎相等。还考虑到这是我们的地盘，咱们熟知每一条小路，随时都能撤退到既定的阵地上，这些既定的阵地在不同的方向、区域已准备妥当。另外，我还会派密探到敌方。弟兄们有谁会到敌人的阵营？"

在场的一群士兵们都屏住呼吸倾听，有几个人马上偷偷离开了。但李自成似乎早已有了人选，他指着一个站在后台不起眼的人："就你，小唐，到敌人的营地去告诉他们，咱们的队伍往通向延安城的路上前行。你假装是个逃兵，然后愿意给他们当引路的。你带领他们到双猞猁谷那边，明白我的意思吗？"

"是！"小唐深鞠一躬。

"要是你运气好，战斗前找个地方躲起来，还有生机。"

"明白，大人。"他再一次弯腰鞠躬。

"那你快去准备吧。"李自成向他点了点头。刘海此时清了清嗓子说道："我还是想知道咱们如何能打败朝廷的人马？灭了那些县衙的蠢驴倒轻松，可要对付总督的爪牙们完全是另外一回事了……"

"现在也是时候该离开山谷了，否则咱们会被围困在此，到时所有的豺狼虎豹会被派到这里剿杀我们。这样的话，所有的

主动权都在他们手上。首领，请恕我告退，我需要和密探商量具体事宜再作打算，就是为了让敌军照着我的棋局走。"

李自成屈身告退，向站在一旁已焦急等待的小唐走去。刘海一言不发，只是摇摇头，随后就回去修整兵器去了。

李自成对于自己军队的优势和短处再清楚不过。他感觉，与朝廷正面交锋时机已到。此外，他也想在这次实战中证明最近半年内与弟兄们操练的几个战术技巧是否有效。天赐良机，是该大显身手了。

小唐的使命是将总督的军队引到双狻猊谷，那里地貌特殊，一条小路穿越于山间平地，周围覆盖着茂密坚硬的灌木丛，而平地本身并不宽，只需三四排士兵就能完全堵死出路。敌人的骑兵在这种情况下，无法使用拿手的迂回战术，他们也就会变得毫无用处。至于交战时所用战术，李自成已早有打算。

从清晨起，起义军队伍就在田野静候，据李自成估算，敌军到此距离不到一个时辰的路程。士兵们按照以往习惯的阵列排好，将自己的盾牌放在他们前面的草地上。而骑兵们不像常规的那样准备侧翼攻击，而是列于步兵身后，挤成一团。

"你这样一来让我们的骑兵如同鸡肋。"刘海从牙缝里挤出这几个字。李自成则耸耸肩。

"并非如此。敌军有火矛，马受到惊吓则骑兵攻击不成。"

"那如何是好？"

"静候。"李自成平静地回答。刘海则满怀疑虑地摆摆头。对他而言，朝廷军队如同天子一般，似乎是遥不可及的。

然而正在此刻响起了号角声，只见远远的田野边缘已显现朝廷队伍的影子。起义军的士兵们并没有慌乱，这让刘海心中赞叹不已，他只是听到队伍中轻轻的一声叹息……声音中似乎透着一种如释重负的感觉。

朝廷军队的士兵一个个身手矫健，他们迅速排好战阵，只见第一排的士兵们手持火矛冲在最前面，他们离起义军还有一定距离。火铳也准备就绪，他们的职责是抵抗第一波骑兵攻击。当总督的军队慢慢伸展开，有整个田野那么宽时，李自成高声喊道："一。"

他的士兵身背箭袋，弯下腰捡起地上紧绷的弓。

"二。"第一排箭手单膝跪下，第二排箭上弓原地站位，而第三排站在后备队弓箭手侧边。这样一来三排队伍都上弦搭弓，准备射出他们致命的一箭。

总督的手下一时半会儿有些迷糊，可听到将领下令后，整个队伍开始慢慢前行。

"三！"李自成一声吼叫，数千支利箭齐刷刷向敌军人马飞去。总督的队伍中立刻传来一片痛苦的哀叫声，有些人倒地，有的则试图用盾牌掩护自己，第一排士兵立刻乱了阵脚。

"放箭！"李自成再一次发号施令，又一簇簇密密麻麻的箭飞向敌人。最遭殃的是那站在最前列的士兵，他们原本准备抗击骑兵攻击，可谁知根本就无其踪影。火矛也无力对敌军造成任何伤害，甚至都无法射到起义队伍的第一排，火药发出的轰鸣声也起不了威慑作用。

刘海在一瞬间突然发现，他们就是按兵不动也能顺利结束战斗，更何况总督的火铳兵开始匆忙地后退，躲在持有盾牌的步兵身后。可显然李自成另有打算，他要的不只是胜仗，他要的是彻底击溃总督的人马。

"射箭！"他第三次下令。弓箭手们射出飞箭，随后麻利地拉下身上的弓箭袋，从地上举起盾牌，所有人几乎同步到位站

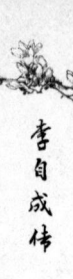

好队列，阵形向两侧跨出一步，在中间让出了一条宽阔的通道。通道的另一头远远闪现出起义军的骑兵，这些原来的邮差们手持长矛驰骋而来。

总督的队伍刚遭飞箭袭击还没来得及喘口气，长枪兵也尚未排好抵抗骑兵攻击的阵形，李自成的骑兵就从天而降般杀了过来。他们如同海浪席卷，用长矛挨个刺杀敌方士兵。长矛变钝了，骑手们拔出利剑……顿时一片血腥砍杀场面。

此刻起义军步兵阵队也开始慢慢移动前行，他们朝着战场方向，一点点加快步伐。最后几米他们几乎是飞奔而去，直接杀进血肉模糊的朝廷队伍中。与此同时，骑兵们已然突破朝廷的人马阵营，出现在他们的后方。总督的士兵们一边急于抵抗骑兵袭击，可另一边起义军致命的飞箭却片刻不停，总督人马受到两面夹击，措手不及。

李自成这边的士兵们早已习惯了火药武器发出的响声，因此神情坦然，相当于给总督的队伍一个下马威，而对于起义军训练有素、巧妙布阵的弓箭手所带来的杀伤力他们则毫无防备。按照常规战术，朝廷的骑兵左右两侧夹击起义军，用火矛惊吓敌方的马，击溃起义军的骑兵队，然后到后方一举摧毁步兵。

而李自成出其不意，从战斗一开始就用弓箭手给总督人马造成了致命的伤害，随后骑兵出发，彻底击毁了惊慌失措的步兵队。此外总督的骑兵身处狭隘拥挤处，根本不能发挥其作用，同时从起义军方向射来的飞箭一下子撂倒了几百名骑兵，其余的则逃之夭夭。起义军的骑兵们追杀着，口中模仿女真族撕心裂肺的吼声，将他们赶出双猞猁谷。起义军剑手出击，杀敌无数，朝廷士兵中不少人双膝跪地乞求怜悯，可起义军众多弟兄都满怀报仇雪恨之意，哪儿还能放过他们？

罗阳身处附近的山顶,在一旁静静观战。刘海一见到胜负已定,就迫不及待拔出刀剑,不管罗阳怎么拦着,他还是冲到血肉模糊的战场中。

此时连三岁小孩也明白,总督的军队彻底败了,队伍零零散散,做着无用的抵抗。起义军骑兵满山谷追拿逃跑的人,步兵则身上沾满敌人的鲜血,有的甚至被脚下的血滑倒,可他们仍不断砍杀敌军。

李自成终于骑马奔驰,到了罗阳所在的山岗。他的盔甲好几处都被砍裂,鲜血从伤口中渗出,左眉上依稀可见敌人刀剑所留下的印记,金属头盔也被劈得凹凸不平,可是这位年轻将领的眼中闪烁着胜利后的喜悦之光。

"师父,咱们打了胜仗!我们终于做到了!"他高喊着,把剑举过头顶,"咱们的首领在何处?我想告诉他这个喜讯!"

可见到罗阳黯淡的眼神,李自成愣住了。他转过身来……不知什么原因,他心里一颤,有种不祥的预感。

几人抬着尸体走过来,尸体被放在朝廷将士披风上。他们到李自成身边,将尸体放在地上,跪了下来。"怎会如此?"李自成滑下马,声音嘶哑地问道。一个人抬起头,饱含泪水:

"刘首领作战英勇无比,如同猛虎,后来不幸被总督一名百夫长从背后突袭刺中。我们发现时为时已晚……"

李自成屈膝跪倒在刘海身边。刘海脸上神色安详,毫无面对死亡的恐惧之感,李自成甚至读到了一丝孩童般的真性情。真难想象,这样一个人能挑起如此重担,独挑大旗反抗天子。

李自成想说些什么,但只是用双手摸了摸刘海的额头,擦去上面敌人的血迹,随后他站起来环视战场。

顿时从周围田野林地里传来千百个弟兄们的喊声:

"李自成万岁！首领万岁！"罗阳在一旁看着自己的弟子，露出狡黠的笑容。

"师父，您说，为何大家只是希望满足自己的野心，却不愿实事求是理智行事？为何为了一时取悦手下而拼命把自己的脑袋往敌人绞索上伸出去？"李自成双手遮面，勉强控制自己的情绪。

罗阳只是摇头不止。而起义军营地军帐中，将士们一个个不醉不休，畅饮狂欢。似乎这场腥风血雨已然是遥远的从前。

庚午年（1630年），卯月（4月末）下旬。一晃两年过去了。想当初击败朝廷军队一仗，李自成他们损失了四百多人，而总督人马完全被击溃，只有少数几个士兵侥幸逃到西安。

那个密探小唐在战场上被总督的人杀害了，可他的牺牲换回来的是除了朝廷军队被引到双狲狪谷中计溃败，他自己还亲手砍杀了七名总督士兵，小唐临死前望着刀剑上滴落下的敌人的鲜血欣慰不已……战后弟兄们厚葬了小唐，尊崇其为英雄。

起义军缴获的战利品极其丰厚，众多盔甲和兵器就不用说了。现在李自成的队伍人数过万，士兵们一个个都配有精良的皮革和铁环护甲，此外，李自成还将军中一些士兵配备缴获来的火铳，单独组建了一支几百人的"火攻队"。

士兵们经历了实战，深深感知弓箭的力量，它不仅是防御武器，更是进攻武器。现在起义军中无人敢逃避射击训练，射箭几乎成了所有士兵的必备武器。而其中技艺最为精湛的三百人成为李自成将军亲自率领的精锐队伍。

几年来他们穿越陕北各县，经历漫长的斗争之路，所到之处农民们皆翘首企盼，纷纷渴望加入这支骁勇善战的队伍。每个人都感到李自成队伍拥有无穷力量，而最重要的是他们似乎有上天眷顾！甚至甘肃和山西，或者更远地方的农民们也跑来加入队伍中。李自成则多多益善，来者不拒。

他没有将军队分成一支支卫队，因为他的战术是整体作战，所以就不把队伍人数限制在几千人。在陕西，尽管起义军连连取胜，可总督仍然有约五万名士兵，要是起义军分成一小股力量与其对抗则会力不从心。

而已故刘海曾有的梦想也终于实现了，有几个其他起义队伍的首领主动提议会面。他们提出联合各路力量抗击朝廷军队，商议的就是如何协调配合作战。于是，三十六路起义队伍首领带着人马，共计二十多万人，于潼关郊外举行集会。他们选择此地并非偶然，潼关地处三省交界，朝廷总督的眼线也几乎不会注意到这个地方。常言道：三个和尚没水喝。三个地方官互推责任，因此这个三省交界地成了无人管辖地。

来聚的都是名气响当当的人物：八金刚、八大王、混天王、蝎子块、邢红狼、乱世王、满天星、穿山甲、满天飞等。英雄好汉们三天三夜畅谈不休，谋划对策。而有趣的是，没有人能比李自成更善于雄辩——这也要归功于师父罗阳，是他教会李自成通读诗书、能言善辩。且李自成不忘师父教诲，只会用兵器的是普通的士兵，而杰出将才还需有铁嘴钢牙。

李自成虽言语简洁，可慷慨激昂，一针见血，他呼吁所有起义军首领团结起来，共同反抗朝廷的压迫统治，并推选一个盟主。令人吃惊的是，无人反对，很快就确定了统领人选，起义军各路首领推选了诨号为"紫金梁"的王自用。

没什么人了解他过去是做什么的——这个四十岁的起义首领不善交际，可他的弟兄们对他忠心耿耿，赴汤蹈火在所不辞。王自用手下有三万多人，在三十六营里算是人数最多的。

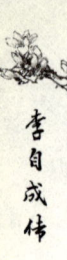

李自成本人并不打算成为盟主，但他完全不同意这帮人下一步的计划，即三十六营决定进军京城。李自成则建议先尝试与朝廷各军将领谈判，试图说服拉拢他们。毕竟朝廷的队伍总共有四百万人，虽然分散于各个省区和驻军点，可人数庞大，力量不可小觑。然而起义军头目们断然拒绝与朝廷的任何对话，称其为耻辱，最终决定进军京城，这在李自成看来无疑是以卵击石，自投罗网。但他又能如何呢？当初结盟也是他的提议，今日不得不吞下这个果子。

三十六营起义军商量了三天，随后便开始穿越黄河，向京城行军。

京城。紫禁城皇宫龙椅。

一个大臣双膝跪地，不断向后退，直到出了宫殿门。崇祯帝此时心不在焉，他脑子里尽是刚才所听闻的噩耗：一支庞大的农民军正向京城逼来，他们一路上已连连获胜……但这还不是崇祯帝最忧心的，毕竟这种暴乱历朝历代都不少，他们这些草民几千年来都如此。前不久刚平息南方战火，如今北方暴乱。只是这一切都来得不是时候！

朝廷内阉党不满自己权力被削减，心怀鬼胎。而他与东林党那些人推出的革新政策还大大需要改进，这可要花时间和力气。另一边不断有人上奏告诫，说他的许多决定不合时宜，将对天子大权和朝廷安危造成威胁。

如今战火的烦恼接踵而来，并且不是和外来女真族作战，而是要对付自己的百姓……崇祯帝想到他曾经的尊师告诫他的一句话：水能载舟亦能覆舟。可再细想……

几百年来明朝军队实力一直是坚不可摧的。那些暴民想流血？好吧，那就随他们来吧，反正朝廷的军队也需要涨涨士气了。或许现在正是时机，借此提高一下朝廷和天子的威望。朱由检想到这儿，不由得露出笑容，他眼珠微微一动，示意大臣到他跟前："去下朕的旨意，诸军立即前往暴匪将要经过的各省，兵马做好战前准备。各军将领派选统领，一举击溃叛乱队伍，将暴徒头目绞死示众以威慑其他人等，没收农民田地，将其归为朝廷所有，反叛草民及助叛军者一律发配南边卖为奴役。你且下旨去吧！"

朱由检严肃地点点头，那位大臣便深深弯腰告退。朱由检立起身来，缓缓走下台阶。心想是时候去看望皇后了。上苍保佑，皇后已怀上龙胎，此时她正眼巴巴盼着自己。看望皇后之后就能随心所欲，临幸自己青睐的佳丽们。毕竟，朱由检年少气盛，风流倜傥，他手中握有整个天下，而以后的日子还长着呢！想到这儿，朱由检不禁心绪明朗轻快起来了。

第五章　冰冷的黄河水

李自成万万没有想到，三十六营盟军在关键进攻时刻各路头目会固执己见、肆意妄为。

这一年来起义军在陕西连续作战，奋勇直前。朝廷则依然无法组建起统一的军队，一些将领见宫廷内部各派纷争不断，皇帝软弱无能，国家内政动荡不堪，中原政局日益衰败，便逐渐抗旨不从，他们宁可保存自己的实力，带领人马远离战火，也不愿和起义军面对面作战。

而此时正是三十六营同盟拧成一股绳突破敌军防线的最佳时机，可起义军各路头目却如同一盘散沙，每个人打着自己的小算盘。

就说那个九道光，春天的时候说带走自己队伍中的一大帮人回到自己老家，说什么他们现在是自由的，希望在播种季节来得及干些农活儿。据他们所言，和朝廷的战斗以后有的是机会，反正现在也没有什么军队来回击他们。

而在一场战役前夕，黑牛坚决要求为他们的士兵安排位子，因为他们在长途跋涉后还没怎么休整好。当盟主王自用提出所有士兵征程都是相同的，为何偏偏黑牛他们例外，黑牛干脆二话不说走出指挥营，趾高气扬地命令手下将自己队伍的军帐安置于离主营一百里远的地方，然后就没了身影。

接二连三出现这样的情况，这些从前干农活儿的士兵们在战斗中天不怕地不怕，让朝廷的人马魂飞魄散，可战斗之后呢，则是一群脱缰的野马，无组织无纪律。还不如那些新加入进来的土匪容易管制。他们很清楚利害关系，每次占领新的地区总能给他们带来一笔不小的财物，因此战斗中他们英勇善战，无情杀敌。可时间长了，这帮人也带来另外一个问题，由于队伍所到之处烧杀抢掠不断，三十六营和其首领的威望直线下滑。如果说土匪们习惯了过一天算一天，那么起义军首领们可是抱有远大计划的，依照目前的实力对比，短期内三十六营还无法推翻朝廷，因此需要在所占地区建立一个新的王国，扩充力量。

李自成多次建议会盟的各个头目必须组织起一支团结和睦、统一领导的军队。他提议整肃军纪，严禁烧杀抢掠，士兵应无条件服从将领指挥，并且在所到之处让农民们安居乐业。同时在村庄发展驻军点，让军队战士们休养生息，这样一批批士兵轮流换岗，到战斗时是精神饱满、士气十足的士兵。这些驻军点儿也成了军队物资储备地。李自成这一举措如同及时雨，因为各地连年干旱歉收，加上一些省份战火不断，造成农作物严重短缺。同时战区的农民们要么背井离乡，要么加入起义队伍，所以根本无人耕田播种。

北方地区闹饥荒多年，上缴国库的税收少得可怜。朝廷上下皆以为情况迫在眉睫，皇帝是时候着力镇压暴民的千军万马了。而他的将帅们虽个个企图明哲保身，但此时也已经感受到北方各省战火对他们的切身利益会带来损失。暴乱各省百业皆废，原来哗哗如流水般进到王公贵族和将帅们口袋的银子现在一下子断了。没有什么能比勒紧钱袋更能让人焦急的！照这样下去，朝廷很快就会做出反应，李自成坚信这一点。

可出乎意料的是，王自用在众多首领的压力下驳回了李自成所有的提议。首领们手下的所谓下属官兵实际上是一群根本不服管制的农民或土匪帮派，所有人想来就来，大部分都只为

贪图钱财而加入队伍，毫无军队纪律可言。

　　这种混乱的局面很快让起义军尝到了恶果。最初起义军相对于零零散散的地方驻军来说在人数上有着绝对优势，因此所到之处几乎没有阻碍，他们战无不胜，浩浩荡荡向前进军。可现在他们不可避免地遇到阵地战、一些单独的小规模冲突和围攻小城镇时的持久战。

　　首先开始怨气冲天的便是曾经的马匪，因为按照现在的情形，他们从城镇抢夺的财物越来越少。要是说强攻城镇，这帮人第一个冲在前头，等着劫取城里的战利品，可要是让他们在战场上和朝廷军队面对面，将自己脑袋别在裤腰带上，那马匪们坚决不干。无论是头目的严重警告，还是起义军首领们的好言相劝，都对这帮人根本不起作用，就连在路边当众绞死几个捣乱者杀鸡儆猴这一招儿也不管用。

　　恰恰相反，好几股自称为"山大王"的人马趁着夜色偷偷离开，不知去向，并卷走了一大批财物。

　　王自用盛怒之下派出骑兵追拿，可他们一无所获，因为这帮土匪熟知山间隐藏的小路，早已习惯于东躲西藏，逃脱再追捕就没那么容易了。

　　在此事件发生后，王自用终于开始听李自成之言了。一个个支队重新整编，做到结构清晰、上下层级分明，兵器配备完整。

　　李自成曾经亲自培养的经验丰富的将士们开始训练其他士兵，弟兄们挥汗如雨，为的就是熟练掌握兵器和在战斗中采用协调灵活的军阵战术。

　　其精锐部队人数也增至五百人，除了李自成贴身和外围剑客，还有百人团骑兵，他们专门听从李自成指挥，为各个支队传达军令。他打算不久后将精锐部队数量增加到一千人，扩大步兵队伍，并且专门成立一支火攻队。这并不是他认为火攻队能起多大作用，而是未雨绸缪罢了。按照以往的经验，这样的举措时常在关键时刻能派上用场。

总之，原本零散的农民起义军逐渐成为一支装备完善、战略战术优良、战斗力强的统一听指挥的队伍。但他们已经没有足够时间完成所有的训练，所以不得不在实战中学习检验。起义军连续作战，虽说人员伤亡还不惨重，可渐渐地大家发现苗头不对。

一个深冬阴沉之日，在战斗间隙队伍休整之际，罗阳走进李自成的军帐。

或许是战斗间隙心中烦躁不安，李自成和其他起义军将领一样，拼命磨着早已异常锋利的刀剑，罗阳进帐之后用嘲讽的眼神瞥了他一眼问道："你是否想将刀剑磨成针？"而李自成只是满嘴抱怨起义军将领们没有一鼓作气去战斗，浪费时间，从而给敌军充分的机会休整。

他甚至连一杯热茶都没给师父倒。罗阳虽心中不满，可一想到弟子或许是此刻情绪不高，因此也没有计较什么，只是冷冷地说："小李，怎么，这次又无人听取你的高见？"

李自成含混不清地嘟囔了几声。罗阳却不依不饶："我给你讲一个古老的故事。我有三样宝贝，珍视如命。一曰慈，一曰俭，一曰不敢为天下先……你为何如此眼神看我？你还不明白三件珍宝所含之意吗？那就让我解释给你听。慈悲仁爱使我英勇无畏，厉行节俭让我慷慨大度，而谦让谨慎不与人相争则让我能成为高明的首领。"

"是你刚刚想出来的吧？"李自成抬头望着罗阳。

老人耸耸肩膀说："怎么会？英勇无畏而缺乏仁慈者，慷慨大方而不节俭者,遥遥领先而排斥嘲笑落后者,皆会亡也!以慈悲仁爱为宗旨领军之人所建立起的防线坚不可摧。天道助之,仁爱护之。你明白吗?"

"师父,明白。"李自成有些沉重地站起身,"可我希望其他人也以此为原则……"

"是啊!"老人嘴角上扬,嘲弄般地苦笑一声说,"要是周围都是明智之人,那天下怎还会有这诸多烦恼?"

李自成此刻突然一拍脑门:"哎呀,罗师父,恕我愚笨,我怎么连茶水都忘了给您倒?"

"不碍事。"老人却笑眯眯地说,"重要的是你又回过神来了!你瞧,茶水的事你又想起来了……对了,今天早晨你说有什么事想和我谈谈。现在能问问究竟何事?"

李自成放下小心翼翼用布包裹好的剑,仔细擦了擦双手,然后靠坐在枕头上。

"师父,我对目前的情形有所不满……我们的队伍已经攻入西安,京城在望,可现在呢,我们被困于此,在陕西黄河一带无处可去!"

罗阳直摇头,随后从怀里掏出烟斗,将其装满烟叶,慢悠悠地点燃。李自成耐心地等待着师父什么时候吐出第一口烟圈,然后开口。他知道,这个时候万万不能打断师父。

最后罗阳终于打破沉默:"你真的以为现在的形势是由于将领们的优柔寡断造成的?"

"那还有什么原因?"李自成感到非常惊讶。罗阳只是摇摇头。

"我原本以为已经传授给你足够的知识,能让你自己读懂因果关系。可事实证明你还不能看透表象下面的真相。"

"师父,那请指教!"

"好吧!我尽力。"

罗阳点起了茶壶下的火,若有所思地端坐片刻,然后说道:"事实真相是你们的所谓大事从一开始就注定失败……"

李自成听到此言,猛地跳起来,而罗阳用烟斗指了指草席,让他坐回原位。

"你们试图战胜朝廷军队,夺取一个又一个村庄,可实际上你们只不过是把一个桶的水倒进另一个桶中。就像一个农民,把一头牛从沼泽地里拉出来,而另一头牛陷了进去。起义军没有统一目标,这就是关键所在。所谓的治标不治本,自欺欺人而已。"

"可是农民们自古以来总是反抗压迫他们的地主!"

"此话不假!"罗阳抬高嗓门喊道,随后他狡黠一笑,"那么你告诉我,历朝历代农民们下场如何?"

李自成沉默一小会儿,低声喃喃道:"然后来了朝廷的军队,一个不留地消灭起义军。"

罗阳赶紧郑重点头:"正是如此!所以说呢?"

李自成稍停顿了一下,支支吾吾开口道:"要把皇帝老儿干掉?"

罗阳饶有兴致地看着自己的弟子,可眼中并非完全赞赏之意:"八九不离十。"

"八九不离十?"

"杀死一个人,即使是杀死天子,也不能完全平天下事。"

"那如何是好?我们这是进了死胡同?"

罗阳有些忧心忡忡地摆出个笑脸:"你自己得成为皇帝。"

李自成像被触电一般跳起来,四处张望,甚至还拉起窗帘

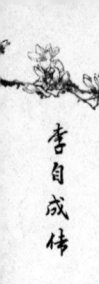

看看外面，仿佛是怕有人偷听，随后仔细拉上帘子，转向罗阳。

"您口出此言，希望您明白其中分量……"

"老朽自己也希望如此。"罗阳几乎用听不见的声音嘟囔着，"打败皇帝军队的唯一办法便是降伏它，成为他们的首领。也就是说，挑起统治天下的重担。"

"您说这话，似乎这事就那么轻易能办到，像理所当然一样……"

"正是如此。皇帝不仅年轻无知，而且已经犯下诸多错误。"

"比方说？"

"比方说，他一味听信东林党那些不怕死的家伙，扫除阉党势力，来势汹汹，手段毒辣，致使其树敌众多。"

"是时候平息一切了！"

"而无人不晓的是，天下之事，只破不立，恐有深重灾难矣。北方女真及其他戎狄皆对中原虎视眈眈，一有机会便乘机而入。小李，你想想，为何从古至今朝代更替之际都未曾有大规模的杀戮？为何天子更换，朝廷诸多大臣、将领统帅、总督、地方官等人依旧留在原位就职？"

李自成有些不解地耸耸肩。

罗阳继续发话："原因很简单，辽阔之中原大地，真正的人才，包括有学识的文官武将、能工巧匠却寥寥无几。有用之才乃国家之栋梁，所以从古至今有哪个治国者不视之如珍宝？一个明君当求才若渴，身边应聚集贤才，以巩固王位。小李，你说，陕西闹饥荒的真正缘由是什么？"

李自成笑了声说：

"三岁小儿皆知，不就是夏季干旱嘛！"

罗阳点头道："的确是闹了旱灾，不否认这一点……可为何邻省并无饥荒，或者几乎幸免了呢？还是说那里夏季多雨？"

"不知为何。"李自成摊开双手。老人指向帐篷顶说："听我细细道来！咱们曾祖父那一辈，陕西曾有过一次可怕的地震，它不仅夺去了数十万人的命，而且摧毁了手工艺作坊、粮仓，让一座座城镇变为废墟。百废待兴，需要大量的人力物力，朝廷国库银两不足，而家家户户在历次战争后缺乏壮年男丁来恢复生计。那么当干旱降临时，就根本无力抵抗了。陕西尚未从前一场灾难中恢复过来，又怎能幸免不被新的天灾所害？所以说这里也没什么税可收，就像人们说的没奶水的牛，你怎么挤也出不来奶。

"治国者难道不明白这个道理？当今朝廷沉浸在莺歌燕舞、纸醉金迷的生活之中，他们哪有时间想老百姓的事。如此治国，结果你都看到了吧！"

李自成用力搓搓双颊，说："那您认为，现在正是咱们把皇帝推下龙椅的时候？"

罗阳大笑一声："我欣赏你的直率，你说得有理，不过没那么简单。首先，得处理好目前棘手的事。"

"什么棘手的事？"

"就是迟早朝廷的骑兵会全力以赴来对付我们，想将我们碾成肉酱，而我们无力对抗他们。"

"我们的人差不多有十五万呢！"

"可他们光骑兵就二十余万！且不说今早那个九道光和黑牛带了好几千人离开了军营，这可算得上是咱们队伍里最优秀的长枪兵。当然，和你的人不能比……"

"那您有何高见？"

罗阳拿起烟斗，用烟嘴儿在草席上比画起来。

"咱们无力正面抵抗敌军骑兵,可完全能在一段时间里阻击其强攻。比方说,将所有的辎重车放在我们队伍前面,摆成一道牢固的防线。"

"这样做就可以阻止或者至少是减慢敌军的进攻!"李自成抢过话头,老人则击掌叫好。

"说得对,小李。拖延他们进攻,那是毫无疑问的……"

兴奋地在军帐中走来走去,李自成继续高声说道:

"要是能浇上油,放火烧起来,就更妙了!这样我们可以穿过火焰向他们射击,然后在烟雾的掩护下逃走!"

"对,小李,向结冰的河里跑!咱们的士兵和骑兵身穿轻盔甲,在肉搏战中显然吃亏,可在黄河薄薄的冰面上咱们就比敌军有优势了。"

李自成兴奋得一下子紧紧抱住师父。

"师父,您又一次救我们于水深火热中!"

等李自成松开强有力的双臂,罗阳则意味深长地说:"你看,要是身边有个高明之人,就能化险为夷!设想,要是让成百上千的能人云集在此呢?做到惜才爱才,孩子,那么你的宝座将世代永固!"

天蒙蒙亮,朝廷的骑兵发起了突击。要是以前,这样的突击就意味着起义军将面临彻底被消灭的结局。而这次战斗前夕,李自成设法说服了王自用和其左膀右臂,指挥士兵们披星戴月筑造防线。正如罗阳所建议的那样,所有的辎重车排成一排,除了三天内的基本供给之外,其余物品皆堆放于辎重车上,并且浇上土油。

手持火把的士兵沿线站好,只要一声令下,他们将立即在敌军骑兵前设下火焰帘幕。

王自用与其亲信们高居附近小山坡上，李自成和罗阳则率领精锐部队数千人驻留于防线右侧。李自成对手下弟兄们的战技把握十足，他们已经在公开交战中不止一次打败过朝廷军队了。

他在一匹马上安排两个手持弓箭的士兵。当其中一个士兵箭用完时，他应当下马居长枪兵的站位。李自成手下皆精通使用一两门兵器。当然所有人无一例外地掌握刀剑使用技巧，那可不是一般的舞刀弄剑，在近距离群战中刀剑之战最为凶险。

当清晨笼罩大地的黑云刚刚散去，天边刚泛出一片鱼肚白时，敌军的骑兵就出现在地平线上，甚至连李自成这样见过世面的人也惊呆了，朝廷的骑兵马群黑压压一片。起义军队伍开始骚动不安，士兵们根本就不知道"撤退"二字，但这次大家面对朝廷黑压压的骑兵，内心非常慌乱，就想着立即离开。李自成最担心的就是这一点，要是士兵们开始逃离，再阻止可就难了！

幸亏短短几分钟内，队伍就恢复了平静，一动不动保持原位。士兵们一个个低着头，眉头紧锁，透过盾牌间的缝隙看着朝廷黑压压的骑兵紧张不已，最终还是有人顶不住压力。左翼有几个五十人阵队见骑兵步步逼近，撒腿就跑，他们冲向河岸，膝盖陷入夜里松散的积雪中，沿着河边逃跑。

敌军中立马分出去几百骑兵，捉拿这些逃兵。李自成则咬牙切齿地恨恨说道："这就是懦夫的下场！"话毕，但见朝廷骑兵们快马加鞭，离起义军的逃兵们越来越近，他们举起长矛，微微从马鞍上立起身，随时准备刺杀。

逃兵们终于嗅到了死亡的气息正一点点临近，他们手忙脚

乱地试图摆出个阵形，几十个长枪手也挥舞着兵器做出最后的抵抗。可面对几百名从头到脚武装精良、训练有素的朝廷骑兵，几十个农民长枪手又能作何抵抗？只不过是以卵击石罢了。骑兵们铁蹄一扫而过，瞬间响起哐哐的金属撞击声，还有士兵们撕心裂肺的喊叫声！惨白的雪地上顿时泛起一片片血红色，数百名血肉模糊的逃兵尸横遍野。

其中一个骑兵弯下腰，伸手抓起一具尸首发髻将其头颅砍下，提着血淋淋的人头像是邀功炫耀，原来这是四川千人队的首领、诨号"白项圈"的首级。李自成转身望着手下士兵，他们脸上写满的尽是复仇之念。

"放箭！"他大吼一声，弓箭手便张弓搭箭。随即点燃火把，一支支箭矢飞向远处，朝廷骑兵面前立刻升起一道熊熊的火焰墙！

骑兵们勒马减速，似乎进攻还未开始就被窒息在这烈焰中。他们只能试图突破火墙，或等待步兵来解围。

可等待他们的却是穿过火焰射过来的飞箭！尽管火焰和烟雾挡住了射箭者视线，可那头朝廷军队挤成一团，一个个活生生的靶子，密密麻麻的箭头总归会射中的。顿时，弓弦如同唱响了挽歌……

从左右两侧绕过起义军的防御线几乎没有可能——起义军在河边两侧阵地上都用推车布置了防线，而骑兵们全然不敢踩着河水薄薄的冰面绕过来，生怕冰破落水。骑兵一次又一次试图突破防线，可又屡次在热腾腾的火焰面前停滞不前，最终他们被迫撤退，雪地上留下成百上千个伤亡的士兵和成群的战马。

李自成在一旁仔细观战，他心里清楚火焰即将熄灭，因此这样的战局不会持续多久了，随之而来的将是敌军无法阻挡的猛攻。他发现黄河冰面上出现了一条长线，这是起义军把一些受伤的战友带回营地的长线。起义军大量的伤亡也成为他们今日决一死战而不是连夜撤逃的原因，因为根本没有足够的时间疏散人员。

此刻，一匹快马奔向李自成，从马上跳下一人，名陶穆，他曾是西安衙门的一个文员，现如今是英勇无比的千人骑兵队队长。"统帅！"他喊道，"火势正在减弱，是时候离开了。"

"我有数。"李自成有些不甘心地说，"千人队开始向河边撤离，掩护首领和统帅。"

"是。"陶穆点头接令，几乎所有人都已在冰面上了……

可正当此时，从统帅所在山岗处传来一阵喊叫声，李自成赶紧扭头望去，不知从何方拥出一批朝廷士兵，他们突破了防御线，朝王自用他们杀了过去。见此情景，李自成心中清楚王自用他们注定要失败了！起义军数百名士兵在山岗前匆匆排阵，用长矛摆起密密麻麻一排防线，可由于之前火攻燃起的火焰已熄灭，朝廷弓箭手毫无障碍地发起了攻击。山岗上起义军如今变为现成的靶子。原先的猎人现在成了猎物！

李自成亲眼看到，王自用那显眼的旌旄轰然倒下，驻守士兵的身影渐渐被敌军的刀剑所吞噬。到处是血腥的场面……

李自成一时僵持不动，他怎么也不能相信起义军就这么败了，可此刻感觉有人拍了拍他的马，只见罗阳正有些急躁地拍打着银白色马匹的鞍子。

"统帅，千钧一发之际，该营救自己的队伍了！至少幸存的士兵，能救回多少就救回多少。"

"对，对。"李自成回过神来，脚后跟一踢，白马轻快地小跑起来。他身子微微前倾，风驰电掣般奔向黄河冰面。

而罗阳则紧随其后。护送他们的是骑兵,这些人曾心怀大志从陕西各地奔赴而来,可现下却只能落败而逃。前面宽阔的河岸正张开双臂迎接这些落难之人。首次进攻京城之战就这样草草收兵了。

起义军昼夜赶路,三天三夜都未歇脚。许多伤员由于得不到医治,在半路上就死去。其余受伤的士兵只能咬紧牙关勉强挺过去。李自成带领队伍奔向陕北逍遥谷和野兽谷一带,这也是他们进攻京城征途的起点。此处偏僻,人烟稀少,稀稀落落几个村子隐藏于山谷中,如世外桃源。

在那儿可休养生息,让前次战斗失败的伤口慢慢愈合,重整河山。大家都清楚,李自成肯定是要准备东山再起的。这场始于陕西的三十六营起义之战,星火蔓延到周边各个地区,而尽管此次征战以失败告终,可很快会有成千上万的"新鲜血液"组建起一支支队伍来。

李自成的战马步履稳健,与撤退战士并肩而行。他望着起义军弟兄们一张张面孔,有疲惫不堪的,有忧伤苦闷的,有疑虑重重的,可更有充满希望笑容的。这些人是他的属下,更是他的兄弟姐妹。他为了他们的前途,粉身碎骨在所不辞。而起义军弟兄们也愿意为李自成上刀山下火海。紧紧将他们联系起来的不仅仅是肤浅的口号和目标。

罗阳则紧随其后。他一会儿眯眼打盹儿,一会儿细细观察四周情况,偶尔还在一张纸上画着什么。李自成偷偷看了几眼,终于搞清楚是什么了,原来罗阳将他们行程的一点一滴、一步一个脚印都仔细描画下来,不放过任何一个细节。比方说几个时辰前他们经过一块很显眼的岩石,那里一棵老树孤零零立在泉水旁,要是停下来整顿一天倒是个不错的地方。他们刚注意这个歇脚点，而罗阳唰唰唰地就把它描绘在纸上了。以后无论是谁想经过此路，手里握有这张图就能轻而易举找到目的地。罗阳告诉他们，很多出海的人都会这样办。比方说他们会记录下各个海湾海峡，画成海图。

李自成的队伍迂回前行，停留在远离村落的地方。他们这么做并不是因为怕官府耳目，而是因为队伍人数众多而扰民。目前李自成手下有将近一万名步兵，还有五千左右骑兵，他们要是一下子拥到镇子上，那里的粮食就会被吃个精光。

李自成甚至一直在考虑，该如何把所有人妥当安置于野兽谷中，可眼下不得不先想想，该怎样到达目的地。

刚踏入癸酉年（1633年2月8日），冬季才退去，李自成和罗阳离开队伍驻扎地，前往附近的村庄探听情况，最合适不过的当属挤满三教九流、人员纷杂的小酒馆了。

二人找了个不起眼的角落坐下，以免引人注意。罗阳将斗篷兜帽立起，双眼几乎被遮盖住，而李自成头戴一顶宽边帽，将帽檐压得低低的。他们向伙计要了些酒菜，驱驱寒，然后就在小屋里倾听八方神仙都在议论些什么。

这些人说的大多是些当地的小道消息。无非是谈谈来年收成如何，嘲讽了一番地主和官吏，还偷偷取笑当今皇帝小儿怎么无能，摆不平京城的事儿。当然，说到太监，大伙儿都表示恨之入骨，阉人们不仅在紫禁城篡权夺位，而且在各省地方肆意专横。当中有人说，这些不阴不阳的怪物在各地随意作孽，是十足的地头蛇。他们抢夺农民和工匠们的财物，连直接受皇帝指派的地方官吏他们都不放在眼里，蛮横无理。

还有些流浪者说起前不久黄河边起义军与朝廷军队的战斗，各种传言众说纷纭。比方说，有个人信誓旦旦地称战斗中起义

军伤亡二十多万，几年内重整力量抵抗朝廷恐怕是无望了。

年轻气盛的李自成好几次都差点儿耐不住性子，想跳起来指正他们荒谬的说法，可每次都被冷静的罗阳阻止住。罗阳一边压着他的肩膀，一边小口啜饮着已经凉冰冰的鸡汤，对这些议论不以为然。一个流浪者简直就是胡言乱语，李自成忍无可忍，甚至已经准备拔出刀剑教训那个人一番，可此时罗阳轻声细语地开口道："智者必走大道……我毕生最忌讳的便是走羊肠小路。大道通畅平坦，可众人却偏爱走羊肠小路……"

李自成一下子愣住了，他盯着自己的师父。

"师父，您这话何意？"他轻声问。罗阳脸上掠过一丝笑容。

"李首领，无知则生无端猜测。有人从中受益而利用之。你想想，关于起义军溃败的消息对谁最有利呢？当然是官府了。他们散布谣言，就是让其他人惶恐不安，再也不敢前赴后继……"

"那么您是说……"

"关键不在于老朽我说什么，而是在于你能听明白什么。我教诲你多年，常提起那句灾祸出于无知。"李自成点点头。

罗阳继续说道："同样道理，官府也能利用老百姓的无知，散布假消息来对付我们。他们能在明处公开捣鬼，可我们被迫隐藏于暗处，对真相保持沉默。但另一方面来说对我们也有利，小李，心静如水，善也。然而暗流看似平静，实则凶险，能冲垮河岸……"

"要么把烂泥巴堆在河岸上。"李自成喃喃自语，低头喝汤。罗阳耸耸肩："嗯，也对。再美的鲜花时不时也要用牛粪施肥，这便是天下之理……嘘，等等……"老人一下子止住话题，倾听着什么，李自成见他如此，也竖起耳朵。

隔着他们的一张桌子坐着一群来路不明的流浪者。他们衣衫破旧，可看得出都是好料，试想着这些衣物曾经光鲜亮丽。其行囊堆放在客栈的一个角落，很明显，这帮人在这里已落脚很久了，并打算长待下去。总共有五人，只见他们个个身材魁梧、高大壮实，一双双粗糙不堪、像极了做农活儿的手，和山里人饱经风霜的面孔。脚下穿着的鞋子也与众不同，只有在陡峭的山路上行走才需要穿这样的靴子。通常山里人会季节性地下山找些活儿干，挣些银子以供生计。这个时候在山上没有什么活儿可干，大雪纷飞，覆盖了山路，山里人就坐在火炉旁，吃着去年储存下来的粮食，等着来年开春男人们出去狩猎。

这些流浪汉争论不休，言语激烈高昂，而罗阳特别注意到其中一个人是这帮人里领头的，好几次提到李自成这个名字。这时候李自成自己也被吸引到他们的谈话当中。"我妻弟曾说起过，那个李自成面如沼泽地里的恶魔，丑陋恐怖！他的脸上密密麻麻长满蝎子蜇，你们信不，前胸挂着一个小瓶子，里面装着几滴蛊毒！"听到这样的奇闻怪趣，桌边一群人议论声越来越大，大家七嘴八舌各抒己见。尤其在几杯酒下肚之后，说话就更肆无忌惮了。其中一个须发蓬乱、衣衫褴褛的山里老头儿站出来，只见他长长的胡须上还沾满了酒渍，他冷笑着说："行了，你就编吧，李自成是广西还是广东整蛊家庭出生的？别胡说八道了。他陕西人，哪儿来的巫术？"

"哎呀，他怎么不使用巫术？"那个所谓的精通毒药的人喊道，"他怎么能凭空击败朝廷如此庞大的军队？还是你觉得一个普通的农民就能轻而易举地指挥成千上万人的队伍？那么你自己拿剑试试看！我们兄弟几个就看看好戏，在这里为你庆功了!"

桌边响起一阵嘲笑声。但老头儿也不甘示弱,他猛地站到长凳上,还不小心碰倒了一个空酒瓶,可老头儿根本就没注意到,他以惊人的语速开始针锋相对:"你说这话也不害臊,张文杨,李自成带着起义队伍经过你们村子攻向京城的时候,你呢?又睡了一个黄花闺女,现在正愁怎么养活吧?"

高高壮壮的张文杨一听便愤怒地跳起来,一旁好几只手使劲儿抓住他,好不容易让他坐回长凳上,还有个人赶紧将一杯斟满了的酒杯塞到他手里。张文杨话到嘴边,可禁不住美酒诱惑,埋头大口喝了起来。

坐在板凳另一端的一个尖嘴猴腮、一脸鼠相的人突然打破沉默,急匆匆抢了话头:"我不知道李自成是否用蛊毒,可真真切切听人说,他一天至少杀一个人,残暴如狼。打仗的时候他跑得飞快,好像妖魔附身!不服从他的人,他二话不说就砍断一条腿,然后赶出去,你们说说,一个单条腿的农民怎么能生活?所以说每个人都怕他比怕地狱的恶鬼更甚……"

他说的话引起周围一片赞许声,大家似乎对这个说法更认同。立马又有人接过话茬儿。

"对对对,李自成天生就是野兽般性子!谁稍不服从就会被砍杀……"

"一个连亲人都不放过的人,还指望他什么呢?"

"你这话什么意思?"前面说话的那个老头儿满怀疑虑地眯起眼睛问。只见这个双眉如枯草般杂乱、脸上阴沉沉的流浪汉不满地哼了一声:"就是……嗯……他连自己的老婆都……干掉了不是?干掉了!我说这话怎么了?怎么是我编的?那块儿的人都在说,你们不信问问陕北的,李自成为什么被官府关起来。

后来，他那帮朋友把他从牢里给弄出来，有这么回事儿……"

话刚落地，细心的罗阳察觉到，一直怒火冲天的李自成此刻所有的愤怒似乎都消失得无影无踪。罗阳将手掌放在李自成的肩上，宽慰的目光盯着李自成的眼睛。他所读到的只是刻骨铭心的痛。

这时，不知为何，罗阳想起一个细节，那就是那么多年同路同行，李自成从未在客栈拈花惹草。连罗阳无意中提到熟人的一些风流韵事时，李自成也会立即转移话题，或者干脆推说有什么急事而离开屋子。有时候罗阳这个见多识广的智者也搞不清楚他的弟子究竟是何人。但罗阳信奉一个做人道理，即处理这样微妙关系的时候，最忌伤口上撒盐，不应该去多问，如果他需要说的时候，他会将所有事所有缘由和盘托出。该来的总归会来的。

罗阳站起身，把斗篷兜帽压了压，盖住额头，李自成紧随其后，两人就这样顶着风雪走出了客栈，一步一个脚印踩在雪里，而足迹瞬间就被大雪掩盖，消逝在一片白皑皑之中。而酒馆里醉醺醺的客官们继续议论得沸沸扬扬，饶有兴致地续写着陕西"野兽"李自成的血腥故事。他们哪里晓得，前一刻他们谈论话题的对象就坐在身旁，一下子就能切断他们被美酒滋润的喉咙。就如古书中所言："信言不美，美言不信。善者不辩，辩者不善。知者不博，博者不知！"

京城。紫禁城。

年轻的朱由检登基上位不幸碰上东林党衰落之时。吏部郎中顾宪成创立的东林党力争廉正奉公，振兴吏治，开放言路，致力于达到皇权与民生的和谐一体。

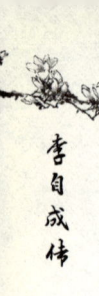

在顾宪成的家乡无锡，聚集着一些有才之士，他们几年来试图推行改革，整顿朝政，以使国家摆脱连年遭受的内外危机。

东林党人都深知，朝廷、官府、地主恶霸接二连三欺压百姓、掠夺农民财物。权贵们肆无忌惮、放纵行为，朝中腐败不堪，这都将使天下大乱、明朝败落。

他们连续上奏陈述实情。可当朝那些掌权者全然不理会，他们只听得进好话。而明朝后期，宦官专权，他们牢牢把在皇帝左右，独当一面，迷了皇帝的眼。

曾有一时，东林党人也得到过皇帝的赏识，比如庚申年（1620年），他们曾与当任天子甚是密切。他们一起设法推进一些改革，可没过多久一帮不满革新运动、生怕自身利益受损的大臣们就将皇帝毒害了。推崇改革者也个个进了牢房。革新计划流产，一切恢复原样……

朱由检细细听了东林党人的上奏，并回想起这些人首次现身于御前朝堂上的情景。当时他们个个低垂着脑袋，没有他朱由检的命令，大气不敢出一声，只是耐心地听着那个白痴赵森喋喋不休，这个姓赵的是先帝阴差阳错任命的户部税务总管。赵森身形肥硕，如同财神爷的塑像——圆滚的脸，面上永远挤满了笑容，他有声有色地描绘着天下如何太平，要是陛下允他在南方各省推行新税收制度，那么就将是一片繁荣昌盛景象。朱由检此刻注意到，尽管看不到东林党人脸上的表情，可从他们个个弯着的僵硬的后背就能感受到他们心中的愤愤不平。朝堂会散了之后，皇帝便请三个东林党人到他的书房议事。并让他们畅所欲言……东林党人起初有些诚惶诚恐，可见皇帝一片诚意，胆子就渐渐大了起来，他们点点滴滴、一条一条反驳了赵森的奏言，并称其所谓的天下太平昌盛只不过是镜中花水中月,国家实则危机重重。

皇帝信了东林党人的话。并给了他们三个月的期限,令其制定挽救朝局的规划,并定时上奏。东林党人规规矩矩遵循天子之令。不过,他们每次来上奏时那副战战兢兢的样子,似乎等待他们的是皇帝白绫赐死。一开始天子只是觉得有趣,可时间长了,这样的情形开始让他甚是不快。朱由检看不得下官在他面前胆小如鼠、毫无尊严的样子。他要的是一个强盛的天下,而只有自尊自强者才有能力建立起强国。他要的是在权贵面前不随意低头屈服的人,甚至是在他天子面前也应如此。唯有这样,身边才会聚集起贤臣志士,不阿谀奉承、讨好献媚,而是一片赤诚之心以江山社稷为重。

无论太监们怎么在朱由检耳边窃议诽谤东林党人,皇帝还是决心已定。他将太监们逐个打发走,有的被派到地方上做个官,有的就干脆被赶走!他聆听着东林党人陈述民生改革方案,愈发坚定自己所选道路之明智。他们所提建议,无疑利国利民。只是眼下形势紧迫,已无充裕的时间逐一完成计划。内忧外患,情形迫在眉睫。

虽然朝廷镇压了陕西三十六营暴乱(起码大街小巷上都这么议论),可四川、甘肃等省份皆组织起农民起义力量……朝廷哪儿有那么多人力财力去摆平?更何况长城以北的女真部落正对中原虎视眈眈,企图像霸占高丽一样,把爪子伸向中原,所以不得不派出大量兵力驻扎在长城以抵外贼。

绝不能让女真得逞!而与此同时,他还得竭尽全力加强在各省的权力管制,集中力量好好对付陕西起义军。朱由检觉得自己身负重任,必须给子孙后代留下一个强盛的明朝。

朱由检完全沉浸在谈话中,根本没有注意到朝堂帷幔后那

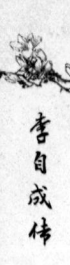

阴毒怨恨的目光正朝他射来。眼神中毫无尊重天子之意，饱含的只有怨气和勉强遏制住的愤怒。那是太监总管的眼睛。他算是几朝元老了，深受几代皇帝重用。

朱由检深知，历朝历代老祖宗定下来的规矩，皇帝身边就是由那些不阴不阳的阉人们服侍。而他眼下却要打破这个亘古不变的规矩……自古改革者如商鞅没有好下场。他朱由检身坐龙椅，已然是众人眼红的靶子，现在又与阉党决裂，可谓是命悬一线。

第二部 谋士

第一章　暴风雨前

太阳如同一个巨大的猩红色圆盘渐渐消失于山脉之后，天边最后一缕粉红色霞光被黑暗一点点吞噬。田野两侧的树林一片漆黑，树丛间的空隙里笼罩着幽暗的神秘气息，那里寂静无声，甚至连一只野鸟的啼叫都听不到。大自然似乎散发出一股股不祥征兆，暗示着黑夜里即将有悲剧发生。

在林子边缘一棵茂密的柳树底下隐藏着两个人，看衣物像是士兵。其中一人肩上搭着箭袋，里面装满了箭。这个弓箭手而立之年，左手紧紧握住一把弓。

而另一人则准备随时从剑鞘中拔出利剑，他深深凹陷的双目如鹰眼般盯着林间空地。两个人身穿上好的皮革盔甲，背上悬挂着盾牌，头盔则小心翼翼地吊挂于颈肩后。显而易见，这两人是久经沙场的士兵，稍一有情况就能立刻出动。

要是一个陌生人在此经过，那必然会发出枯树枝咔咔声或是林间小路轻轻的沙沙声。可此时树林里鸦默雀静，毫无一丝异样动静。树木草丛皆如沉睡。

"张师父，你怎么看？"持剑的年轻士兵终于沉不住气开口问道。话音刚落，身形高大、肩宽体阔的弓箭手突然灵敏地站起身来，向小路迈出步伐。

"看来今天他是不会出现于此了，记住我说的话。"他勉强嘟囔了几声，将长长的弓弦甩到身后。此人姓张名兴，曾是个屠夫，现为湖北起义军一个分队的头领，他腰间佩带匕首，这样的配饰更像是一个王公贵族的贴身侍卫。张兴快步踏入林间幽暗的道路。他身后紧跟着的是年轻的士兵李彦,李彦是个流浪诗人。他曾在三十六营黄河之战中战功赫赫,正是他率领一百名弓箭手直至最后一刻,拼力掩护大部队从结冰的河上撤离。

"张师父,你今天怎么忧心忡忡?他迟早会被我们碰见。"李彦摆出一副乐呵呵的样子说道,随后整了整剑带,还使劲儿拍拍肩上不小心留下的树叶枯枝。

"有经验的人都说,老虎不会在同一条路上走两次。可我怎么听了你这个浑小子的话,在这里白白守了两天两夜,还不如自己到处去走走,寻觅李自成营地的踪迹呢……"

"肯定能找得到,别担心,师父。"李彦小声说,"这么庞大的一支队伍怎么可能隐藏许久不被发现呢?当地人或多或少已经听到些风声。咱们四处走走,到附近的村子打听打听,说不定就有收获。"

张兴用怀疑的目光瞅了瞅同伴,说:"这些天他们收获的还少吗?"早春的第二个月份辰月(4月4日至5月4日)阴冷潮湿,在湿答答的小屋子里连着过夜可不是什么享受的事儿。可闯王高迎祥给他们下了死命令,没有和李自成谈妥就不准回来。高迎祥竭力寻找聚拢上次黄河血腥之战以后幸存下来的散落的起义军人马,因为据说李自成手下的起义队伍非常骁勇,在陕西可是独一无二的。可闯王的两名手下费尽心思,都未曾找到李自成的蛛丝马迹。

一天夜晚,张兴正准备另寻过夜之处,突然不知从何处冒出四个士兵,凶神恶煞如同林间恶魔,将大刀抵在张兴和李彦胸口。"来者何人?在此作甚?"其中一个脸上脏兮兮的年轻士兵严厉问道,显然他是四个人里的头儿。张李二人相互对视了一眼，心想要是他们将此行真正目的说出来，那是否太冒险。万一站在他们跟前的士兵是朝廷的或是地方官府的人呢？可如果他们沉默不说，那么大刀会刺入胸口，他俩性命不保。"那你们又是何人？"张兴终于开口，并摊开双臂表示自己手无寸铁，"你们人比我们多一倍，也可以先说说自己是谁嘛……我们是平头百姓，老老实实的，要是没什么事儿，我们接着走自己的路了。"

"你们哪儿也走不了。"士兵厉声喊道，顶了顶长矛，"这片土地归李自成管，说不定你们是朝廷派来的奸细呢！"

"是李自成吗？"李彦强忍着内心的激动问道，回头望了望张兴。张兴此时则不住摇头。"你们啊，兄弟，要是你们在李自成手下做事，那怎会认不出我呢？我们当时不是在黄河边一同生死拼杀过吗？"

三个士兵稍稍放下了长矛，看了看张兴，又看着自己的头儿。那个头儿也放低手中的大刀，他满是污泥的脸上充满了疑虑。

"实在抱歉，好汉，可我并没有参加那场战役……我上个月才加入李自成的队伍，而我父亲在黄河边曾战斗过，他还是左翼长枪队的队长呢，在撤退掩护大家时不幸被官兵杀了……"

张兴向年轻人迈出一步，只见他已然放下了兵器，眼里含着泪水。他用手握住小士兵的下巴，将他的脸抬起来。然后他紧皱着的双眉渐渐舒展开来："没错，和老程一样坚毅忠诚的眼睛……我是张兴，闯王高迎祥的手下，他是李彦，四川千人弓箭手的头儿，还是个诗人呢。我们俩当年和你父亲肩并肩，在黄河边与朝廷的人殊死作战。你父亲可当真是条好汉，掩护大伙儿牺牲的。敢问你的大名？"

"程旺。"这个年轻人一边说着,一边立刻把长矛从张兴胸口挪开,单膝跪下。其他三人也都效仿他们的头儿那样跪下。张兴急忙走过去,一把将他们扶起:"现在不是哀悼故人的时候。小兄弟,弱者哀泣亡人,强者则替他们报仇,快快带我们去见李自成首领,时不待人。"

李自成的四个侦察兵立马站好队,开道向前。他们六人于是便悄无声息地下山进入林子,消失在一片茫茫黑夜中。

"咱们人数众多。目前队伍的人数比以前任何时候都多。今日我们终于积蓄起力量,是时候把坐在龙椅上的那条昏庸之龙的脖子拧断了。没错,我们曾被朝廷打败,损失严重,伤亡了不少弟兄和将领,可是咱们队伍的主力军还是在的。"李自成说完,深吸一口气,抬眼望着罗阳。罗阳则安静地坐在一个空荡荡的小酒馆里的长凳上,仔细聆听着。

这是下午晚些时分,房间里除了李自成、罗阳和酒馆老板,别无他人。大家都很清楚,李自成想和他的师父单独谈谈,这个时候最好别打扰他。再加上酒馆门口的那两个身高体壮的贴身护卫把着门,谁也别想进去。

"的确有感染力。"罗阳终于发话了,并啜饮了几口美酒,还拿起李自成带来的酒壶又把酒杯斟满,"你讲的话甚是鼓舞人心。不过你所说的话有几分是真话?你一时骗得了自己,一时哄得过几千人,可你糊弄不了决心跟着你走的百姓们。"

"师父,你也知道,我说的大多数话都是真的。"李自成不满地抱怨说,"咱们冬天一仗确实是受损严重,可我不还是把大部分弟兄们都领出来了吗?目前我手下的人甚至比当时进攻京城前的还多。"

"的确如此。"罗阳点点头,"那接下来呢?"

"我只需一年,至多一年半的时间,就能击溃朝廷的人马。"李自成热情洋溢地大声说。罗阳从容不迫地击掌三下。李自成突然沉默下来。

"你这又唱的哪出?"罗阳一脸不满。

李自成用稍稍疑虑的眼神看着师父:

"师父,我又错在哪儿了?"

"处处皆错。"罗阳使劲儿用手拍了拍桌面,一个酒杯掉落在地上,地面上顿时冒出一朵美丽酒花。酒馆老板被吓了一跳,他担惊受怕的脸从帘子后露出向他们这里张望了一番,看到一切安然无恙,便立马又躲了回去。

"你啊,还是看不到更深处。"罗阳语气平静下来。

"愿听教诲!"

"行,那我就再解释给你听,只是你得耐住性子,别像盛夏沙漠中的石子那样炙热。我跟你说了多少遍了,一个简单的道理,京城对我们来说目前还是一块啃不动的硬骨头,现在咱们应该先在一个省份站稳脚跟,建立新秩序。有了一个稳稳当当的立足之地,才能去攻京城。你刚才还在吹嘘,你保存住了军队和补给,那你说说,你是如何做到的?"

"嗯。"李自成开口,又犹豫了片刻,然后大笑起来,"你这个老头子,翻别人的旧账真有一套法子!我就是把队伍实力保存下来了,这又有什么大不了的?"

"当然至关重要。"罗阳挥动着手指说,"你还记得吗,最初就是在此储备粮食物资和后备力量,然后才去投靠王自用的。而你,和三十六营众多其他首领不同,败仗之后有地方落脚。别的首领手下人都被打散,四处零落,而你的队伍却能回到这个山谷中，尽管人数不多，可慢慢地休养生息、发展壮大。你又加强训练，所以手底下净是些久经考验的精锐队伍。小子，你信我一句，这便是你将来成大事的关键所在。迟早有一天你会成大事的，这点儿老朽毫不怀疑。"

罗阳说完，弯下腰捡起刚才掉落的那个酒杯，往里面倒满酒。这时候从门外传来一阵动静。有人往内屋走进来。李自成还没来得及反应，只见其中一个护卫拉开门帘进来："首领，远方放哨的回来报告情况，还带了几个陌生人……要带进来吗？"

"不用，我自己出去见见。"李自成站起身，整了整腰间的匕首，向门外走去。

只见酒馆门口站立着那四个放哨的，还有他们领过来的两个生人。确切地说，其中一个人的面庞让李自成隐约想起一个人，但另外一个大个子他是第一次看到。李自成用手指戳戳那个身背箭袋的年轻人胸口。

"你是……我是不是认识你？"

"首领，正是。我是李彦，四川千人弓箭手的领队。黄河之战，我们曾并肩作战过。"

"你当时还在冰上断后，掩护我们撤退。"李自成接住话茬儿说。他走向弓箭手，紧紧抱住他的肩膀，"兄弟，在陕北相见，不甚欣喜。你这个同伴是何人？快快引见给我。"

"首领，在下张兴，我和李彦一起都是闯王高迎祥派来的。闯王派我们来，有意和你们结盟，他在川北营地恭候李首领。"

"闯王？"李自成喃喃自语道，"有意思……他手下有多少人？"

"大约有十万训练有素的剑手，还有差不多相同数量的骑兵。"李彦有些得意地抬起下巴说。

李自成讥笑一声："那么，当时我们过黄河冰水时，他们又在何方呢？高迎祥当时只是个普通士兵，与其他人一起浴血奋战，正是在此战役之后，慢慢有人开始加入他的队伍，一点点壮大起来的。和陕西不同，四川并没有遭受什么饥荒，所以那里的农民一般都不愿意离开家园，担心失去生计。可是这么一个严酷的冬季过去之后，朝廷税吏、地方官府还有些恶霸，接二连三压榨农民。大家都忍受不下去了，连最胆小保守的农民也知道该站到起义军那一边。山村里的每个人都清楚，不久后定会烽烟四起。"

"而且，闯王队伍里来了不少湖北那边的人，那里百姓同样饱受欺压，粮仓里恐怕能挖出的不是大米，而是最后一根稻草了。"之前沉默不语的张兴补充道。李自成若有所思地点点头，随后拍拍两人的肩膀，轻轻将他们推向酒馆门口："兄弟们，你们路上辛苦，在此休憩，我该好好款待你们，边吃边聊聊咱们的共同大业。还有你们……"他转向那四个疲惫不堪放哨的士兵，"好好去洗洗，然后就去歇息吧。你们这次立了一功，我记下了。"

李自成随后回到酒馆，而那几个放哨的士兵听到首领夸奖后，兴高采烈地回到自己的帐篷。张兴和李彦两人此前差不多有七八天都在树林里过夜，在这儿受到盛情款待，两人别提有多高兴了。

当天夜里，李自成和这两个人通宵长谈，第二天一早他便收拾行装准备赶路前往四川。罗阳则用略微嘲讽的眼神瞅着自己的弟子这样手忙脚乱准备行李，时不时地还会评论几句。

"你想想，人生苦短。"罗阳边说，边帮着把干肉和饭团塞进李自成行囊里，"昨天你甚至想都不敢想离开营地，今日突然就准备赶路了……那你把队伍留给谁管？"

"什么意思，留给谁管？"李自成头也不抬，有些不解地问。他继续把一些大饼用油布包好，还有一小袋盐，放进包裹里。

"我手下那些领队个个都经验十足，不需要我来告诉他们怎么指挥底下士兵。我离开这段时间，他们能操练新手，等我回来这里一个兵雏儿都不会有。我离开几个月，这里小路也都干了，我们的几个分队能多次突击周围的驻军，又可以补充兵器粮食，还可以在实战里练练新兵。你难道觉得有什么不妥吗？"

"不，不，没什么。"罗阳嘀咕着，随手把行囊袋子口收紧，"如果你在山中迷失，又有谁能将队伍带出去作战呢？"

"师父，我不懂你的意思。"李自成猛地放下手里正准备磨光的剑，"你说的迷失究竟何意？"

"我的意思是，你这样的人干大事，安危何等重要，不能轻易冒险。李自成，你的命已然不属于自己了，你该明白这个道理……那么多人跟着你，信你终究能成大事，要是你有个三长两短，他们怎么抵抗朝廷的官兵？孩子，你得为他们所有人考虑，得挑起这个担子，不能放之任之。"

"那我该如何是好？"李自成困惑地问。罗阳一把将行囊甩到他脚下，耸了耸肩。

"恐怕最合适不过的建议要追溯到先秦关尹子所言：'在己无居，形物自著；其动若水，其静若镜，若应若响。芴乎若亡，寂乎若清。同焉者和，得焉者失。未尝先人，而尝随人。'当然，古圣人亦未能卜算世上诸事……你还是尽量多带些精壮人马，天知道会发生什么……道路黑暗崎岖，要携光明护身。"

李自成沉思片刻，向师父深鞠一躬。他原打算早早上路，可看来现如今手头有诸多未完成的事情。他坐在靠窗的牛皮凳

子上,在晨光下开始仔细擦拭自己那把宝剑。

四川近十万起义队伍的首领闯王高迎祥细细查看了自己的营地。在他之前的起义军首领中,没有一个人像他那样组建起这样一支庞大而又训练有素的统一听指挥的队伍。

他人或许认为,这支队伍英勇善战、天下无敌!可高迎祥自己心里明白,想要打败朝廷的官兵,那至少得扩军三倍之多。朝廷的官兵人数众多,浩浩荡荡约四百万将士。即使军队分散在各个地区,但只要一声调令,数量庞大的朝廷官兵就会向起义军横扫而来。只要将天下所有不满于朝廷官府压迫的老百姓都聚集起来,联合他们的力量,实打实地与官府对着干,那么恐怕连最精锐的朝廷官兵也拿这支农民军束手无策。

然而高迎祥心里明白,最近几年内怕是难以发展起这样的力量了,皇权暂时稳固,朝廷官兵实力强盛,而东北女真部落最近也没有什么动静,并无扰乱边界的情况发生,因此京城有精力对付农民起义军。高迎祥静观时变。目前朝廷的大部分军队仍然集中在东部各地,只要北方"胡虏"一出动,他们就能随时从那里发起反攻。

现在是积蓄力量的好时机。他派出各路使者去说服联合所有能找到的起义首领。然而出乎其所料,所有人都给了他一个回答:管好自己的一亩三分地为妙。这些首领带着自己的人,在地方上从富豪商人或者官吏手里拿到些银两就心满意足了。天下众生本性皆如此:水往低处流,得来毫不费劲时,为何要自寻烦恼呢?

可闯王志向非同一般,他清楚地认识到已无回头路可走。他队伍中几乎所有人都曾流离失所、家破人亡,和朝廷势不两立。这些弟兄将生死交付于他,寄希望于他,离开了家乡,就是为了能过上好日子。当然,在军营的生活可不比在农村老家那样好。他们得忍受军中每日枯燥的操练,还有以天为被、以地为铺的动荡生活。不过为了共同的目标,这点儿苦算得了什么。只见新的一天,营地里又开始繁忙起来。步兵和骑兵穿梭不停,而在另一边操练场上,几排士兵齐刷刷迈步摆着阵形。在靠近树林边缘处则设有一个宽广的射击场。弓箭手和火枪手们在此认真训练,为的就是提高武艺,以便随时准备迎战,痛杀敌人。一旁不远处的草地上,数百名骑兵从马背上翻上跃下,在紧张地训练马术。营地里士气高涨,所有人都在奋力备战。尽管高迎祥心里有数,这支在短时间里组建起来的农民队伍仍需要不断操练,可他们和去年冬天在黄河一战遭受惨败的军队相比,简直有着天壤之别。他回顾过去,试图从所有的失误过错中吸取教训,免得以后再犯。高迎祥可是冲着黄袍去的。要不是这样,他才不会提着脑袋冒这个险呢。

此时从远处传来一阵马蹄声,差不多有二十个骑兵正接近营地。高迎祥正寻思会是谁的时候,他们自己的骑兵巡逻队已经到了跟前。他招手一挥,叫来报信的:"去看看是何人,带上几个巡逻的弟兄,以防万一。"

报信的鞠了一躬,随后就跳上马,快马加鞭向营地入口奔去。高迎祥目送其远去,然后转向他的手下,人称"黄虎"的张献忠。张献忠是陕西西部起义军的头儿,前不久入闯王旗下。此人未满而立之年,老家在延安府定边县。张献忠父亲是个做小生意的,他从小聪明倔强,跟着父亲做做生意。后来父亲生意不景气,他便去当了边兵,为的是养家糊口。

张献忠英勇善战,很得长官赏识。可众多世袭将士对他提升如此之快心怀不满,联合起来栽赃诬陷他,说他私自挪用官府银两,将其抓起来入狱。他们还私下买通张献忠身边的一些人,散布虚假消息,甚至还在张献忠衣物里放了所谓的证据,这样一来人证物证俱全,这可是掉脑袋的罪行。

幸好,张献忠相貌堂堂,一表人才,一个将领的老婆看上他了。她以去牢里探望为由,给狱中警卫下了安眠药,偷偷放张献忠出来。他一出来就没闲着,先是杀了那个将领的老婆灭口,然后就一个个找那些栽赃他的人算账。他明白,在这边是待不下去了,迟早会被抓去斩首。于是就干脆加入了陕西的起义军,在那儿他很快就发挥出自己的才能。

他所率领的分队和官府的人作对,屡战屡胜,可"黄虎"暴躁如雷,我行我素,引得周围的人胆战心惊。他还在自己队伍攻陷的地方实施严厉政策,诛杀大小地方官员和地主,令那些人闻风丧胆。他的队伍所到之处,无一不是血流成河。官府大大小小人等,甚至是请来的文人墨客,都被其杀戮。张献忠可谓是起义军弟兄眼中的英雄好汉,官府和文人眼中的恶魔。

"对进攻京城,你怎么看?"高迎祥问张献忠。"黄虎"此时正放眼向营地北边那条尘土飞扬的道路望去,他斩钉截铁地说:"闯王,不可。"

"你难道认为我们实力不够?"高迎祥话中带有一丝愤怒。张献忠似乎并没有注意他的口气,仍旧简单明了地回答:"问题不在于我们,而是那边……"他朝着京城所在的方向扬了扬头。

"你是说……"

"他们现在根本不怕咱们。皇帝小儿和阉党还陶醉在黄河胜仗中,喝着美酒扬扬自得呢!"

"那我们现在怎么办?一直就等下去?"高迎祥显然很不高兴。但张献忠还是继续说他的。

"咱们得杀杀他们的锐气，放放他们的血，让他们听到咱们的名字就魂飞魄散，然后就是攻入京城的时机了。"

高迎祥正打算仔细询问他如何计划的，可此刻他的注意力被一队装备精良的骑兵所吸引，他们在闯王侦察兵的陪同下，正朝山岗奔驰而来。

这队人马最前边的是个身材高大的骑手，他骑在一匹棕色矮马上，身穿镶有山豹皮绒的斗篷。头上则戴着一顶皮草护耳大帽，以挡早春风寒。斗篷下隐约现出一把长剑的剑柄。

到了山顶，他将马匹拴好，然后毕恭毕敬地深鞠一躬："在下为陕北起义军首领，今日有幸与闯王相见，不甚欣喜。在下姓李名自成，不知闯王是否听说过在下的陋名吗？闯王您曾派人来寻我。今日斗胆冒犯了。"

"我寻你已很久了。"高迎祥开怀大笑，可此时他注意到了在一旁的张献忠有些不快。对了，他二人皆从陕西来！高迎祥突然想到这一点，不能让他二人争风吃醋……要不然会坏大事。

当然他并未将心里所想说出来，他只对李自成说："李英雄，快快请你和你手下入营。一路辛苦，先安顿歇息片刻。晚间请到我军帐议事。"

李自成再次鞠躬作揖，然后向张献忠那张毫无表情的脸瞥了一眼。高迎祥察觉到了这个细节，只是摇摇头。

晚间操练一结束，在闯王的军帐中就聚集起各路首领。按照军中纪律，所有士兵此时定要回自己的住处，营地空空荡荡，只有几个夜间巡逻的在徘徊。

高迎祥作为营地之主召开集会。李自成坐在一侧，他观察到除了自己以外，还有来自各个省份至少几十个有一定规模的起义队伍首领。看来，高迎祥是动真格了。

"各方英雄好汉不远千里而来,我高迎祥不胜感激。你们都是起义队伍头领中的佼佼者,当中许多人参加过王自用组织的攻京城之战。黄河一战,惨烈无比,但昔日之败已成往事。今日大家重整旗鼓,再次团结一致,为的就是要打败皇帝小儿的军队,给朝廷一个下马威。"

高迎祥故意停顿了一下,看看大伙儿是否在倾听。

"然而就现在的情形,咱们还没有做好打仗的充分准备,并无必要去冒险。"他接着说,但听到底下一阵阵低沉的不满声,几乎将他的声音掩盖了。高迎祥心里平静如水,他早就预料到大家会做出如此反应。然后他提高嗓门,让所有人都能听得清清楚楚,"没错,我再重复一遍,咱们没有做好准备。你们每一位首领率领的队伍,毫无疑问,实力强大,谁也不可否认,但单独和朝廷作对等于鸡蛋碰石头吧!而联合起来会怎样?该如何协调统一?都是个未知的情况。你们也都是领军的,都心里有数,一支数量庞大的队伍不能说拉出去打仗就拉出去,得练阵形、协调,研究战术,这磨合的时间不是一时半会儿,那咱们现下情况如何?队伍中有众多昔日的农民和工匠,他们还不是真正的士兵!鉴于此,我和我的军师们制订了一个计划,想同大家商议商议。"

高迎祥又一次停顿片刻,环视着所有首领的表情,目光看到的唯有尊崇之情,别无他意。

"首先,咱们得把各路队伍统一起来,组建成一支大队伍,各个分队、各路弟兄做到配合融合。与此同时我们将派出小队,对官府一些地方驻军进行突袭。这样一方面是士兵们能在实战中操练,积累战斗经验。另一方面,也能杀杀官府威风,给他们制造点儿麻烦,所谓乱中找机会嘛。咱们的小队突击如同河中的贝壳,被割伤容易,可要找到贝壳那就难了!"

"咱们就这样出其不意,戳痛官府朝廷……"

"孙子兵法。"李自成嘟囔了一句,"攻其不备,出其不意。"

"正是。"高迎祥点头道,"突袭完了就立刻撤退到林子里、山里,让他们再难寻我们的踪迹。我们要让朝廷、敌军夙夜难寐,胆战心惊。要让他们恐惧到躲在自己城门后不敢伸出脑袋。"

在场所有人表示赞同。高迎祥得意地笑了。众人都愿听他所言,他的目的达到了。试想前不久这里每个人还兴师动众,恨不得马上进京攻城呢!这些冒失鬼们似乎都将黄河战役的伤疤忘得一干二净。

"因此,我提议各位在我营地留一段时日。大伙儿相互熟悉熟悉,交流一下经验。到了今年秋天,再带你们的队伍回到此处,咱们齐心协力,好好组建起一支新的队伍。要是你们同意我说的,那便击掌表示……"

高迎祥说完此话,深呼一口气,闭上双目。该说的都说了。只听军帐内突然响起一阵雷鸣般的掌声。他甚至都没去细细查看究竟哪些人击掌哪些人没击掌,他此番的一席话得到了众首领的认同。

正如高迎祥计划的那样,秋天,那些首领们带着自己的队伍来投奔他,新的一场备战开始了。一支支小分队连续袭击了省府的驻军,缴获不少战利品,如兵器、盔甲、粮食、布料、金银财宝等。等总督给军队下令追击、官府兵马赶来时,那些突袭者已消失得无影无踪。

有几次官府的人追了过来,试图找到起义军,可没有一次能回得去。最后,官府将领们干脆不再追击起义军的人,他们觉得此举如同缘木求鱼、竹篮打水。而到深山老林里找寻起义

军,那更是肉包子打狗。

官府派出去的人数至少超过那些突袭他们的义军的两倍,但也不一定有胜算。好几次高迎祥的人只用两三百骑兵便击败了一个规模不小的官兵,伤亡甚小便轻松撤离。官府几次派出探子,可也无济于事,派出去的人很少有回来的,就算是回来报告,也个个吓得魂飞魄散,都说:"那里深不可测,布局严密,就算一只飞鸟也难以逃过。"当然有可能他们说这些话是想掩盖自己的无能,但总体情况并没有什么好转。

官府在明处,高迎祥的人要想收集关于总督人马的信息简直是小事一桩。再加上酒店客栈里面歇息落脚的三教九流,休憩时刻,美酒一杯,把道听途说的统统抖搂出来。

高迎祥派出去的人暗藏在各个角落,观察动静,收集消息。他们轻而易举地就能掌握附近城镇总督官府人马的位置和路线。

瞧瞧他们,放风筝的光脚男孩,和士兵们眉来眼去的姑娘,还有弯着腰的驼背老头儿——就算是官府最有眼力的将士怎么可能辨认出这些人竟然是闯王高迎祥手下的眼线⋯⋯

说起来这还算是李自成的功劳,他在罗阳的帮助下,建立起当时最厉害的情报网。李自成带人煽动说服老百姓,讲清利害关系,几乎所有的陕西平民都愿意为之效力。而且情报网上下层关系分明,所有人该说的说,不该打听的就闭口不问,他们都不清楚自己的消息对高迎祥来说起什么作用。但一切细节都必须上报,比如有哪一支送粮食补给的马队啦,酒馆里几个士兵兴高采烈地谈论准备回乡啦,村子里铁匠和皮革商开始有一批新的活儿啦等。所有这一切消息组合在一起,给李自成提供了一个完整的信息源,使他们精准掌握朝廷那边的计划,而精准的情报使闯王高迎祥的队伍屡战屡胜。

当然，每次张献忠和他手下在听取密探报告时，总是噘着嘴巴，张献忠觉得没有必要搞得和猎犬一般东闻西嗅的。他本人更推崇面对面交锋，来一场硬仗。

可毕竟官府的人马也没有闲着，他们不断操练，改良战术，并且试图弄清起义军的进攻特点。尽管到目前为止，官府的人还是屡次失败。可高迎祥知道这样的情形不会长久。迟早有一天，皇帝会派出朝廷大批官兵来对付他们，到时候起义军就有苦头吃了。所以高迎祥拼命操练自己的士兵。而李自成则是他的左膀右臂。

"李将！李将！"只见一个身穿破旧盔甲的矮小士兵喊叫，此人身材瘦弱，脸上有一道可怕的剑伤，疤痕在脸当中，似乎将脸分成大小两半，左眼由于剑伤歪斜着，抽搐的脸上好像永远露着悲伤之情。李自成正坐在马上，他已经双手抓住马鞍，正准备驾马飞奔到远处哨岗查看，听到喊声，不悦地回过头来：

"什么事儿，矮子？"

"那个什么……童布迸被当场抓个正着……小穆亲手抓的……"

李自成放开马鞍，整了整手套……

"他人呢？"李自成目光如炬，矮子士兵甚至都有些蜷缩起来。李自成在军中的威望可谓是无人能敌。只要他犀利的双眼一扫而过，下面的人都服服帖帖的……李自成朝步兵训练场走去。

远远看到那里围着一群人。有一百五十个左右的士兵在一旁围着，里面几个人死死压住一个身材壮硕的男人，他穿着一条皮革制成的裤子，腰间扎有带金属饰件的腰带，重庆一带的金匠们专门扎这样的腰带。

一看到李自成过来，士兵们纷纷让出一条道。他径直走到这个跪着的人面前。李自成盯着此人寻思好久，该如何处理……而这个贼人倒是自己先开口了。

他用布满血丝的眼睛狠狠盯着李自成，吐了口唾沫，歇斯底里地喊：

"你这个混蛋，狗娘养的，来看我笑话吗？"

李自成装作视而不见，向一个士兵招手让他过来。那个士兵急忙走近。

"此人犯了何罪？"他说话的语气是如此平静，如同冰冷的河水，这让姓童的直冒冷汗。士兵轻蔑地瞅瞅地上跪着的人，回答道：

"他们从骊山突袭任务回来，这个人在酒馆里吹嘘说他杀了一个士兵的遗孀，还在她的房子里偷盗钱财……"

"仅仅凭言词吗？"李自成将目光投向童布进。

说话的士兵使劲儿摇摇头："不不，首领，这是我们从他那儿搜到的，其余的从他包裹里寻得……"

他从怀里掏出一个精致的穿有丝绸带子的金吊坠，然后还拿出一堆银首饰交给李自成。而李自成双手一抖，闪闪发亮的金银饰物掉落在地。跪着的贼人看了看地上的首饰，又突然把脸转向李自成说："难道你不喜欢金子？你不让我们在城里抢夺财物，自己和亲信恐怕早有此意吧？要不然你为何养一个千人队？还不是偷偷摸摸下令让他们杀死富豪、商人、官员，然后把他们的钱财运到山里的老巢吗？"

姓童的歇斯底里狂笑起来，李自成眼角余光注意到手下不少人情绪有些异样……其实军中纪律问题一直让李自成头疼，不少人在城里看到金银财宝时手都痒痒的，是时候摆平这一切了,童布进这一下子正好给了李自成一个整顿纪律的机会。

"有种的和我一对一干,恐怕你没这个胆吧!"贼人继续大喊大叫,"这么多人对付我一个人,孬种!"

"放开他。"李自成突然下令,让所有人都吃了一惊。

"怎么,就这么放了?"其中一个压着童布进的人不解地问,"就这么放了?"李自成点点头。

"对,让他起来。来人,给这个混蛋一把刀……"

李自成此举相当冒险,不过也抵不过战场上冒的险。因为他早已胸有成竹。

姓童的站起身,用手背抹了抹干裂的嘴唇,露出不怀好意的笑容。士兵们给他递过去一把刀,他盯着刀柄看了许久。此时李自成转过身去,背对着他离开。李自成没有看见姓童的是如何一把抓起刀柄猛地向他身后刺来。但李自成不需要亲眼看见,一个武艺高强的将士背后长着眼睛,周围的人还没来得及反应过来究竟是怎么一回事!只见姓童的一刀刺过来,李自成轻盈的一个动作转到他背后,右膝盖跪地,掏出剑鞘里细长的利剑刺入其腹部,一瞬间,姓童的似乎像石雕一般一动也不动,他嘴角扭曲,通红的双眼瞪得如铜铃,脸上痛苦不堪。李自成慢慢直起身,将利剑一寸一寸地从腹部划向左胸。周围的人清清楚楚听到刀刃刮破肋骨的声音,令人发寒,还有姓童的肚子上流出的白花花的肠子……童布进手一松,刀剑落地,慢慢倒在一片血水之中。

李自成从其胸口处拔出利剑,弯下身子,将剑上的血迹擦拭在仍然抽搐不停的贼人身上,随后把剑递给一个手下,取来另一把干净的剑,跳上马,随口说了一句:

"将赃物上缴,他嘛,到荒地里找个地方埋了。"

李自成话音刚落,便用脚踢了踢马屁股,率领十几个随从扬长而去。其余人等皆被眼前一幕惊得目瞪口呆,立在原处一动不动,只是望着童布进蜷缩的尸体。教训啊,教训……

京城。紫禁城湖宫。

洪承畴向紫禁城湖宫踱步而来。池塘岸边的柳树叶轻抚着水面,见证了几代明朝君王更替。漆黑的水面倒映出深色的树影,依稀可见睡莲摇曳的光波。午后时分,即使是鸟儿也似乎在此刻安静下来,生怕扰乱皇宫花园里来之不易的宁静。

洪承畴此次来可不是报喜的。他急于向皇帝陈述陕西、甘肃两省情形之危急。一年半之前,朝廷似乎在黄河一战彻底击溃了起义军。当时成千上万的农民暴徒被剿杀,要不是高迎祥、李自成这帮人狡猾逃脱,朝廷能把他们杀个片甲不留。可现在呢,这帮农民联合起来,组建了一支将近五十万人的庞大队伍,和去年黄河一战相比规模扩了一倍。最糟糕的是,他们还改变了战术,分布地域广阔,声东击西,单独突袭官府的小股驻军,还在各地设下埋伏,等着官府的人马落网!官府军队损失严重,加上起义军完全控制住各省物资流动,他们连税收和物资也拿不到。

洪承畴此番进京,想给皇帝提一个出人意料的建议,他上奏请求皇帝允他和起义军首领谈判。当然,他这个战功赫赫的将领可不打算向起义军做出任何让步。他的目的是给朝廷争取时间。洪承畴清楚得很,再有几个月时间,闯王高迎祥的队伍将变得更强大,到时候他们翅膀更硬了,朝廷将对其束手无策!而在东北盘踞的多尔衮随时伺机准备攻入山海关,只要中原时局一动荡,他们便会乘虚而入。

而闯王高迎祥正一点点削弱朝廷根基，给国库、军队制造出一系列麻烦。洪承畴最为担心的是一旦闯王的军队取得重大胜利，那么南方各省也将蔓延起暴乱之瘟疫，到时候局面就不可收拾，大明王朝就将走向覆灭。

洪承畴来到宫殿门口，身穿金丝黄袍的朱由检正好从宫殿内穿门而出，身后跟着几个随从。紧跟其后的则是大名鼎鼎的太监王承恩，他体形肥硕，一双深邃的眼睛贼溜溜到处张望，一头饱餐了的肥猪，洪承畴脑子里突然想起他小时候在福建老家亲戚那里看到的肥猪的模样。

小时候他和小伙伴们总是在臭烘烘的水沟旁看到很多肥猪，当时就想，怎么上天造出如此愚蠢下贱的生灵，怪不得它们最后的下场便是成为屠夫刀下的肉。

想到这儿，洪承畴嘴角边显出一丝转瞬即逝的轻蔑冷笑。王承恩身上穿的太监服破破烂烂，脸上挂着谦卑的笑容。洪承畴勉强压制住内心的厌恶。太监在皇帝面前装的是一副廉洁样儿！可谁不知道他王承恩在河南大张旗鼓，给自己造了一座宏伟的宫殿！只不过天高皇帝远罢了。朝廷上下几乎所有人都清楚其秉性。可在人前，都摆出一副毕恭毕敬献媚讨好的样子。

而在皇宫另一边，东林党最后所剩几人试图有所作为。据说皇帝又召集起一批东林党人，希望能改革朝政……可多年来东林人树敌太多，恐怕现如今已难东山再起。或许是，皇帝为将来的江山社稷做打算呢。天知道。宫内的游戏谁也猜不透……

洪承畴走上前去，向皇帝下跪行礼："陛下，臣今日上报四川各省危情，暴乱四起，陛下圣明，该当机立断了！"

第二章　捕虎诱饵

闯王高迎祥起义军营。

农历巳月（公历6月初）的最后几天。中原已是晚春，渐渐入夏，大地百花盛开，苹果树、樱花芬芳四溢。道路上的积水完全被晒干，炽日炎炎，愈发显示出它的威力。

近来陕西局势平静下来，并无什么战事。其中是有一些原因的。一方面，在陕西的朝廷军队数量较少，起义军感到轻松自在。而另一方面，皇帝给大臣下令解决陕西饥荒问题，派出人手专门负责给饥荒特别严重的村镇运去粮食。朝廷还派人疏通道路，把一车车大米谷物运往闹灾地区。

闯王下令不许劫持这些马车队，因为他知道，这些补给要是被劫走，那农民们又要挨饿了。他闯王岂不是做出伤天害理之事嘛！然而谁也没有料到朝廷这一举措背后真正的企图……

起义军中的分队长先察觉到一些不祥信号：手下的弟兄们，特别是来自陕西、甘肃的士兵，每日聚在篝火旁议论的尽是关于老家的事情……他们情绪也日益烦躁，张口闭口总提想回老家过日子。他们说现在家里粮食够吃了，是时候开垦播种了……既然皇帝和朝廷支援照顾老百姓，那还在这儿流血牺牲作甚？闹腾了一阵子，见效了，是时候收手了。

尽管高迎祥和其他将领们一再劝说，说朝廷给的粮食根本不够所有人吃，吃完了，照样挨饿！可劝说几乎没有什么效果，农民们一个接一个溜出营地回了老家。即使逃出去的人占了少数，可给其余人造成的影响极坏。那些留在营地里的士兵们说起逃出去的人，眼里充满了羡慕之情。起义军将领们为了使军中气氛不再散漫下去，开始没日没夜加倍操练手下，还让铁匠们加紧打造刀剑、长矛、弓箭等兵器。

话说李自成正漫步军营中，突然他的目光被一个从军帐里走出的美人所吸引。他曾好几次与这个姑娘相遇，每次和她对视时，李自成都想避开，可姑娘明媚动人的双眸和那挂在嘴边含情脉脉的微笑使他怎么也挪不开自己的眼睛。此美人名佳怡，乃"黄虎"张献忠夺来的战利品，她的美貌让军中众将领都为之神魂颠倒。底下农民士兵们也色眯眯地盯着她，可她对所有人都鄙夷不屑。几周前，佳怡终于注意到了他，年轻英俊的李自成。其实她常听张献忠提到李自成，说他种种坏话，可姑娘心里总有一种感觉，觉得他是个真正的英雄好汉，她不相信"黄虎"张献忠所说的。一有机会，她便在军营中漫步，渴望着遇到李自成。时间长了，"黄虎"张献忠自然察觉到身边这个女人另有心思。

有一次他紧紧跟着佳怡，只见她目光望向一旁，张献忠连忙盯过去，他的"心头刺"李自成的背影正渐渐走远。"黄虎"张献忠本来就阴沉冷酷的脸更被他不怀好意的冷笑所扭曲了。他可从未与任何人分享过他的战利品，他的女人自然谁也别想碰。

李自成则几乎把所有的工夫都放在与师父罗阳探讨学习上，他试图传承师父的所有智慧，一方面也尽量让自己抛开私心杂念。他们俩每次一谈便是好几个时辰，讲得主要是政局和如何治理天下，纵横古今。看得出，老人急于把所有的智慧都传授给他的弟子，因为他病得不轻，知道自己时日不多了。起因是一场风寒，毕竟年岁不饶人，风寒入骨，罗阳日益衰弱。

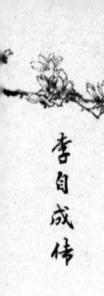

李自成明知师父一片良苦用心,细细倾听罗阳每字每句,深深刻在心里。一日,师徒俩闲聊时,李自成突然发问说为何天下人,同是中华儿女,同饮黄河水,却不能达成互相包容理解。官僚富贵欺压穷人,穷人则对地主官府恨之入骨……说到底,所有人还不是同根生,虽然在同一片土地上生活!

老人只是笑了笑:"孩子,知道为何孔子的徒子徒孙与佛教徒们总是争论不休?"

"不知。"李自成诚实地回答道,"听你的口气,似乎道理很简单吧!"

"当真如此!"罗阳微微低头,面带愉悦之情,"问题就在于那些儒家学者不读佛经,而佛教徒们不识孔子著作。两者皆不明事理,故不辨是非也。"

"那么,您又指何事?"李自成接着问。老人耸耸肩膀:

"常言道饱汉不知饿汉饥,一个王公贵族祖祖辈辈承袭富贵荣耀,一辈子都未体验过宫殿外的日子,他怎么能知晓一个农民或是工匠的困苦?同样的理儿,农民也完全不懂官僚富豪们的所思所想。他们一个在天上,一个在地下。所以说嘛,运过来的大米粮食很快会被吃完,治标不治本,根子上的问题依然存在。一切将重蹈覆辙。"

"也就是说,没有出路了吗?"李自成说话声中透出的忧愁让罗阳心里一颤。"所有的牺牲都是徒劳的?他们所有人。"李自成朝帐篷口外面摆摆头,"都是死路一条?"

"我可没这么说。"罗阳有些急躁地嘟囔道,"我的意思是,治病要从根子上下手。还记得你有一次曾问过我该如何重建天下吗?今日我就回答这个问题。重建天下须立新君,而欲立新君先应破除其根基。"

李自成猛地跳起来……

"你是说废了皇帝?"

"为何不可?"罗阳挥舞着手,"费这么大的劲儿,要不冲着龙椅去那还有何意义?"

"那么咱们要攻京城了?"

"迟早的事,但还不是眼下。现在该在陕西建立你自己的政权了。"

"在陕西?"

"你觉得有什么不妥吗?还是你认为在一省为政与治理天下不同?老朽可看不出两者有何差别。"

李自成不住地摇头。

"师父,你可真会故弄玄虚,听得我脑袋都晕了。"

这时帐篷外传来一阵声响,只见张兴撑开门帘弯着腰进来。他这个曾经的屠夫,现在已是威风凛凛的甘肃万人剑队统领,自从他第一次将李自成带到高迎祥的营地那天起,他们二人便成了好友。几年内在刀光剑影中生死与共,当然还有张兴身边那个优秀的弓箭手、诗人李彦,总伴随其侧。李彦这时候也紧跟着张兴进了帐篷。

他们向罗阳、李自成行礼作揖后,便坐在茶桌前。罗阳点火煮茶,帐篷里顿时弥漫开一阵阵醉人的清香。李自成望着二人有些不知所措的脸,问:"怎么了,出什么事儿了?你们为何如此表情?"两人对视一眼,随后李彦开口小声说:"张献忠他……"

"他怎么了?"

"他公开抗拒闯王的命令。就是那次你处决了姓童的那个贼人之后,张献忠觉得你越权,独断专行。"

"奇怪！"李自成嘟囔着，眉头紧锁，"在我看来，我的队伍里所有的偷盗抢掠之举都受这样的惩处，无人例外，也无人反对……"

"李首领，那是在你自己的队伍。"张兴喝了口热茶急匆匆接过话说，"麻烦的是，这个姓童的贼人不是你自己队伍的人，他是张献忠突击百人团的。"

"唉，是啊。"李彦也点点头，叹了口气。

"现在碰上这种事真不是时候！"罗阳无奈地说，"这个姓童的是怎么到我们营地的？"

"当时张献忠的人和我们的前哨一起突袭后返回。他们没有立即回到自己的营地，而是在我们这儿歇脚，准备第二天早上回去。姓童的几杯美酒下肚后，肆无忌惮了，开始吹嘘炫耀他的战利品……那后来的事儿嘛，你自己也清楚。"

李自成从座席上站起身，在帐篷里来回不停走动，像笼中之虎。突然他停住脚步，问道：

"闯王呢？他对此事有何看法？"

张兴放下茶杯，小心翼翼地抹去他那浓密的胡子上的水滴。

"高首领提议所有人七日后聚集于大堂议事。他已经派出信使前往十三家七十二营召集他们过来。闯王有意再次将大家联合起来，组建成一支庞大的队伍，进攻京城。"

"简直是疯狂之举。"李自成喃喃自语，一屁股坐到罗阳身边。而罗阳轻拍了几下他的肩膀，试图让其平静下来。

"我倒是看不出有什么不妥。"罗阳轻声说。所有人都惊讶万分地盯着罗阳，罗阳威望之高，他的言语在大伙儿心里几乎等同于真理，因此每当首领之间有什么争议时，罗阳的话便一锤定音。

李自成请师父细细解释此话的缘由。罗阳则深深叹了口气，似乎对自己的这个得意门生有些失望：

"前不久还不是你自己提议要联合起一切力量，制订行动计划，共同抗击朝廷的吗？"

"是我……可是……"

"也是你，曾说过进攻京城时不能让起义军弟兄以卵击石、自投罗网吧？"

"是，师父，可……"

"那么现在又有何异议？首领们会师议事，已是成大事的一半。而他们到时候究竟商议什么？如何商议？那就看你的了。所以说，你别在这儿瞎折腾，还是好好考虑怎么让这次集会有成效，对你有利。至于张献忠们，更好办，那么多各路首领面前他也不会因为一个手下贼人和你过不去，起码不会显得太无礼。他是真的恨你，孩子，从你们第一次见面时他就恨你……"

"为何？"李自成扬起眉毛，他的两个朋友也惊奇地盯着罗阳。罗阳不紧不慢地说：

"你们二人皆为才华出众的将领，手下兵力相当，你们都雄心勃勃，年轻好胜，视对方如同镜中之影。一山难容二虎啊！"

"那有什么办法解这个局？"李自成疑虑重重地问。

"破局嘛，你们二人须立共同目标，然后各行其是。"

"老头子，又说深奥含糊的话。"李自成笑起来。

"分，还是合，并非难题！你不是说过四面防御计划吗？"

"没错！"李自成猛拍了一下脑门，"的确，我正想向闯王提这个建议。到时候大家都会有的忙活了，我怎么一下子没想到这一点呢？现在好了，我等不及在此会师呢……"

在一旁的年轻诗人李彦轻声诵吟："羌管悠悠霜满地，人不

寐,将军白发征夫泪。"

李自成凝望其许久,轻轻颔首。

会师一开始就没有高迎祥想的那么顺利。他本来以为凭他的威望以及会师在他的地盘上,各路首领该敬他三分,听取并讨论他关于进攻京城的提议。大伙儿该毫无疑问接受他的设想。难道不是吗?各路起义军首领带弟兄们抗击朝廷,手握刀剑对付皇帝老儿,那夺取紫禁城这样的想法也合情合理。

高迎祥一直坚信要带领大家成大事,须定崇高目标,鼓舞士气,那手下的人便能精诚团结,可事实并非那么简单。多年来中华大地上农民暴动起义不断,起初皆目标远大,然而逐渐队伍四分五裂,各行其是,各有图谋。有的只是想杀官府的人报仇雪恨,有的是想过好自己的安生日子,还有的则安于现状,手里有兵,吃喝不愁,尊荣一方。

他们都不愿意搞什么进攻京城之举,既费力耗时,又冒险。身穿盔甲,手持兵器,内心却还是十足的农民和工匠,大多数人都愿意过安稳的小农生活。

总之,聚会上高迎祥本来一步一步商量夏秋计划的设想变成了众首领各怀"小九九"而争论不休的混乱场面。

大家谁也不想听谁的,只是满眼通红地大声嚷嚷,有时甚至还动起手来。每个发言者都想让其余人信服他的观点,可同时对别人的说法置之不理。在场的大多数起义军首领都赞成只在自己的地盘上继续活动。他们解释说因为他们更了解当地情况和地方官府衙门的复杂关系,更何况他们自己的土地也不能放着无人照看。

极力支持进攻京城的是马匪和其他一些来路不明的家伙。

他们目的很简单，就是想通过起义大捞一票，要是到了紫禁城，皇宫里抢些金银财宝岂不更妙？这帮土匪无家可归，更无道义可言。

当然，其中有几个首领，带兵打仗能力出众。然而他们毫不掩饰他们对李自成恨得咬牙切齿，恨不得将其撕成碎片，原因就是李自成绝对不让他们烧杀抢夺。他们听闻了姓童的是如何被处置的，亲眼看到姓童的白花花肠子流出的人，绘声绘色描述当时的情景，接着关于李自成的厉害就传遍各处。

闯王高迎祥则一个劲儿试图回到起初设想的话题来，但一切都是徒劳的。最后高迎祥累得一屁股坐在旁边的长凳上，闭上了双眼，陷入沉思中，闭口不言，而大堂里吵闹声也越来越小。

突然他身边的少年侍从猛推其肩膀："首领，首领，你看……"

高迎祥好不容易回过神来，双手搓搓脸。令他吃惊的是，此时屋子里竟然鸦雀无声，每个人全神贯注地盯着一个发言者。高迎祥向那堆人望去，只见说话的人正是李自成！

他不慌不忙地在说些什么，其余人围着他倾听，连其死对头张献忠也时不时赞许地点头。

高迎祥竖起耳朵，饶有兴致地想听李自成到底说些什么。

"众位首领，你们想必也已深有体会，陕西甚至是甘肃的田地养不了我们军队多久，而进攻京城不仅需要人力，还需要大量的物资供给。孙子曰：'其用战也胜，久则钝兵挫锐，攻城则力屈，久暴师则国用不足。夫钝兵挫锐，屈力殚货，则诸侯乘其弊而起，虽有智者，不能善其后矣。故兵闻拙速，未睹巧之久也。夫兵久而国利者，未之有也。故不尽知用兵之害者，则不能尽知用兵之利也。'

"我们的队伍在战场上耗时越长，便越衰弱。咱们的力量在

于猛攻和神速。所以我提议如下：我们把队伍分成四路，按照任务不同确定每路人马的数量。其中三路队伍从西、南、北三面阻挡朝廷军队，防守我们的领地。而第四路人马则向东前行，开疆扩土，直逼京城。这样一来，咱们一举两得。留在此地防守的队伍由当地百姓负责补给。当地农民不需要离开自己的土地，而是辛勤耕作，秋后丰收，这样能为队伍提供过冬的粮食。有意攻京城的人皆可加入第四路队伍。这样，我们一路向东，扩大领地，能有足够的田地养活数量可观的队伍，还能扩充队伍。这便是我的大体计划。不知诸位同意否？"

只听一片热情洋溢的赞许声从大堂各个角落里传来。闯王高迎祥则如释重负地舒了一口气，心想他没有办到的，李自成却做到了！军队之力量在于团结一致，现在众路人马终于统一起来。

散会后，李自成在住处全神贯注地琢磨陕西东部进军路线，这时有人从军帐外边喊他。

"深更半夜有何事？"李自成卷起地图，不满地嘟囔着。他起身拉开门帘。站在眼前的是守备队长派来的人。此人毕恭毕敬地说："我们守备队长请您到南门哨岗那里，来了一个骑手，还有个女人……"

"谁啊？"李自成很快把一件长袍披在身上，和报信的人一同走进黑夜。

"首领，他自称是您侄子，他让我转达，说李过前来拜见……"
一瞬间，困惑、疑虑、惊讶，统统写在李自成脸上。他将报信的甩在一边，自个儿没命似的冲向南门哨岗。

远远看去，只见一群人围得水泄不通，听不清他们在议论些什么，只听到一阵阵的笑声。李自成停留片刻，随后也露出了笑容。如果此人真的是他侄儿,那个多年来杳无音信、大家一直以为死了的李过,那么多士兵们的嬉笑也就不足为奇了。

李过这小子满肚子奇闻怪事,连一只猫狗都能被他逗笑。

李自成一步一步地走向人群,士兵们认出首领来了,便让出一条道儿。人群中间站着一个身材高大威武的年轻人,身穿王公贵族侍卫盔甲,手握缰绳。其身旁一匹黑色骏马上,坐着一位衣衫华丽的年轻女子。她肩上披着一件绣有南部风格图案的斗篷,一头乌黑的秀发被盘成厚重的发髻,一根金色蛇形发簪在发髻中闪闪发亮,细看上面还饰有宝石和蓝色釉彩,斗篷下一双明亮的眼睛凝视着周围的一切。

士兵们笑声止住了,李过注意到有人向他走来。他慢慢转身望去……叔侄二人抱头相拥,无言以对。周围人发出惊叹声。李自成突然好像醒悟过来似的,伸出手一下捧住李过的脸颊,仔细地看他的脸部特征……

没错,的确是侄儿李过,可他还是无法相信自己的眼睛,"你不是在米脂已化为灰烬了吗?"

李过的脸顿时阴沉下来,他紧皱眉头,深吸一口气,极力抑制住泪水……

"叔叔,我侥幸逃脱。当时我不在米脂县。在此之前几个月我加入一支四川当地一个小王爷手下的队伍,勉强弄点儿钱糊口,我独自一人在外很难讨生计。有啥办法呢,我除了舞刀弄剑外,其他什么也做不来。我不像你,学什么会什么。所以我不得不靠这点儿武艺讨生活。我从邮差那里听说了米脂县的事儿。我还得知你和一个老人一起到了米脂县的废墟中查看……叔叔,我找你找得好苦……黄河那一仗我没赶上,然后就在深山老林里到处打听,询问那些战斗中幸存下来的人……就在一个月前有人告诉我您已在闯王麾下，因此，我带着秋儿姑娘一同来此寻您。找到您真是欣喜万分啊！"他又一次拥抱李自成。罗阳在一旁细细观察着。

"此事太难以置信了，你不觉得吗？"罗阳紧紧盯着自己的弟子。李自成只是耸耸肩……他仍然对刚才与失散多年的侄子相遇的情景激动不已，"你告诉我，李过是怎么找到你的……你们不是整夜长谈吗？对了，那个女子又是何人？"李自成搓搓额头，深吸一口气说道："李过是我兄长之子。我俩几乎同龄，我只比他大半个月。兄长早死，李过就寄养于我家。父亲的堂兄熟读兵书，从小就教我们用兵之道。我们二人从小一起玩耍，情同亲兄弟。当时还在村子里的同龄人中享有威望。然后家里边情况有变，我前往甘肃当了边兵……你应该记得的……"

老人点点头。

"就这样，我和李过二人失散了。我们当时在米脂县废墟中，我就是为他而悲痛万分。在家乡我没有别的亲人了……要是他有三长两短，那我真的在这个世上就孤身一人了。"

老人大口吸着烟斗，若有所思。

"那么与他同行的那个姑娘……"

"秋儿？"

"正是。"

"他们在四川北部的一家小酒馆相遇的，她是个舞女……秋儿父母双亡，为了养活小妹不得不在酒馆老板娘手下做事。可三个月前一个强盗闯进酒馆，抢夺财物，她小妹在混乱中不幸遇难。李过把那强盗杀了，但老板娘怕强盗一伙人前来报复，便把秋儿赶了出去。于是李过让她一同前行，她便答应了……"

"我昨天注意到秋儿是个机灵的姑娘。"罗阳插了句话，李自成心不在焉地点点头。

"你说她来自南边？"

"不是，师父，她从西边来，她的村子被烧毁、双亲遇害之后来到南边。一路上吃了不少苦。"

老人又一次点点头。然后用烟斗指着李自成的胸口："让她来见我……"

"她正歇息着吧！"李自成有些犹豫地说。老人摇了摇头。

"叫她来。时间不等人……"

当秋儿走进帐篷时，罗阳立马向她发问："孩子，你的家人死于朝廷官兵手里，对吧？"

秋儿点点头，脸上写满疑惑之情，随后又把目光投向李自成。李自成只是摊摊手说："你回答便是。"

"先生，正是。千真万确。"

"那你想过为他们的死报仇雪恨吗？"

秋儿的眼中似乎划过一道闪电，可转瞬间她合上双目。老人等着回复。她沉默着。最后罗阳轻声说道：

"你不用回答我……从看到你第一眼我便心中有数了。只是此番任务凶险无比……"

"我不怕死。"姑娘大声说道。老人扬起手，想让她平静下来。

"你不会死，只要你遵循计划，谨慎从事。"

"我需要做什么？"秋儿抬头看着罗阳，眼里充满了愤恨，"把官府的砍了、勒死或是下毒？听您的安排，我在所不惜！"

老人摸摸银灰色的胡子，笑着说："你的任务便是为你的仇人献舞……"说完，便等待姑娘的反应。

罗阳没看错人……

西部军营。主统帅大本营。

西部第二军统帅兵部尚书洪承畴因其镇压农民起义军的赫赫战功，被朝廷众多善于献媚的大臣誉为"暴民的阎王爷"。那天他正听着派出去的密探返回来报告，神情愈发忧郁。几个月来他率领朝廷军队摧毁了成千上万的农民军。对那些暴民，他毫不留情，包括他们的妻儿家人，统统杀无赦。大家对他又怕又恨。不仅是起义军的人，甚至连一些京城大官也憎恨洪承畴。

洪承畴性情冷漠，办事果断，许多人为此怕他日益上升的威望将左右皇帝的决策。实际上洪承畴本人并不关心名利，他只是按照规矩办事，刻板、公正。

洪承畴此刻面见密探，只见他眼前坐着一个其貌不扬的小个子男人，身穿破旧的工匠服，脸部特征极其普通，脸的一半被头顶上的农民们喜欢戴的那种锥形帽遮盖住。

裤子打满补丁，脚上一双草鞋，从卷起来的袖口和裤脚管露出细细的胳膊和腿——看上去实在狼狈可笑！

没有人会相信就是这么一个滑稽的小个儿人，竟然是武功高强的大侠！他能徒手眨眼工夫将十几个精干的士兵送到阎王爷那儿。这位周大侠就是这么一个奇人。无人知晓他的真名。许多年前他入洪承畴门下，便将自己的过去和真实姓名隐去，一心一意为他的主人卖命。

多年来，他忠心耿耿，办事麻利毫无差错。他亲手干掉了五十多人，这里不仅有农民军的首领，还有在紫禁城皇帝身边办差的，只要和主人作对，都逃不过他那双索命的手。宫廷游戏，不是你死就是我死……洪承畴更愿意掌握主动。这也是他为何能平安活到不逾矩之年的原因。几个月前他派出刺探前去陕西打听,为何在那个曾战火四起的地方如此出奇地平静?

作为老到的统帅,他明白,两年前的黄河一战,叛军并未被全部消灭。他派出的密探回来报告说侥幸逃走的起义军中大部分都回到老家,也就是陕西、甘肃和四川。否则,那该死的闯王的军队又是从何而来?

那些暴民,黄河之战后改变了战术,搞起单个突袭,并且计划得逞,各省州之间交通线路被卡断,朝廷总督军队得不到粮食补给,坐在原地挨饿,有的公开投奔起义军,大多数也无力抵抗,眼睁睁看着起义军猖狂。

地方上的王公贵族们也袖手旁观,他们担心起义军突袭队一夜间闯过来将他们的房屋田产烧成废墟。所以说只有傻瓜才会去冒这个险。但细细分析,此事还有另一方面。起义军如此庞大的队伍,即便是完全掌握了各省辖区和必要的资源,迟早也会遇到一系列麻烦,所以他们只有两条路可走:要么解散,要么扩充地盘和资源。简单算下来,几年荒年之后,这些土地养不了那么多饥民和军队,除非是要积极开垦播种。洪承畴听闻有一个叫李自成的人,此人才华出众,两年前黄河之战就初显锋芒,最近听说李自成开始采取军队屯田制度来管理领地。也就是说,他的军队无战事期间,可以自给自足。而且远不止这些!他们甚至分出一些粮食支援周边村里的百姓,为此深得百姓爱戴。但唯独李自成是这样的,其他的大大小小起义军首领并没有停止抢夺勒索。就拿张献忠这个恶棍来说,这个枣商的儿子似乎童年穷怕了,现在抢金银财宝好像是要弥补小时候缺失的一切。此人凶恶残暴,杀人不眨眼,连女人孩子也不放过,敌人和自己人都怕他。但与此同时,他的手下敬佩其骁勇

善战！朝廷曾好几次试图买通刺客取其项上头颅，可屡次未果。每次都是派出去的杀手自己的人头先落了地。

而眼前刚从陕西回来的周大侠证实了洪承畴的担忧，起义军正准备向东进军。各路起义队伍首领被召集起来，带领队伍不到五十万人，还制定了统一的行动战略。而就在昨日，他们还互相不对付呢——洪承畴派出不少奸细，不断散布谣言，诬蔑诽谤各个农民首领，在他们中间挑拨离间。所以说当他们起初相见时，个个都恨不得掐断对方的脖子，可一下子他们全都效忠闯王，愿为其效命。上一次黄河之战以前也这样，可此番聚集起来的队伍数量庞大、力量不可小觑。

洪承畴已派出信使，通报其他各个军队将领，准备从西边和南边两面进攻，一举击溃农民军。周大侠这次功劳不小，捞到那么有价值的消息。

洪承畴站起身来，周大侠立刻跪倒在地。

"周大侠，你武艺高强，无人能敌，此次干得漂亮……不过有一事你还未给本官答案。你能料到是何事吗？"

"鄙人岂能胡言乱语，冒犯大人？"

"那么本官有一问，你如实回答。我想听听你是怎么想的。""是，大人……"

"你说说前不久那些农民首领们还在争权夺利，个个恨不得砍了对方，可为何今日他们能团结一致？我们费了那么大力气，派了奸细散布谣言，按理说应该不会发生这样的情形吧？"

周大侠抬起头来，帽檐下一双刺客才有的犀利狠毒的暗灰色眼睛闪着光……

"大人，原因就在于李自成，此人诡计多端，就是他想法子让所有农民队伍联合起来。当中的细节嘛，唉，我还不清楚。"

"好吧，那这就是你的新任务。本官想知道农民军计划的一切，还有，我要你把那个李自成的人头拿来放到我桌案上。退下吧。去我管家那里取赏金和盘缠。"

周大侠跪拜后，毕恭毕敬地后退，走出了洪承畴书房。而洪承畴终于意识到，他的心病症结归于一个人，此人名为李自成。

农民军营地。陕西。

高迎祥在李自成和罗阳的陪同下，身处山顶，望着一队队数千人士兵的阵列向东，朝河南前行。众将领集会商议后决定，选择洛阳为进军目标。高迎祥打算将河南作为以后攻打京城的基地。

此时为申月（8月7日至9月7日）中旬，山岗两侧是金灿灿的庄稼地，而远处是绿油油的稻田。多年旱灾之后，这片土地似乎苏醒过来，万物复苏生长，似乎弥补过去几年的过失，请求灾民百姓的宽恕。

只是现在根本无人来收割粮食。打仗的打仗，死伤的死伤，村子里留下零零散散不多的人。

李自成看着这情景，心里在滴血。他深知无人收割庄稼的后果可以与近几年的旱灾相提并论。粮食无人收，成千上万的家庭又要挨饿。这就是为什么他建议在这些地区只进行防御，以便不干扰农民日常生活，让他们起码能安心收粮食。当然，解甲归田的农民数量不多，但防守需要的人力物力远比进攻的人少。李自成率领的人马本应进攻朝廷军队，可也转攻为守。

高迎祥用一只手抵着额头，遮挡刺目的阳光，他望向远方，低声说道："要是我没看错，好像咱们的哨兵抓到了什么人。"

罗阳坐在马上也向远方望去，然后满意地点点头说："统帅，正是……他们带着两个骑手过来了。"

高迎祥笑着说："罗师父，您这把年纪了，眼力不错啊！连我都看不清那么远到底是什么！"

李自成则哈哈大笑："统帅，我师父会用心看到一切……至少我感觉如此……"

罗阳微微眯起眼睛，谦虚地说道："不敢当。"所有人都心情愉悦地笑了。

这时，一群骑手来到山岗，其中一个领头的匆忙跳下马，把缰绳扔给旁边的侍从，并一下子跪在高迎祥面前。

"统帅，我们抓住了几个敌军的奸细！他们散布谣言，净胡说些可怕的事儿！"

说完报信的额头触地，等统帅发话。高迎祥一腿跨过马鞍，一脚踩在一个小士兵背上，仿佛走台阶那样下地。那个领头的立即站起来，神情严肃地皱起眉头，盯着抓到的囚犯。

"从他们俩盔甲上的条纹图案来看，这两人是洪承畴手下的士兵。抓到他们，收获不小……"

高迎祥仔细地看着他俩的面孔，尽管被打伤，但透出的神态与众不同。不知他们在来的路上跟哨兵说了些什么。

"你是何人？"闯王用手指着离他较近的那个士兵，此人有些年纪了，从他脸上诸多疤痕可以看出他饱经风霜。士兵急忙跪下。

"我是洪承畴南翼军队第三千人队的。"

"那你旁边那个人呢？"

年轻一些的骑手也连忙跪地：

"百夫长李双思。"

"你们从哪里来,又往哪里去?"

"我们奉命向湖北军将帅传令,令其在南方、在四川张献忠队伍的后方袭击……切断他与主力军的联系,并一举歼灭。"

李自成走过来,一把拽住那个年岁长些的士兵衣领。

"快快说来,何时何地准备突袭?"

"这个行动两个月前就安排好了,剩下的只需等待张献忠带队伍就位……"

李自成眉头紧锁……

"照你说的,洪承畴早就对我们的作战计划了如指掌?"

"正是……他花了一个半月时间和其他将领们一同策划如何围攻你的南翼军队。"

"王八蛋!"高迎祥气得双手直挥动,"我们军营里竟然有奸细!"

罗阳露出沉重的笑容。

"朝廷的将领们恐怕更熟知《孙子兵法》。咱们不得不佩服敌军的奸细,所做之事天衣无缝……我们现在必须想办法。"

闯王猛地转过来面朝罗阳:"有什么法子可想?我带五千骑兵,等朝廷的人自以为快得胜了,我们从后边突袭。还有一条通过车香谷的秘密小道,我们争取赢得时间!"

李自成走到他身旁,使劲儿握住其双手说:

"闯王,我可不会让你独自一人去冒这个险。我和师父罗阳与你同行。"

"要是我没记错,你好像和张献忠不怎么对付。"高迎祥眯起眼看了看李自成。李自成耸耸肩。

"再怎么说,我们都是一个队伍的,唇亡齿寒。我说得没错吧?"

"对，说得有理……你们几个，给我准备去四川的行装，这两个人嘛，好生招待了，然后让他们为我们做事儿……你们不会有别的心思吧？"闯王转身问两个被抓的士兵。这俩人如千斤石头落地般松了口气，他们一直听说闯王残暴，还有那个毒蝎李自成，听人说他每天早上要杀死一个无辜婴儿，喝血补身。所以今日他们就这么倒霉，落到高李手中……一听闯王是这么个决断，他俩拼命摇摇头。

"行，那我们快出发吧！"闯王高迎祥说完便跨马小跑，奔向山脚处。闯王如长龙般的队伍则浩浩荡荡，继续向东行进，前往中都凤阳。

西部军营。

洪承畴品尝美酒之后正准备就寝，只听军帐外有动静。此刻一个念头现于他脑中，那就是他每日身穿盔甲入睡是明智的做法。

他的军帐位于庞大军营当中央，周围都是他的人。要是没有他的允许，任何人都不能接近他的军帐。除了一大帮定期巡逻的，还有洪承畴一百个"豫犬"贴身侍卫，这些人连一只老鼠都不会放过。尽管如此，洪承畴还是警惕地拔出剑……

"谁啊？进来。"他远远地喊了一声，站起身，手握刀剑。洪承畴剑术高超，他知道自己能对付个把不速之客，所以心中并不慌乱。

门帘被掀开了，一个穿着宽松灰色长袍的小个子男人溜了进来，看上去他并不是什么危险之人。当他看到一把利剑正指着自己的胸口时，他如雕像般一动不动，涂满黑色黏土的脸上表情镇定自若。这个不速之客轻声说："统帅，夜莺从四川边界带来了消息……"

洪承畴将剑收起,说道:"快快报来。"

"您黑名单上的人将准时出现在指定地点。"

"可要是他另选他路呢?"

"这个事不会发生。"小个子自信地说,"周大侠很有说服力……"

说完这个人双手在空中比画了一个微妙的动作,分散了洪承畴的注意力,随后转瞬间,等统帅再看,军帐中已无人影。洪承畴拿起桌案上的一个银铃铛,摇了两次。

立马一个睡眼惺忪的巡逻兵跑进来。

"快去命令,集合!让所有千人队将领都来见我,其余的也都做好进军的准备!"

巡逻兵点点头,就飞奔而去。

洪承畴得意地笑了,他过去几个月来费尽心思摆的陷阱,猎物终于快要落网!他情绪高涨,明显有些沉浸在自我陶醉中,现在可以放松放松了,在老赵最近找来的几个新舞女中挑一个过来助兴,比方说那个头上戴蛇形簪子的美人儿……

昨天她翩翩起舞,那眼神啊姿态啊,还有水嫩嫩的皮肤,把洪承畴的魂儿都勾走了……可这个女子最近总是想找借口脱身!不行,今天无论如何都不会放过她!想到这儿,洪承畴心花怒放伸手摇了摇铃铛……

农民军营。车香谷处。

不知为何,李自成不想走车香谷的小道。他不知道这种感觉从何而来,或者说他最近直觉灵敏得要命,只要有一丝危险信号他都能在内心感觉到……李自成望着峡谷两面陡峭的悬崖,

上面布满碎石块,而他长长的队伍在悬崖当中阴暗幽深的小路上行走,他寻思着,没有比此处更妙的埋伏地了……

要是那两个被抓的士兵是"死间"呢?这是一场生死游戏吗?他和罗阳师父曾探讨多次,反复斟酌后觉得如果这是一个圈套,那么背后的谋划者是真正的高手。整场戏演得天衣无缝。这不,闯王的军队几乎整支人马都到了峡谷中。只需堵住两个出口,他们就将成为瓮中之鳖!

车香谷长约二十里,闯王的人一头到达南部出口时,另一头队伍也正好进入峡谷小道中。他们的侦察兵在峡谷两端细察动向,暂时还没有发现什么危险迹象。先锋队伍的士兵们携带缠有麻絮的火炬,一出现什么状况就立即点燃,火炬燃烧时散发的浓密黑烟就能远远向大部队发出警报。此外李自成身边一直跟随着千人精锐队伍,他们随时做好准备,在千钧一发之际掩护起义军首领们撤离。偏偏高迎祥打算在四川长待,所以还带着小老婆和所有的家当上路,现在这千人精锐队伍还要管她的安危。更令李自成紧张的是,带他们队伍来到峡谷的引路人是一个赶牛的,等一到山谷队伍进了小路,他就称家中有急事而准备离开。当然,这个人那么慌张也是有原因的,在他身旁的正是魔头李自成。李自成自己对此也早已见怪不怪了。那些不了解他的人只要一听其名,就吓得屁滚尿流,更别提这么一个普通的放牛人了。尽管这样,李自成还是觉得蹊跷,尽量让这个引路的人在他身边。只见他坐在瘦弱的马匹上,不断回头遥望北方。北方,那是故乡陕西,是他们的家。

罗阳这个时候骑马靠近李自成,然后在其耳边轻声说道:"孩子,要是我没看走眼的话,那里山坡高处是不是有什么在闪闪发光?就是左边那个山坡。"

李自成勒马止步，仔细盯着坡上看。太阳当头，刺眼得很，不过也已经慢慢斜向远处的山脉。峡谷两侧仿佛被深蓝色的幕布所笼罩，什么也看不清。可在悬崖顶上……

　　李自成眼珠子一动不动盯了少时，然后大嗓门一喊："左右侧，有危险！弓箭手，快，掩护大军！其余的准备防守！"

　　事实又一次证明了罗阳的眼力，那个闪闪放光的东西正是夕阳照射在某个埋伏士兵的长矛尖上所射出的反光。起义军整个队伍都在山谷中，所以他们是中了埋伏了！

　　李自成赶紧扬起鞭子，甩出去，一下子套住了那个引路人的脖子，猛地将他从马背上拽下来。这个人瘦弱的身躯一触地，李自成就驾马直扑过来。只见这个人腹部着地，李自成紧紧拉住鞭子，使劲儿把他的头向后拖："你这个狗娘养的，快说，他们有多少人？"

　　引路的不断挣扎着，大口喘息着。李自成稍稍放松鞭子，此人用嘶哑的声音说："至少三万人！"然后歇斯底里地大笑，"你们这些豺狼虎豹，今日便是你们的末日！你们就死在这山沟里吧！"

　　"可你是第一个见阎王的。"李自成一边冷静地说着，一边拧断了引路人的脖子。随后他急忙向高迎祥挥手大喊："快，快过来！有埋伏！李过，你带你的百人团掩护左翼！"

　　幸好多年来，起义军的士兵们久经沙场，可谓不乏战斗经验！刚一响起军令，几千人的队伍就立即从行军阵列齐刷刷地转变为防御阵形。敌军的步兵和骑兵在陡坡岩屑上还无法进攻，因为稍不留神就会人仰马翻！可要是沿着峡谷从两头口子处夹击，那起义军就占下风了。

　　李自成早已发现敌军的骑兵从峡谷两侧的坡上飞奔而下。

他明白，此刻起义军几乎所有的人马都已进入狭长的低洼中，他们根本无力正面抗击敌人。在这千钧一发之际，他想到了一个当时唯一能解危局的办法，于是喊道："弓箭手，来我这边！"

当朝廷官兵挡住峡谷的出入口时，李自成的弓箭手迅速爬上山坡，占据高位，并立刻向敌军开始射箭。

此时，罗阳注意到，高迎祥的马车队被远远甩在后面，来不及到达峡谷的入口。他向李自成高声喊叫，手指着那几辆马车。车队的人惊慌失措，拼命跑着，一边不断回头看敌军的骑兵，眼看他们就要杀过来。李自成对手下下令："掩护我！"然后便飞马奔驰，向车队那里赶去。

他估摸着自己能赶到官兵杀过来之前到达。同时他又高举右手，示意自己的精锐千人队准备进攻。千人队的士兵们一看信号，立马箭上弓弦，李自成又一次挥手，他们便齐刷刷地射出利箭。

冲到马车队前面的骑兵们没有料到这一招儿！最前面第一波骑兵还未弄清是怎么回事儿，便一个个落马倒地。后面的骑兵压上来，不过他们也遭遇了同样的场面……本以为起义军将束手无策的朝廷骑兵队，连从哪儿发出的飞箭都还没看清就命丧黄泉了！顿时，马车队前面躺满了人和马的尸首，其余的骑兵们见此情形，转身离开，他们可不想白白去送死。

而罗阳此时看到车队最前面的一辆马车上站着一个年轻女子，长发飘飘。她直到现在还未中箭，已是奇迹。罗阳快马加鞭向她奔去，一把将其从马车上拽下甩到身后马鞍上，然后向峡谷出口疾驰而去。马车夫此刻也猛地抽了抽鞭子，马便跑了起来，就这样，他们在李自成弓箭手射过来的密密麻麻的箭雨下逃脱敌军骑兵的追杀。起义军的骑兵队在弓箭手掩护下成功撤出，只损失了少数几个人。士兵们脸上洋溢着胜利的笑容。

与此同时，高迎祥已经重新布置阵营，当朝廷骑兵追过来时，对付他们的是一杆杆火铳！火药味还未散尽，一排排长矛兵又肩并肩地冲过来刺杀敌军的人马。长矛兵阵队仿佛一道道厚厚的墙，骑兵一轮杀过来，起义军的弓箭和长矛将他们刺得千疮百孔！一场残酷的正面交锋开始了，双方都不知"怜悯"二字。

而站在队伍后面的李自成看到，闯王高迎祥此时正紧紧抱着罗阳刚才救出的那个女子。李自成用沾满血的衣袖擦了擦额头上的汗，面带微笑，拔剑而起，冲向了战场。不知为何，他坚信，今日注定上天不会夺走他的魂儿……

京城。皇宫。

朱由检听完大太监奏报之后，眉头紧锁。尽管王承恩说的尽是一些好消息：东部军统帅洪承畴找到了起义军藏身之地，并已计划如何将其击溃。就在今明两天，闯王军队的大部分人马将在车香谷一带被剿灭。"皇上，高迎祥和李自成这两个贼首不出几日即落网……"

皇帝点点头，可心里却寻思着，又是杀人流血的事儿……皇权就真的不能建立在仁和善之上吗？怎么就不能坐下来好好谈谈，非要战场厮杀呢？自古至今只有强者为王吗？朱由检想起了他当太子时一位太傅说过的话，太傅说应当听听那些暴动百姓说的话，危急时刻可保江山社稷不被动摇。

"万万不可，皇上！那些暴匪怎可污了皇上的耳朵。"朱由检突然听到太监说此话，不禁耳根发红。显然他思绪如此投入，没有注意到最后几句话他已然说出声来。皇帝心想有必要挽回龙颜威望,于是大声说:"那你说说,除了派军打仗,还有何解救办法?国库消耗巨大,恐怕是无法长久作战的。若不能一举歼灭暴匪,也可几年无战事,以整顿朝廷军力,休养生息……"太监急忙点点头,弯下身子,从华丽的袍子里掏出一个用朱红色绸带绑着的卷轴。皇帝侧了侧身,欲细听其言。

第三章　新友新敌

闯王高迎祥起义军营。

李自成抬手撩起闯王军帐的门帘，进入到光线昏暗的大帐中。长长的桌旁聚集起了所有与他们一起南征过的起义军首领。当李自成出现时，大家都站起身来，只有高迎祥一人端坐原位，眼神里闪过一丝令人捉摸不透的光。跟在李自成身后的罗阳则在其耳边低语：

"自古帝王将相的怜悯善意，得畏惧三分……笑脸后边或许藏着杀机……"

李自成装作没听见，可心里还是微微一颤。

"来来，坐到这儿，李英雄，我的好兄弟。"闯王大声说道，并指了指自己右边的座位示意李自成入座。李自成一时愣在原地，感到师父在背后戳了戳肋骨之后才缓过神儿，向前迈出一步。其余的人都欢呼着，最旁边的几个将士用崇敬的眼神望着他，拍了拍他的肩膀。他不知所措地环顾四周，走向座位，不断有人拍肩握手，甚是一片热烈场面。

当李自成走到高迎祥身边时，闯王站起来，一只手搭着其肩膀，一只手高高举起，面向在场所有人大声说道："你们大家都仔细听着！我，西南各省联合起义军统领高迎祥在此宣布：得意爱将出生于陕西的李自成，从今日起永世为我的结义兄弟，亦是我的妹夫！"

此刻"黄虎"张献忠在一旁暗暗观察李自成茫然的表情，然后把狡诈的双目转向高迎祥。李自成猛地一抖，略向后退了一步。只见高迎祥挥挥手,一个娇小柔美的女孩双目谦恭地垂落、步态轻盈地走了进来。她身穿一件朴素的淡紫色衣裳,肩上披有御寒的毛皮斗篷,手里拿着一把精致的竹扇子。扇子半遮着脸庞,但她还是能从缝隙中用那双杏眼打量着自己未来的夫婿。

李自成屏住呼吸,用难以置信的眼神盯着闯王。听到身后罗阳师父咳了一声,李自成这才开口说话。

"闯王,能成为您的结义兄弟,真是三生有幸!惭愧惭愧,难得首领您这么瞧得起我……不过娶妻的事儿……我暂时还未考虑过,以后打打杀杀的战斗还多着呢,大事未成,小弟哪儿能考虑成家的私事呢?再说我手下士兵们也常年与家人分离,他们也会不理解的,到时候说不定会吵着回家!我是他们的头儿,总得立个榜样吧?"

高迎祥紧紧皱起眉头,眉间出现一道深深的皱痕。他盯着李自成的眼睛许久,周围的人都不敢说一个字……

"你看不上我妹妹?"突然他轻声问了一句。李自成一时半会儿说不出话来,他只用眼角的余光看到那个女子的眼睛,那是一双如黑葡萄般乌黑闪亮的双眸,似乎会说话。随后他抬起头正视高迎祥。

"首领,您妹妹是个大美人,我甚是欢喜。可我不成家的理由也都说了。"

"你这个陕西狐狸,别想骗我。"高迎祥笑了起来,一把将妹妹拽到身边,"你手下的士兵每年都回老家,春天耕种,秋天丰收。这个时候他们也没闲着,还不是去传宗接代了嘛。而你呢,像一头孤独的野狼,总是在训练操练上消磨时间。你以为我不知道吗?李爱将,你有自己的家吗?"

李自成低沉着脸,转向罗阳师父。罗阳则有些拘谨地摆摆手,退后一步说:"看我干什么?大伙儿可都清楚!不是什么天大的秘密……"

"那你到底娶不娶我妹妹?"闯王发问咄咄逼人,并用嘲讽的目光看着李自成。

李自成环视四周,看到多年来与他浴血奋战的同伴、将士们脸上露出的都是欢快而期待的神情,没有一个人表现出任何不满或是妒忌——所有人都发自内心替他高兴。侄儿李过也站在将士们身后,向他递来一个赞许的眼神。李自成叹了口气,朝高迎祥笑了笑。

"闯王,您说我是不是个明白人?至今为止我从未怀疑过您的聪明脑瓜子。"

高迎祥有些不解地说:"怎么,你想让我改变自己的想法?"

"当然不是!正因我是明白人,我会迎娶高妹妹,只有傻瓜才会拒绝这样的美事!"

其余他说的话都被军帐中将士们的欢呼声所淹没。他们都为李自成这个在车香谷力挽狂澜救了起义军的英雄而欣慰,他终于能有个家了!

张献忠稍后走到自己的军帐里,面带奸笑,摸了摸佳儿乌黑的长发。姑娘对他的这个体贴举动感到万分惊诧,但一看到张献忠那不怀好意的脸,她立刻就明白张献忠心里没安什么好心。

"今日值得庆祝。"张献忠继续轻轻撩动她的发丝。佳儿一动不动呆坐着,"你那个心上人李自成要成家了。"

姑娘尽量不让张献忠那双敏锐的眼睛察觉到她忧郁的眼神,她轻声嘟囔了一句:"虎爷开心,小女子也开心。只是不明白,

为何你那么在乎这个人的事儿。他和别人也没有啥不同。"佳儿还未说完,就被张献忠的手势打断了。

起义军在峡谷中赢了那场战役。当时情况万分危急,假如不是罗阳眼睛尖看到山坡顶上发出的亮光,后果不堪设想。闯王的人损失就严重了,最后只有三千多人伤亡,但洪承畴的军队可以说几乎全军覆灭,在车香谷留下了八千多步兵和几乎一万五千骑兵的阴魂。

西部军队的统帅自个儿灰溜溜逃离,颜面扫地。而心有余悸的李自成则醉心于厮杀敌人,将所有的愤怒和恐惧都发泄出来,毫不留情地砍杀朝廷官兵。

李自成头靠在塞满新鲜干草的枕头上,这使得整个帐篷里弥漫着熟悉的气味——家乡的气味,如同母亲温柔的手让他感到无比安宁。可如今他的家乡呢?对家的记忆渐渐模糊,他已经离家太久了。最后一次他站在村子的废墟上发誓不惩罚毁他家园的罪魁祸首誓不罢休。只是一年年要干掉的人名单越来越长。罗阳师父说得对,众人遭难,绝非一人之过也。然而杀戮千百,并不能减轻心中的担子。

李自成身旁,他的新婚妻子高氏正酣睡着,睡梦中时不时用温柔的声音嘀咕些什么,这番宁静祥和给了李自成早已淡忘的温馨。这两天他们几乎没走出营帐一步,而整个营地上上下下也似乎忘了他们的存在。即使是兢兢业业、丝毫不马虎的罗阳师父也没让他来听其教诲……

高氏依偎在李自成身边,抱着他的腰,温存地说:"我的英雄,你是孤独太久了。"

"对,娘子,已经孤独很久了。"

李自成抚摸着高氏蓬松的长发,尽情享受着新婚之夜的甜蜜。阵阵香气袭人，不知道侍从用了什么花花草草给高氏梳洗，只觉得芬芳扑鼻。

"为何郎君至今未成婚？"

"娶谁？"李自成轻轻笑起来，"我以队伍为家，几年来根本没时间想女人、家室的事儿。"

"听我哥说你成过婚？"高氏轻抚着他宽阔的胸膛，"郎君，告诉我为何这些年来避开女人？总觉得你有心事……"

李自成长叹一口气："娘子，我成过婚。我曾经有过一个心爱之人，我想她也对我中意。我出身卑微，可家中也不算贫穷。家父一直渴望得子，以继承家业，然后便得了长子，也就是我的兄长。可是上天不公，兄长儿时体弱多病。于是父亲上华山祈福，祈求佛祖保佑，再赐予他第二子，就这样年复一年，父亲从未放弃。他曾告诉我说，有一次梦中似乎有个神灵在他耳边低语：'依你意愿，赐你一个将星！'随后我便出生了……"

高氏用柔荑玉指撩拨着李自成的浓眉，问道："你家中还有谁？"

李自成笑了笑，说："家里嘛……那个李过，就是我的侄儿，他从小与我一同长大，一同放羊做农活儿，但堂叔让我们熟读兵书，精通战术。他教我们剑术、射箭等各般武艺，我俩日日操练，日渐强壮且灵活机敏……当时我还真不懂事，成天对我的小伙伴们说一个男子汉最要紧的事就是会打会杀、武艺高强，其他什么文绉绉的学问嘛，都是狗屁……那时候我确实在同龄人中武艺出众，少年气盛又自大。李过稍微弱一些，不过我总是在他身边保护，他也就从未吃过亏。大家就这样平平安安、无忧无虑生活着，直到天降旱灾……"

李自成伸手去拿摆在床头的水钵，没几口就喝干了里边的水,高氏则耐心地等着他继续讲其身世。她依偎着的男人不仅仅是她的夫君,更是一个多年来众人口中的传奇人物。眼下这个强壮、热血沸腾的李自成正与她相拥,而她不知为何,心中毫无恐惧之感……

李自成头靠枕头,双目微合。眼前浮现出少年时光的种种情景,一切是那么遥远,可又仿佛是昨日。

"随后家中境遇日渐困苦……我先到附近村子一个有钱地主家放牧,可给的铜钱还不够自己生计,于是有一天我决定到咸阳碰碰运气,在那里我在官府队伍里当了一个铁匠,空闲时间就学学军队里带兵打仗的事儿。所有人都讲,在陕西我的箭术无人能敌。"李自成说这话时带着自豪的口气,高氏轻轻笑了一声。

"那你为何未去从军?"

"到底为何?"高氏在昏暗的灯光下颔首发问。李自成耸了耸肩:"怎么说呢,城镇的生活,花天酒地,士兵们无法无天,周围的百姓们都怕我们怕得要命。可有一天我遇到了韩金儿,也就是我后来的爱妻,我一看到她就想安生过日子了。婚后我们安安稳稳,她也算是贤妻,把家中一切照料得妥妥的,我俩还打算要孩子。只是我那份活儿工钱太少不够用,所以就在驿站当了一个驿卒。日子一天天好起来了,然后从村子里传来消息说我父亲去世了,让我们赶紧回去,要不然远亲们都要来将家中财物一抢而空……到米脂后我也很快找到了一个活儿,当了铁匠。附近邻村时常有一些人来订货,生意越来越红火。我呢,当时需要定期到外地送货。而正是在一次送货途中灾难降临,半途中我的马出了问题,马蹄受伤,不得不返回……"

高氏在一旁翘首期待故事的继续,她感觉自己夫君最大的秘密即将揭开。

"没想到家里边……我不在家中,韩金儿和村里的一个小少爷搞上了,就是那个我曾经牧羊的姓艾的家里边的……那个混蛋见我来,裤子都没穿就一下子跳出窗外,骑马回家了!""那你的妻子如何向你解释的?是什么原因?"高氏紧盯着李自成的眼睛,屏住呼吸,等待李自成继续说下去。

"她还没来得及解释。我不想听她任何借口……我的剑总是抢先一步,一剑毙命。然后那个小少爷在路上叫了官兵,我被他们捆绑起来……当时我站在她的尸首旁,不做任何抵抗,只是哭泣……我把这个女人当成心头肉,不敢相信她竟然辜负了我的信任……那时毕竟我还年少无知,不会看人。哎!"

李自成又一次伸手拿水钵,高氏连忙起身给他添满了水。

"有劳你。"他一口气喝完,声音有些嘶哑,"接着便是吃官司,坐牢……死牢……临刑前一天晚上我以前的一些同僚们灌醉了守卫,开锁救我出去。然后我就逃亡四方。可我并没到很远的地方,而是回到米脂,要了那个艾家的混蛋狗命……之后逃到甘肃,当了个边兵。"

"你为何没有留在那边?是饷银少吗?"高氏温柔的手指轻轻滑过他身上的几道伤痕,似乎以前的痛又重现了,李自成苦笑一声。

"就是按照军饷发放,也没少了我们。可我们干的尽是伤天害理的事儿,烧杀抢夺,无论是对王公显贵还是平民百姓,一逮着机会就夺人钱财。一句话,干的都是脏事。再后来就是旱灾从天而降,我听闻家乡米脂情况危急,所以动身去寻找我的侄儿李过,想要有什么能帮上他的……我带上足够的盘缠,还有给李过准备的银两,世上只有他这么一个亲人了。然后我就

到了米脂……"

"当时他与其他人一起被杀，还是早早逃脱了，我当时不知。"

"别这么看着我，你的一些事儿军中众人皆知。罗阳师父也给我讲了你的一些往事……"

李自成轻轻一笑：

"那个老狐狸，嘴倒是挺快。娘子，在米脂我没有找到李过……起初我以为他与其他人一起遇害，整个村子被烧毁。后来和朝廷官兵一仗之后我们抓了几个囚犯，其中一个囚犯说正是他们这个分队当时烧毁了米脂的村子，而村子里少数一些人侥幸逃到山里。那时候我就觉得李过有希望还活着。再后来我率领起义军，听到了关于他的消息。他一直隐居南方，静待回来的时机。这不，上天恩赐，他回来了。带着他的手下英勇杀敌呢……"

高氏一只手托着下巴，眼睛睁得圆圆的："李过……就是他，我哥哥身边的那个人？"

李自成哈哈大笑：

"正是，娘子，他和儿时一样，与我形影不离，是我的得力助手。等战事结束，天下太平，我和李过将会在一个村子安居乐业，两家和和睦睦，亲密无间。我们儿时就曾一直憧憬过这样的日子。"

"太平日子何时会来？终究会来吗？"高氏用忧郁的眼神望着李自成。他凝视高氏许久，然后低下头说："想听我肺腑之言吗？"高氏不住地点头。李自成叹了口气说，"我也不晓得，一成把握都没有。"

"为何？车香谷咱们不是打赢了吗？"

"娘子，可代价呢，那么多人流血死去……我最近越来越频繁地做同一个梦，梦见我走入一条清澈的溪流中，我刚在沙场厮杀后，身体就热血沸腾，而山水冷却着我的身子。我一步步向前走，水已漫过腰，突然间水变成了猩红色……这已然不是什么山水了，而是一股股黏稠的血水……我身旁漂浮着曾经被我杀的人的尸体……如此之多，成百上千……娘子，我每次在一身冷汗中惊醒时，都会质问自己上天会宽恕我吗？"

高氏紧盯着李自成饱含悲伤的双眼。她心中满是怜悯之情，她可怜这个看似强壮无比的男子汉，他把所有的时光皆花费在与皇帝小儿的斗争上……毕生不得不战，何时是个头，何时又能过上祥和的日子，只有天知道。说不定哪一天他将魂散沙场。

西部军营。

洪承畴站在山岗上，遥望着自己军营的篝火。一阵阵秋风刮来吹乱了他的鬓发，他感到丝丝寒意，裹紧了身上厚实的长袍，免得这冷飕飕的秋意钻到他衣裳里。

洪承畴自幼熟读兵书，通晓战术，在车香谷一战之前就从未败过……而那场致命之战原本是他精心谋划好的！眼看着高迎祥一步步走进他设置好的陷阱中，只差一点儿他就成刀下鬼了！可没想到那个该死的恶鬼李自成不知怎么就发现了他们在悬崖上布置的埋伏兵！高迎祥的人占了上风，局势顿时扭转，五个时辰拼打厮杀，他洪承畴的人反而狼狈逃窜……耻辱啊，耻辱……他洪承畴此刻焦急地等待京城如何回复他的奏本。他心中已做好最坏的打算，甚至于被捉拿关押的可能。军中则沸沸扬扬议论着当朝年轻气盛的天子是如何残暴，稍一不顺其意，便会人头落地……洪承畴寻思着，现在最重要的不是如何挽回局面，而是如何保住自己的人头。

说实话,他已经尽心尽力想打败农民起义军,至于碰到如此强大的对手,他又能如何呢?或许,这是天意吧,天不助而使之败也。唯有一条白绫能保住颜面,可皇上会放过他的家眷吗?得好好斟酌斟酌……

只听身后一阵轻柔的脚步声,有人走到他右侧。洪承畴扭头一看,舒心一笑:"哦!是你啊,复宇兄!"

走过来的人是祖大寿,洪承畴的得力干将,他曾追随统帅到处征战。他身上裹着厚厚的衣裳,走到近处。

"彦演老弟,我今日辗转难眠。命运难料,不知明日会发生什么?"

洪承畴耸耸肩:"一切都看天子旨意了……"

"这让我惶恐不安。"祖大寿哼了一声,"当今皇上不念昔日战功,不惜将帅才华,他被那帮太监所左右……"

"真恨不得把那帮太监一个个吊起来毒打一顿!"洪承畴咬牙切齿地说,"这些朝廷的败类、蛆虫,在紫禁城胡作非为……"

"皇上可不那么认为!"祖大寿含糊地嘟囔了一句。洪承畴向祖大寿瞥了一眼。

"近来事端接连发生,众人议论纷纷……我也不去猜测皇上的心思了。只是,我回京城恐有不测。"

"老兄,我也担心有不测!"祖大寿叹口气说,"我事先把家眷就安顿妥当,送到东边去了,离天子远远的,不知老弟你如何打算……"

"送到你外甥那儿?"

"托人送过去的……吴三桂会照看他们。"

"对了,他近来如何?"

"他嘛,还是那样,年轻气盛,咄咄逼人……不过像他而立之年便能统领大军,确实是才华出众。你我甘拜下风吧!"

"时过境迁。"洪承畴自言自语道,"可从古至今有一条理总是对的,远离朝政,把持军队……你已经将家眷安顿好了?"

"正是!"祖大寿点点头。洪承畴意味深长地笑笑说:"那咱俩可以叫些美貌女子来,一同解解寂寞。我身边有个舞女……秋儿,人如其名,犹如一汪秋水般迷人的眼睛……我让她叫上漂亮的小姐妹来陪你。在莺歌燕舞中,咱们好好放松一下,抛去所有烦心之事,唯享人生之乐。"

高迎祥营地。

高迎祥身上紧紧裹着一张熊皮,双手靠近炉子取暖。坐在他对面的有各路起义军头领——张献忠、李自成、罗汝才、邢红狼、满天星、李过等人,他们皆毕恭毕敬,一言不发。直觉告诉他,前不久还坚如磐石的队伍现在正面临着瓦解,而最根本的原因就在于他的左膀右臂、最得意干将张李二人不合。

两人无论是在人前人后,都显露出彼此厌恶的态度,再这么下去,他们离互相仇视厮杀可只差一步之遥了。当然,二人都无条件服从高迎祥的指令,在战斗中也是英勇杀敌,深得手下敬佩。可二人的关系……即便现在两人皆表示赞成向东进军攻占中都凤阳,可高迎祥在空气中嗅到了一股两虎之争的腥风血雨之气……

高迎祥抬起头,用沉重的眼神扫视了一圈在场的人。随后低沉地说道:"要是大家都无异议,那么我就下令明日进军,轻装上阵,不带辎重队。张献忠率人打前锋,其余的两侧掩护,李自成带人殿后。"

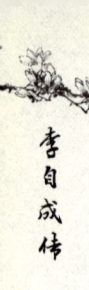

他再次把目光投向火苗，但眼角的余光注意到了张献忠朝紫禁城方向望去的扬扬得意的眼神。李自成则似乎毫无反应，他继续和侄儿李过商量着什么，谈得非常投入，以至于众人离开后他俩还在军帐中坐着说话，直到最后一个离开的头领拉上门帘，李自成才突然中断了与侄儿的谈话，走到高迎祥身边：

"统领，我有一事不明，为何把张献忠的人放到前锋？难道说他比我功高一筹，让他第一个进入中都凤阳吗？"

高迎祥忧郁地看了看李自成，裹紧了身上的披肩：

"你们两个，出生时扫帚星划过天空，所以说特别不安分吧，视个人荣耀重于全局。兄弟，我有我的打算，别置气就行。退下吧。好好执行命令就是……"

李自成用埋怨的眼神盯了高迎祥片刻，突然像想起了什么，表情渐渐平静下来，恭敬地点点头便和李过一同走出了军帐。高迎祥松了一口气，最近一段时间他总有一个不祥的预感，似乎死亡即将来临！但他谁也不能告诉，就连他最得意的手下、他的妹夫李自成也不能说。未来的命只关乎他自己，无须将身边的人也一同拉上……而小妹呢，总该安顿好她的一生吧，李自成要有个三长两短，小妹该如何是好？

张献忠军营。

张献忠对闯王的决定甚是满意，他的手下弟兄们也都欢呼雀跃。终于他们要攻入中都凤阳，这是个繁华的城市，物资丰富，想要什么就有什么，晚上还能找些风流女子寻欢作乐。他们还能将不少东西送到老家！为此而战，值了。

张献忠和他最亲近的两个头目——"老回回"马守应、"曹操"罗汝才在他自己军的帐中商量该如何走下一步。

"不只是我,好多人都觉得咱们就不需要他那样一个统领。"

"曹操"罗汝才激动地说,拿起酒壶咕咚咕咚大喝了几口:"统领,咱们只要拿下凤阳,就可以单干了!凤阳城物资丰富,够所有人吃喝用的……连那个好出风头的李自成也能分得一杯羹。"

张献忠一听到最令他厌恶的名字,心中极为不快,脸上顿生憎恨的表情,可他什么也没说。"老回回"马守应则仔细地嚼着干鱼片,盯着天花板,若有所思。张献忠瞧他那张如同干苹果一般布满褶皱的脸,还有那令人作呕的干笑,心里像吞了苍蝇似的难受。可张献忠拿他没办法,这个老家伙身后带有八万名精兵。总之,他们三人率兵共计二十万,这比朝廷的东部军队人数还要多!张献忠坚信,时机一到,那紫禁城的大门也会向他们敞开。至于眼下,先拿下凤阳这块肥肉再说,手下连年征战,也是时候进城享福了!想到这儿,他向杯中倒满美酒。转身对"曹操"罗汝才说:"你今天夜里派三千个人。"

罗汝才嘿嘿一笑:"又打算挖湖?"

"是。"张献忠口气生硬地说,将空酒杯扔到一边。马守应看了看张献忠,眼神里透着责问:"头儿,为何要把金子埋到水里?金银财宝暖人心,涨士气,还能买通城里边什么人……可你不赏给士兵们,反要埋到地下……"

"我就是要我的人忠心耿耿地跟着我,而不是跟着我的金银财宝……人性本贪婪,我的手下知道,只有众人在一起才能排水泄湖,挖出宝贝,一个人无力办到。所以说,这能让他们团结在一起。我说得没错吧?"

"你说得有些道理!"罗汝才低着头回答,"可这样不是太费事了吗?筑坝、挖土、埋宝贝、放水填湖……你把东西直接

藏在山洞里不是更容易吗？"

张献忠哈哈大笑："我可不相信我手下那帮人，一传十，十传百……而我这个办法，许多人知晓，但却无法单独偷盗……"

头领们都笑了起来，高举酒杯。

"你要多少人，我就给多少人，你这个忙我帮定了。""曹操"罗汝才郑重其事地说。"老回回"马守应摸了摸灰色胡须说："我也会给你派人。东征前就算练练身手。"

张献忠点点头，然后闭上双目，暗示两位可以退下了。他俩小心地站起身，鞠躬作揖之后，离开了军帐。张献忠独自一人，脑子里尽是错综复杂的思绪。他自己还没下决定呢，可旁人已然替他做决定了。随大溜，遵从多数人意见远比自个儿一人扛担子轻松多了。可他心中隐隐约约浮现出不快。暂且不管那么多，只要拿下凤阳，一切都好说，以后的事便听天由命吧。

西部军营。

子月（12月7日至1月4日）初闯王的队伍就兵临凤阳。这一消息很快便传到了洪承畴的耳朵里。对洪承畴来说，这也不算什么天大的消息。他现在指望着中都凤阳城的驻军，而自己则为一场关键之战积蓄力量。毕竟起义军队伍庞大，不容小觑，必须小心行事。要是现在与他们正面交锋，那定无胜算。可要是等起义军围城，到时候他们力量消耗殆尽，那么朝廷就有九成把握将其剿灭。

洪承畴下令召集各个卫队长，统一筹划战局。他们需要计划主攻时期农民起义军的方位以及如何解决供给问题。尽管皇上下令补给各个边远地区的军队，但这仍然是个麻烦。一瞬间洪承畴脑子里闪现出一个念头，要是补给供应不上那如何是好？

洪承畴此时死死盯着凤阳地形图，只听门帘后有个轻微的动静。他连忙拔出剑，藏在地形图下边，暗自做好不测的准备。

"谁？进来！"他厉声喊道。周大侠模糊的身影一下子溜了进来，洪承畴倒是并不感到惊讶。他笑了一声，"你这个人，总是跟鬼一样时隐时现。这次又带来什么消息？"

周大侠深鞠一躬，他穿着一件肥大的长袍，上边的褶皱使他的身躯看上去像一堆秋风落叶。

"主子，农民们直逼凤阳，中都恐怕无望了。"

洪承畴用手掌猛一拍桌案，脸上掩饰不住愤怒的表情，他鹰一般的目光紧盯周大侠，似乎想把他整个人都吞下去！

"本官为何现在才知？你竟敢带着这个消息来见我？来人！"

周大侠慢慢站起身，拉了拉斗篷帽，看洪承畴的眼神倒是出奇地平静……

"主子，我带来的不是噩耗，而是如何解救的良药。"

"快说，是什么良药？难不成是皇上赐的一条白绫？"

周大侠又一次深鞠一躬。此刻军帐里闯进来四个巡逻兵，听候统帅指示。可洪承畴手一挥，拦住他们说："等等，你们到军帐外候着，有需要我会喊你们进来。"

巡逻的出了军帐，他们把怀疑的目光投向了这个不速之客。洪承畴仔细看着周大侠，下意识地摸了摸图下的剑。

"你说说，你所谓的良药，到底是什么，还是你试图找个借口脱身罢了？"

"主子，世上万物，皆一物降一物。我的这剂药方嘛，便是张献忠，此人骄纵自负，正好能利用这一点。"

"你细细道来。"

"此人出身于农民家庭，儿时有一次看到父亲如何被当众羞

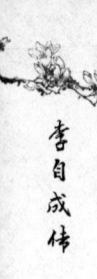

辱，于是发誓将来定要报复……"

"那当时究竟发生了何事，使得他后来滥杀无辜？他那年多大？"

"回主子的话，他当年十五岁。他与父亲到了附近一个镇子的庙会上，他父亲将驴拴在拱门柱子上，可他压根没有注意到，这个拱门是为当地一个富豪修建的功德门。那头蠢驴还在那儿拉了一堆屎。然后富豪就带众人，当着张献忠的面儿，把屎涂在他父亲身上。张献忠这一笔账都记在心里……"

"再后来，长大成人，当了暴匪。现如今他手里有二十万士兵，在农民暴匪中也算是实力最强的。号称'八大王'，他还有个外号是'黄虎'。民间关于其人众说纷纭。比方说他攻陷夔州后，处死当地的知府，然后他竟敢对天发炮！这可是触犯上天啊！有人说他奸诈狡猾，暴躁残酷，对谁都手下不留情。传言他要是一天不杀人就难受得很……他所到之处，杀戮无数，不分男女老少……攻入武昌之后，全城屠杀，据说江上漂满了腐烂的尸体。"

洪承畴身子一颤，周大侠继续讲述着。

"不过也有另一种看法，说他夺取衡州之后，一人未杀，还和当地不少传教士来往，称他们为有学问之人，说战事赢了之后要建天主教堂。我有几个线人通报，说传教士向他提供葡萄牙步枪、钩铳等火器，这就让他的军队变得尤其危险。线人们还告诉我张献忠让一些有学问的人给他念《三国演义》和《水浒传》，学习里边的战术。这些当然都是谣言，也都无关紧要……最关键的是，他近来和李自成不对付……李自成是高迎祥的妹夫，也是最有威望的头目……张李二人总喜欢一争高低，相互也排斥得很。咱们只需稍一煽风点火，他俩的矛盾就足以爆发。"

洪承畴一下子站了起来,目不转睛地盯着周大侠。

"那你知道该如何行事?"

周大侠微微一鞠躬,一脸难以掩饰的自喜,看样子他在那次车香谷大败之后并没有失去主子的信任。

"主子,我要不是有锦囊妙计也无颜来见主子。"他斩钉截铁地说道,"凤阳被攻占那是迟早的事儿,咱们得利用敌方的一时胜利得最终之利。这最后一击让他们再也无翻身之力!"

屏风后,半裸着的舞女秋儿还未来得及整理好衣衫,便匆匆用她那金蛇簪子盘了个发髻,悄悄地从后边的出口溜走。今夜洪承畴恐怕得独自一人在冰冷的床榻度过了……

秋儿刚才所听到的谈话至关重要,她必须冒这个险,将消息传到李自成那边去。

京城。紫禁城紫殿。

朱由检看着太监摆在他面前的白色丧服,满脸忧伤。

朱由检内心煎熬难忍,只不过在臣子们面前总要保住龙颜,不能轻易落泪罢了。那些暴徒攻占了凤阳!大明朝先帝的陵墓就在中都凤阳!暴徒们将陵墓洗劫一空,还将其烧毁!墓中那些金银宝物也倒罢了……可要紧的是惊扰了先帝魂灵,大逆不道啊!

他们竟然对圣上天子下手,简直无法无天!既然他们敢亵渎皇家陵墓,那就说明这帮人也就天不怕地不怕了……

朱由检穿上丧服,强忍泪水,甩出一句话:

"叫王承恩来,朕要下旨……"

他书房后边暗角中站着的小太监立刻脚步轻快地跑出去。

稍后王承恩便来到皇帝书房,毕恭毕敬地弯着腰,等圣上指示。

"下朕的旨意。"朱由检头也不回，用饱含泪水的双眼眺望窗外秀丽的山景……

西部军营。

洪承畴再次细细查看了马背上的行装，轻轻拍了拍马臀。他一扭头，身后站着祖大寿，眼里饱含关切和担忧。毕竟他们已经尽职尽力了，无力回天的事情他们又能如何？

朝廷和皇上的心思不得而知，不过周大侠所说的良药的确开始见效。闯王的人攻占了凤阳城，可他们付出的代价也不小。

正如周大侠所料，李自成和张献忠最终分道扬镳，"黄虎"张献忠带着他的兵离开了高迎祥的队伍。起因是一桩小事：张献忠的人在攻入凤阳皇陵时抓到一个小太监，那个人善于击鼓，李自成便要求张献忠把人交给他，说自己军中急需这样的击鼓手。张献忠当然一口回绝，而且是用了最苛刻厌恶的语气回话。李自成怒气冲天，跑到闯王那里告状，说自己不愿再和这个怪物共事。双方的手下也都持刀握剑，恨不得兵刃相见，恨不得将对方的喉管割破。幸亏高迎祥急忙赶来劝说，晓之以理，他让张李二人各自回到自己的军帐中，再好好考虑考虑他们的所作所为，将来该怎样并肩作战……他俩这才没打起来。结果第二天早晨张献忠的队伍离开了闯王军营，向南边长江一带进军，卷走了他们在凤阳抢到的金银财宝。

其实，起义军军心动摇还有另外一个原因，皇帝下旨说，要是起义军能弃暗投明，便可被赦免，还能得到粮食补给。洪承畴心想这个诏令在一年前颁布，那么就不至于现在这个情形，凤阳城或许会安然无恙……但不管怎么说，现在这道敕令让闯王底下不少人背弃起义队伍。唉,世事难料,风水轮流转。他洪承畴如今也得逃往北边女真荒蛮之地,保住自己一命。

这不,皇帝下旨,凡致使凤阳城攻陷及皇陵被毁的不尽职者,立刻押运京城待审。罪状确认后,严惩不贷。洪承畴心知肚明,那些所谓的昔日之友或是亲密下属,这会儿还不是把罪责都推到他头上,弄个莫须有的罪名还不容易吗?

这时,祖大寿递给他一块牌子,上面写着满文:"拿着,这是多尔衮亲信给的腰牌。到了北边有我外甥照应,应该无大碍。不过在长城一带这个东西可保你通行无阻。多尔衮贝勒爷在中原寻求有才之士,他慧眼识珠,赏赐丰厚。他可不像咱们的皇上只会砍忠臣的头颅。对了,见到我家人,跟他们打个招呼,说我很快就来和他们团聚。"

"你为何要留下来?难道你不怕被押送到京城问罪?许多人知晓你我二人的关系,到时候把罪责都加到你头上……"

"老弟,你就别替我担心了,我一切安排妥当,连你的这次远行,我都计划好了,表面看似是你到边远地区巡察边军。我派二十几个最靠得住的士兵与你同行,等朝廷众人发现真相,那也为时已晚。你记住,避开大道,走山里的小路。到了那里替我向吴三桂问个好,就说我自己不日便到。"

"唉!老兄,皇上到时候龙颜大怒,恐怕会拿家里人开刀。吴三桂老父亲还在京城……"

洪承畴眉头紧锁,说:"天降此等暴君,灾祸啊……行了,我得出发了。老兄,期盼来日重逢。对了,替我照顾好秋儿,真是委屈她了……"

祖大寿点点头。他早已心仪秋儿。她的事儿自然会挂在身上。

两位将领抱头相拥,随后洪承畴便拉紧剑带,轻松一跃跳上马飞奔而去。二十几个骑兵紧随其后。

祖大寿盯着远去的队伍后面扬起的尘土,他脸上无比忧伤。一想到国事及自己命途多舛,心中不由得阵阵绞痛。他似乎已然看到了大明的尽头,为期不远矣!

高迎祥听着邢红狼的上报,愁眉不展。

"也就是说,张献忠之后陆续有二十多个头领也带人散伙了!"他沉重地说。邢红狼点点头。他是少数几个将自己队伍保全下来的头领之一。

离开闯王的将士中不少人屈从于皇帝招抚,回老家去了。这个"黄虎"啊……将帅无能固然于军不利,可才华横溢之将领两虎相争,必然两败俱伤,使军队处于更险的境地!高迎祥心知肚明,这么一来,其他人纷纷效仿"黄虎",而且更糟糕的是,他闯王威信扫地,毕竟他没有摆平张李二人之争,让窝里斗蔓延开来。刻不容缓,必须得决断该如何走下一步棋,挽回局势和自己的威望。

高迎祥站起来,拉了拉长袍:"把李自成叫来,还有下令准备进军。咱们即日攻打京城!是时候给皇帝小儿看看我们的威风了。"

话音一落地,邢红狼便欣喜若狂地跑出了军帐。高迎祥则挺起胸膛。毋庸置疑,生死时刻即将到来,起义军的命运掌握在他手上。

京城。皇宫。

天子朱由检亲临户部,听取从甘肃来的税务官向他奏报。所报之事皆为喜讯。这段时间皇帝身边不少臣子也都上奏说暴匪中众人因朝廷赦免令以及发放粮食补给,离开起义军,起义军四分五裂。说实话,朱由检恨那帮农民暴匪毁了中都帝陵。他从内心讲一粒米都不愿发放下去,那帮草民活活饿死才活该!可他身边的太监们与东林党的人不约而同皆向他提议招抚才能解围。

他不得不采纳了众臣的意见。而现在,他陶醉于道宗希的捷报中。税官绘声绘色地说着国库里银子又怎么哗哗地流入,百行百业复苏,大街小巷百姓们怎么感恩天子。那些省份战事减少,一些暴匪被朝廷军一举歼灭。而那个恶魔李自成一步也别想踏入甘肃。

皇帝不住地点头。心中所想的却是那么多年来的不顺心,他的子孙本不该生活在战火连连的大明朝。而他自己呢,置后宫于不顾,拼尽全力与人搞权力之争,与内贼外敌厮杀不断……这根本不是他希望得到的皇权。税官刚奏报完,只听外面通报说兵部大臣要面见圣上,有万分紧急之事。朱由检不知为何突然心中一紧……

"报来!"他低声说。

礼部官员跪在皇帝面前,战战兢兢地回话:"回皇上的话,闯王带着暴匪向京城打过来了。"

"洪承畴呢?他上吊自尽了?"皇帝讥笑了一声。

大臣连忙把脸压得更低了,几乎贴到了地面上。

"皇上息怒……他……他叛逃到北方女真那里了……"

臣子说这话时细声细语,可这几个词如同晴天霹雳般震得朱由检头脑眩晕。他有一种预感,这便是大明朝末日的开端。

-173-

第四章　闯王

陕西。农民军营地。

罗阳身体每况愈下。卯月（3月5日至4月3日）初他就一直卧于病榻，在闯王军队临时搭建于河南北部的一个营地里。老人躺在李自成赠送的熊皮上，按照一贯的作风侃侃而谈，感叹人生。李自成则一脸恭敬地坐在旁边，倾听师父教诲，他俩时不时还轻松地笑起来。

"你这小子，趁我现在没力气管你，竟自作主张了！"罗阳不住地摇头发问，"要当众鞭打那个革里眼手下的士兵？他难道对你做了什么不利的事情？"

"师父，他想赠予我他强抢过来的一个女子，那个女子是附近镇长的老婆。"

"这有何妨？小士兵只不过想取悦你……"

"师父，你比谁都清楚，我可不干抢劫这档子事……要是说从一个被杀敌人身上取下盔甲，或是攻城时得珍宝，那还能接受。沙场上的战利品嘛，理应获取。我毕生都在反抗对农民百姓的压迫欺辱，而现在他不是要我成一个恶霸吗？"

"那你如何行事的？不至于因为那个士兵对你太过忠诚而砍了他的头吧？"

李自成笑了笑，将老人胸前的毯子拉好。

"别慌，他活得好好的。我赏了他点儿金子，把女人放走回到她夫君身边。"

罗阳赞许地点点头，合上双眼。

"小李，我恐怕是快要离开人世了……你已经有足够的智慧，该自己拿主意了，我这个老头子还能教你什么呢？你是听我再唠叨古人圣言，还是听我说一些无用的建议，因为你自己早已胸有成竹。"

李自成想反驳，可被罗阳一摆手阻拦住了："别打岔……我还有好多话要对你说。"

"行了，师父，你身体还硬朗呢，别胡思乱想！对了，师父，我一直想问你高寿？"

老人似乎不满地一皱眉，说："活一百岁又怎样？天赐之命，不多不少，尽享天年才是……圣人杨朱曰：'百年，寿之大齐。得百年者千无一焉。设有一者，孩抱以逮昏老，几居其半矣。夜眠之所弭，昼觉之所遗，又几居其半矣。痛疾哀苦，亡失忧惧，又几居其半矣。量十数年之中，逌然而自得，亡介焉之虑者，亦亡一时之中尔。'他停顿了一下，接着说，"则人之生也奚为哉？奚乐哉？为美厚尔，为声色尔。而美厚复不可常餍足，声色不可常玩闻。乃复为刑赏之所禁劝，名法之所进退；遑遑尔竞一时之虚誉，规死后之余荣；偶偶尔顺耳目之观听，惜身意之是非；徒失当年之至乐，不能自肆于一时。重囚累梏，何以异哉？'杨朱又曰：'万物所异者生也，所同者死也。生则有贤愚、贵贱，是所异也；死则有臭腐消灭，是所同也。……十年亦死，百年亦死；仁圣亦死，凶愚亦死。'小李，生则应修行勤勉，共享成就。无须梦想永生。"

李自成有些疑虑地摇摇头说："罗阳师父，又来文绉绉的圣人之言了……你可别急着去极乐世界，咱们还有诸多重要的事儿要办呢！"

"行，行！"罗阳则有些恼火地嘟囔了一声，他的经典长篇大论没有什么效果。他有些撒气般的把毛毯往上拉了拉,"你还有什么事儿?"

李自成则暗自一笑,老家伙每次都这样,说要死了,却一番话后还不是生龙活虎的?可说实话李自成心里庆幸无比,罗阳师父如同生父一般,还真不知道有一天他真的离去,自己会如何是好。

"咱们的闯王要踏足京城了!"李自成小心翼翼地权衡着说道。老人点点头。

"不知何故,我总有一种不祥的预感……"

"最近大家都有不祥之感!"罗阳说,"亲近之人背信弃义,还如何信任旁人?"

"你是在说张献忠?"

"那还能有谁?"

"至今为止只有他与他的同伙。"

"可先例已开……"

"还有,皇上下令赦免那些离开起义军的人,用区区几斗米收买那些人。"

"朝廷付出的代价不多!"罗阳轻声一笑,"可惜,会有效果的。"

"为何这么说?"

"难道不是吗?这么多年来,春季来临时,总有一大帮傻瓜梦想回乡下种田。这次朝廷一诱惑,哪儿有不心动的……再说,起义军头领中也军心动摇。到时候头领们一盘散沙,说散就散……"

李自成皱着眉头,老人则向他挥了挥布满青筋的手。

"你这副模样还是留给敌人看吧……现在你最好去劝劝高迎

祥，不要贸然进京，他的处境不妙。这个世道，总有小人背后捅刀子，不能相信任何人。"

"唉，不知道闯王是否能听我言，我可说了不止一次了……"

"那试试通过高氏去说，她的话她哥哥总能听得进去。"

"对对，是个法子。"李自成脸上露出欣喜之意，"事不宜迟，得快快行动……"

"是得快。"老人点点头，"不过你先给我满上酒，那个四川美酒。"

李自成哈哈大笑："依我看，你似乎改变主意了？我是说你要归天……"

"老天爷还是要让我再等等！"老人哼了一声，"眼下的事儿要紧。魂归西天嘛，终有时日将至的。"

西部军营。

祖大寿从梦中惊醒，似乎有人在他的大帐中。他眯起眼瞧了瞧身边沉睡着的美人……秋儿睡得那么香甜，她有节奏地呼吸着，如绸缎般的长发散开披落在丝枕上。

他猛地立起身，一把拉过剑鞘。毕竟是久经沙场的老将，在伸手不见五指的漆黑夜里他也能凭直觉熟练操起兵器，准备对付不速之客。连他的每一寸皮肤都能感觉到一丁点儿风吹草动。此时房中不速之客动作如此轻微，可祖大寿仍然清楚地嗅到了。

"是自己人。"寂静黑夜中周大侠低沉的耳语听上去像是轰鸣雷声。

祖大寿愣了一会儿。此刻他的双瞳已然适应了黑暗，可以看出从外边篝火照射过来印在帐篷帘布上来者的身形轮廓。

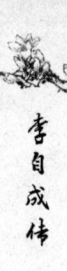

"他们继续向京城进军。"周大侠继续说道,"不出几周这些人会距此处几百里路。"祖大寿唰地一下转身坐到床榻边,穿上长袍,试图让自己完全清醒过来。他低着头,眉眼一抬扫视了下周大侠:

"怎么会这样?他们怎么决意进京?张献忠背离之后,他们力量消耗殆尽了啊!"

周大侠耸了耸肩,说:"他们没有别的出路,张献忠一离开军心就涣散。闯王的人只不过是一群土匪团伙,一时半会儿凑在一块儿。那些所谓的头领个个心怀鬼胎,打着自己的小算盘,他们的目标和闯王高迎祥的目标那可是不一致的。听说高迎祥的妹夫李自成这个狡猾的狐狸,试图去劝说他别进京,可估计不太能成。"

"为何?"

"据我所闻,高迎祥对李自成还是言听计从的。凡李自成的主意他都照办。"

"可眼下形势非同寻常。他的军队一盘散沙,差点儿分崩离析。皇上下的诏令也火上浇油。起义军里边大多数都是农民,他们从来就没有停止想回家种田的想法,一个个都想回家团聚。皇上这道令一下,赦免、赏赐离开起义军的人正中下怀,农民们不懂什么政局,他们要的是蝇头小利。所以说这给了他们一个绝妙的借口离开军队回到家乡。而您呢,大人,此时正是绝佳良机,斩除贼王。现在众人盼着高迎祥倒下,甚至是丢掉性命。"

祖大寿听到这话,不由得从床边站了起来……

"你是如何得知这些消息的?快快说来!"

只见黑暗中周大侠满脸奸笑:"到处都有我老周的耳目,大人,除掉高迎祥机会只有一个,我所掌握的就是这个时机。机不可失,时不再来。"

可他俩都没有注意到,床上躺着的舞女秋儿正仔细听着每一句话……

陕西,周至县。高迎祥军营。

高迎祥带着一半人马出发了,其余的人归李自成和李过统领,他们将奉命攻打与河南交界处的山阳县。据耳目称那儿有大量为朝廷军队准备的粮食储备。

高迎祥就是看中了周至县这一个不起眼的小地方,当地官府为皇家库存而征收的金银宝贝数不胜数。一年来,府衙的人一直在抢夺当地商人和工匠们的财物,而在辰月(4月4日至5月4日)初,府衙备好了装满钱财的马车正打算运往京城。

李自成三番五次地劝闯王不要冒险向京城进发,连高氏也劝说哥哥,但闯王就是不听劝说。闯王盘算着一下子能捞进马匹和财宝,这太诱惑人了!况且,要是再不给军中弟兄们点儿好处,恐怕人心更加涣散。

晚上士兵们窃窃私语,净说些对闯王不利的话,颇有怨言,甚是尖酸刻薄……高迎祥觉得,是时候给下边的人一块肥肉了,或许能立刻使军心稳定……

从山顶俯瞰下去,小镇尽收眼底。小镇的城墙防御如此薄弱,只需一击便能轻易攻破。攻占周至县并非难事。十有八九小镇是要派人来和谈的。起义军以前也有过这样的经历……

闯王第三骑兵队队长惊天锤骑马来到闯王身边,示意道:"统领,全城被包围,咱们可以发起进攻了。"

高迎祥若有所思地望过去,一片晨雾中隐隐约约可见城镇边上低矮的建筑和周围的栅栏，废弃的土城墙上爬满了藤条枯枝。他脑中的疑虑越来越多。难不成这是一个陷阱，正如妹夫李自成警告的那样……

"对于这么丰富的物资来说，这个守备也太过于松懈了吧？"惊天锤的声音中透出一丝莫名的不安。但他和手下都早已厌倦了清苦的生活，不甘心白白放过这次掠夺财物的机会。

"难道以前没有发生过此类情况吗？"他笑着对闯王说，试图让其振作起精神，"什么事儿都会发生，还记得以前发生的事吗？"

高迎祥自然记得。当时他们血战到底，可城镇里一个子儿都没有。而那个忘恩负义的张献忠，不费吹灰之力便在明代帝陵收获满满。多年来的战场让将领们小心行事。

"这样……派出使者到城里和谈，让他们和平交出周至县。然后我们就拿走该得的宝物，不会烧毁城镇。否则，我们宝物该得到的还是会取走，但同时将杀死所有携带武器的男子，他们的妻儿老小变卖为奴。我认为，他们会答应的。"

"去吧！"

惊天锤点点头，然后用脚后跟使劲儿踢了一下马的腹部，奔向他的骑兵队。高迎祥目送其背影远去，沉思片刻。旭日在遥远的山脉处冉冉升起，这是个晴空万里的春日。"这个日子，最适合战死沙场。"突然一个念头出现在闯王脑海中，但他立刻抛开这个念头，然后向四周环顾。在他右侧紧跟其后的是他的爱将青七龙，这是个不到二十岁的甘肃起义军头领。他曾是马匪的一个佣兵，后来他的父亲因无力支付税收而被活活勒死在谷仓中，他便来到闯王这里寻求天道。当时他的家人被迫在附近的村子里做奴仆，而心爱的姑娘则被士兵们强暴，然后被扔在烧毁了的父亲铁匠铺里死去。青七龙对朝廷的人毫不留情，只要遇到他们见一个杀一个。众人皆认为他是高迎祥身边最残酷无情，可也是最忠诚的一个将领。还记得他当时杀掉了一个王公贵族和其家族，他手中提着沾满血迹的大刀，站立在废墟中抽泣，不知下一次该去索要谁的命。此时闯王拍拍他的肩膀，将他带到军帐中，深谈许久后高迎祥了解到他最主要的仇人仍然逍遥地活着，而这个最大的仇敌便是皇帝小儿。

青七龙突然一手遮住头盔边缘，凝视着远方靠近地平线处的某个东西。一转身朝高迎祥喊道：

"闯王，有骑兵攻击！"

"怎么可能？"

闯王朝着青七龙所指的方向望去。转瞬间他脸色发青。只见从远处的灌木丛后边迅速冲出一支朝廷骑兵队，直奔过来！他们是从何而来的？如何做得如此隐蔽？

他没有时间思考这些问题了。

"青七龙，带上你所有的人，阻止他们进攻！其余的人，准备战斗！"

"可他们的人至少有十万，而我们顶多七十个人！"从闯王身边冒出一个颤抖的声音。高迎祥苦笑着说："一头猛虎即使是被一群豺狼围攻，但它还是山大王……"

祖大寿的军队如大海潮水般冲击过来，闯王的人还未来得及排好阵形，就被击垮，随后开始撤退。士兵们视死如归，因为他们都知道成为俘虏的下场更惨。惊天锤的骑兵与朝廷兵正面交锋，但很快就败下阵来，士气荡然无存，如一盘散沙四处逃窜……

幸好，位于山脚下的长枪兵所处位置有利，此刻发挥出重

要作用。李自成带领的兵不愧是训练有素，在关键时刻能独当一面。还有谁的队伍能如此强大，可以抵抗朝廷骑兵呢？

但此次战斗双方力量太悬殊，前排的骑兵冲过来被长矛刺穿，可后面的骑兵像潮水紧跟着一浪又一浪涌来，长枪兵根本无法阻挡！他们被压倒在地，朝廷的骑兵不断向前……

火枪也同样如同鸡肋，第一次射击后，射手根本没有时间重新上火药，他们不得不扔掉火枪拔出刀剑进行肉搏战。在人数有绝对优势的朝廷骑兵面前，加上这些骑兵是精锐部队，起义军如同以卵击石。

进攻开始后不过半个时辰，周至县前的战场上就混乱一片，到处都是血腥砍杀。朝廷的人一次又一次拥过来，闯王的人马被挤压，活动范围缩得越来越小。这边朝廷还不断增兵，把闯王他们向西边和北边山区撤退的路堵得死死的……祖大寿精心策划的圈套得逞了！闯王的人被包围住了。

闯王高迎祥与其他将士一同试图拼命冲出重围。直到现在他才明白这是个设计好的圈套，李自成此前三番五次劝阻他的这次进攻他并没有放在心上，而如今才落到这个地步。敌军步步逼近，吃后悔药已经来不及了，只能寄希望于上天的眷顾。

可老天偏偏和他作对。闯王突然感到一阵疼痛，有什么东西刺中他的右肩……见鬼，盔甲已经破损不堪，刀剑也被砍出一些缺口，兵器耗尽，不知还能支撑多久。高迎祥环视四周，到处是惨烈的肉搏战，他手下的弟兄们一人对付好几个朝廷兵，他们试图保护闯王……但一切都无济于事。朝廷军队的优势十分明显，战局也再难扭转，是时候考虑该如何撤离了。但他们连撤离都办不到了，只能逃命！

高迎祥用尽最后的力气，拼命抵挡朝廷兵的进攻，长矛刺中了他的腹部，他忍着剧痛，四处寻找最得力的助手。他看到青七龙正疯狂砍杀朝廷的骑兵，这个年轻的将领似乎未受什么伤，高迎祥向其使劲儿招手让他过来。

青七龙一路拼杀，砍了不知有多少骑兵，最后好不容易到了闯王身边……

"我已逃不出去了……听我说！朝廷的人就是来抓我的……你快快撤离……带上你的人冲出去，赶紧去找李自成……告诉他这里发生的一切……以我的名义命令他保存军队实力……快去！"

他扬起鞭子抽了一下青七龙的坐骑，青七龙点点头，示意手下跟上，飞奔而去。高迎祥眼看着几十个骑兵跟着青七龙逃出重围，松了一口气。而正在此刻一支弓弩飞箭射中了他的胸口，刺穿其盔甲，闯王一下子从马上落下……战斗结束了。

此时，李自成正在林子清澈的溪流边清洗他的战马。此前他们行军已久，途中还碰到一些溃散的敌军，可幸运的是这些人马都逃窜而去。一路上几乎没有遇到朝廷的人马或是巡逻队，好像所有的军队都被调动到北边某处，李自成他们此次行军全无收获。但起义军并没有放松警惕，李自成心中忐忑不安，总有一种不祥的预感。

隐藏在敌营里的线人传来消息说，朝廷西部军队正在准备一场大战。李自成便早早将高氏送到他的大本营安置下来，让她避开灾祸。多年的战场经验告诉他，张献忠的离开只是一连串背叛的开端。闯王的军队只是由众多分散力量拼凑起来的，并没有统一目标而团结在一起。农民们想要的是老老实实在村子里安居乐业。曾经的土匪强盗则渴望夺取更多财物。而起义军首领们脑子里又想着什么呢？或许只有佛祖知晓。

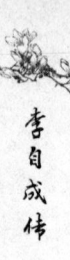

他们连年征战，胜败皆有，可总是在中原大地一块豆大点儿的地盘上活动。起初队伍里还有些精干将领，和高丽或是女真的军队实力相当。然而入秋后队伍里大部分剩下的都是些普通农民，他们脑子里想的尽是粮食如何丰收的那些事儿。一年一年过去了，再这样下去起义军前途渺茫，现在看来是事情的转折点，或死或生，皆在一念之间。士兵们士气殆尽，由于缺乏统一目标，他们已然厌倦了这无休止的征战。话里话外谈论的都是怎么成家立业过小日子。而他李自成呢？曾想过自己能为这些弟兄们找到何等出路，或是该用什么来激起他们进京推翻皇帝小儿的愿望。可惜，一连串的问题，却毫无答案……

林子空地尽头的灌木丛啪啪作响，只见一人骑马飞奔过来。此人为刘宗敏，他曾经是个锻工，现在是百人团头领。他最近一直负责在军营周围巡逻。他身后紧跟着青七龙，快马加鞭朝李自成这边奔来。

李自成丢下手中的刷子，下意识地伸手操起剑带。他心里有种说不出的沉重。李自成一瞬间似乎听到青七龙说出的几个字，如同阎王爷索命般让他直冒冷汗。

他不等来者开口便用嘶哑的声音问道："闯王人呢？"

青七龙一下子跳下马，跪在李自成面前，额头触到地上沾满了晨露的青草上，拉着哭腔说："在周至那儿祖大寿的军队设下埋伏……我们根本不是他们的对手，力量太悬殊了……闯王他……"说至此，青七龙已泣不成声了。

李自成紧握着拳头，他的手指变得如纸张那样惨白。

"当时有人提醒过他，我也提醒过，可闯王不听我们的，偏要到周至县！"他言语混乱，不知所云地喃喃说道。李自成盯着地上跪着的青七龙，他目光如寒冰。只是冷冷问了一句："告诉我，你又是如何逃脱的？为何老天对你如此眷顾？"

刘宗敏瞧了李自成一眼，便拔剑听候指示……可青七龙只是不屑一顾地朝他瞥了瞥：

"是闯王亲自让我来见你的，他意识到这场战斗已然全败，而他自己的时间也不多了。他想让我来传消息，说你的队伍里有奸细，否则行军到周至县，祖大寿他们是如何得知的？朝廷已经早早设伏候着我们。"

朝廷的人损失也不小，四分之一的人恐怕丧生于周至县。

李自成走过去，拉起青七龙，拍了拍他的肩膀。

"走吧，到军营去，将闯王就义的消息告诉各个头领……"

"他没死！"

"你说什么？"

"他被抓了，可并没有被杀。"

"那我们还在这儿说什么废话？刘宗敏，你立即召集人马，一定要拦截祖大寿的军队，把闯王救出来……"可此时青七龙打断了他的话。

"这无济于事，我们救不出闯王来，反而会把我们的人再赔进去。他被押往京城，护卫严密。我们还来不及弄清楚到底是哪条线路，还来不及召集人马，他就会被押至京城。何况，朝廷的人也肯定考虑到我们会劫人，等着我们自投罗网。还是好好想想将来该如何是好……"

李自成愣了好一会儿，闭上双眼深吸一口气，憋了好久，最后缓缓地呼出。他胸中撕心裂肺的痛，眼看就要从喉咙处爆裂出来，可被他压了下去……

还记得罗阳师父曾讲过大丈夫不为亡者落泪，大丈夫要替他们报仇雪恨……对，就是要为"闯王"报仇……

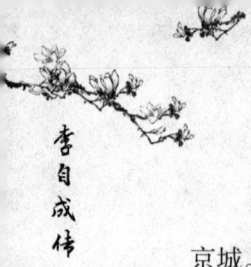

京城。皇宫。狱中。

皇帝用丝绢帕子遮住鼻子，厌恶而轻蔑地瞧了瞧地上血淋淋的肉身。此人曾是他的子民，也是他的头号死敌。高迎祥是七八天前被押至京城监狱的，朝廷派出最得力的刑讯高手对他进行百般拷打审问。

他们希望从闯王口中得知重要的消息，比如起义军的大本营在何处、被抢夺的金银财宝在哪儿等，可每次总是不劳而获，高迎祥被折磨得死去活来，禁不住几番拷打便昏死过去，嘴里含含糊糊不知说些什么。

高迎祥自始至终没有回答他们任何问题，只是痛苦喊叫着。那么朱由检该如何处置高迎祥？

一方面来说，他能免其一死，放他离开，这或许能在天下百姓中做出天子有怜悯心的表率，有助于提高皇帝的威望，但老百姓会买他这个已然威信扫地的皇帝的面子吗？

而另一方面，他要是放了高迎祥，恐怕京城众权贵们会闹起来。要知道他们许多人只要一听闯王的名字就吓得胆战心惊。朝臣们众多家族也遭起义军所害，巴不得将高迎祥五马分尸以解其恨。俗话说鱼和熊掌不可兼得，可眼下这种情况不可能一石二鸟！

他又朝地上血肉模糊的高迎祥瞥了一眼，然后对御史官说道："传朕旨意，暴民高迎祥与其同党当众立斩。"

朱由检深叹一口气，然后用眼角余光看了看远处站着的一个老头儿，此人为帝师孙承宗。那人紧抿着嘴唇，低下头，大气不敢出一声，不敢反驳他的天子学生。

当他们到了大殿，朱由检又一次面朝老人发问：

"您觉得朕如此处置失之偏颇？"

"老朽岂能对天子之意不满？"他弯下腰小心翼翼地说，"可京城这场腥风血雨是否值得掀起，还望陛下三思。"

朱由检不悦地咬咬嘴唇，转身离开了。长久以来他一直心中怀有一种不祥预感，当前情势不妙，而寄希望于此番决定以消除种种疑虑。帝师三番五次告诫他外敌虎视眈眈，因此要和农民起义军和谈，以免内忧外患。可宫里的太监也左右着他的意愿，而他们的意见正好与他相反……

话已说出口，再反悔恐怕有失颜面了。朱由检披上龙袍，到心爱的皇后那里，也是该看看她和小公主了，不知已有多久未曾相见……还有嫔妃所生的三个龙子，也不能冷落了他们，其中一人将来可是要继承大业的。想到这儿，朱由检不禁笑了起来。

而他的老师看到斩首一幕，忧心忡忡地摇摇头。他此刻思绪沉重无比，明朝最后的日子开始倒计时了吗？他不断摆弄着手里的念珠，反反复复转动一颗颗精美的珠子，突然向相反的方向转去，这一举动似乎是确认了他心中的不祥思绪……

农民军营地。陕西。

"闯王被处死了！"李自成自己也没料到自己最后会如此轻松说出此言。要知道他整个早晨都在仔细琢磨说话的口气、时间和地点。他无法预料高氏对这个消息会做出什么样的反应，会如何面对他兄长的死……

"我知道！"夫人竟然如此平静地回答，李自成惊讶地发现她眼中竟没有含泪。

"你从何得知？"李自成不得不问这个问题，以打破尴尬的沉默。他们站在距离野猪巢穴几里路远的瀑布悬崖上,面朝深渊。瀑布的水如同一个巨大的水晶柱,飞流直下,发出雷鸣般的响声,落下的水周围形成迷漫的水雾,缓缓升起,直达花岗岩悬崖的顶部。

穿着白衣的高氏用悲伤的眼神看了看李自成:"他选的这条路难道还会有别的结局吗?"李自成叹了口气,耸耸肩说:"应该不太可能有其他结局,但我一直抱有希望。"

"我们……"她强调了"我们"一词,"我们都曾抱有希望。"

"可皇帝是个没心没肺的人,他对别人毫无怜悯,只有无尽的算计和仇恨。可我也预见到了他的死期,他的死期将到……"

李自成靠近夫人,紧握她的手说:

"我会报仇的,你相信我。你了解我这个人。"

"所以我才会害怕。害怕你们现在还太弱小,你们的力量都还太弱,你们还没有统一团结的力量与相同的信念。我的哥哥之所以能成为首领,是因为他有坚定的目标。从儿时起他就是这么个人。他十岁那年,有一次就曾说过要造一只船,隔壁的男孩子们都嘲笑他,可他独自一人去树林找到一个大木头,日日夜夜用小斧头砍削它。在一个秋高气爽的日子里,他终于完工,并把自己造的船放入黄河水中,那些曾经嘲笑过他的孩子们怎么也不敢相信自己的眼睛。尽管小船外表简陋,可它顺利在黄河水上航行……并且我哥哥是自己一个人把旧树干变成了小船,没有任何人指点帮助。他一生如此。旁人不相信他,他却努力做,而且他总是能把事情做成。可我觉得,让你去报仇并非符合我哥哥的心意。他总是反对无谓的流血牺牲。你还是需要利用智慧和策略去谈判。我知道你是什么样的人。你能成为我哥哥未竟事业的继承人,你配得上他的理想。而战争,当然这是男人的事,可女人为此遭受的痛苦只多不少。母亲失去儿子,妻子失去丈夫,姐妹失去兄弟,不应如此。"

李自成苦笑着说:"不幸的是,并非每个人都这么认为。凡事都有两面性。"

"我明白。"高氏轻描淡写地一说,"让我尤其伤心,不,你等等。"她一手挣脱开李自成的手,"你的那个诗人李彦正匆匆向你跑来……看他脸上那眉开眼笑的神情,准是想来给你报告好消息的。"

李自成稍微挪了挪身子,不那么紧挨着他夫人了,他回头一看。远远的,他的那个文武双全的手下向他不停挥手,笑容满面:"统帅?"

李自成向他迎面走过去,两个好友抱头相拥:

"你带来什么消息?"

"首领们决定继续斗争。他们要立新的闯王,这个尊荣非你莫属。"

李自成的左膀右臂,骑兵指挥官李双喜从集议山丘上站起来,摆了摆手。他的这一摆手仿佛魔法般,让山丘上聚集的闯王队伍大大小小两百多名将士一下子鸦雀无声,所有人的目光都集中到他身上。

在他身侧的军鼓上坐着几个威风凛凛的起义军指挥官、有名气的领军、疲惫的剑客以及才能出众的将军。他们都曾在一次次激烈的战斗中携手并进、出其不意、勇敢袭击敌军的驻地。手下部将们信任他们如同相信自己一般。现在正是一个关键时刻,他们究竟能把自己的命运托付给谁,就像他们曾经追随高迎祥那样。这也是起义军决定何去何从的大计。

"将士们……"

-189-

李双喜显然更习惯于在前方指挥千军万马，而不是在这样的集会场合发言，他停顿了一下，清了清嗓子，并不在意场下稀稀落落的笑声，继续说道："弟兄们！"终于，他如同抓住了从手里脱落的缰绳一般，嗓音渐渐变得强而有力。

"几年前，也是在这座山丘上，我们推选了高迎祥为'闯王'，将我们的命运交付于他。他一直精忠勇敢，不负众望，直至咽下最后一口气，可以说他无愧于'闯王'这个称谓，他生前创下众多伟大的胜利和成就，在此我就不一一列举了，因为我们召开这次集会，不是纪念他，而是要选定他的继承者。"

将领们纷纷点头、窃窃私语。李双喜故意停顿了一下，然后大声宣布："最有名望的将领们经过一整夜的讨论，终于得出一致决定……"

山丘下顿时鸦雀无声，似乎连一只飞蛾也会打破笼罩在此的寂静，每个人都在屏息等待，因为这将会决定他们何去何从。

李双喜深吸一口气，然后大声宣告："新的闯王是……"

傍晚蓝莹莹天空中的云朵仿佛凝固了，倚靠在寒冷的春日最后一缕阳光怀抱中。大家期待的眼睛齐刷刷地望着首领。"李自成！"当李双喜喊出这个名字时，台下欢呼声震耳欲聋，好像连小山丘也开始摇晃。

周围的林间空地和农场上驻扎的由数千名士兵组成的队伍也在焦急等待消息，他们一听到宣布的结果，就欢呼回应。终于这一历史时刻到来了！中华大地上新的闯王诞生了！

"李自成，你终究实现了你的梦想，成千上万忠诚的将士在你的指挥下，去征服中原，开创新天地。只要你敢想，一切皆有可能。你可以返回家乡走农民或商人的道路，也可以成为威风凛凛的将军,剑指何处,何处便有无数的流血争斗。"罗阳的话中透露出一丝悲伤,"孩子,你已经不需要再受教了,你已然掌握了我想传授给你的知识。从今往后我只作为长者对你提出一些建议,你的智慧才能已经赶超我了。"

李自成坐在指挥营帐篷中,身下坐的是用马毛和丝绸制成的坐垫,他有些忧愤地皱起眉头:

"您说什么呢,师父?您永远是我最尊重的师长!"

"哦,真是如此?"罗阳微微眯起狡黠的双眼,李自成有些发窘,"好吧,仅次于我的高氏……"

"你看。"老人摆摆手说,"人们是多么容易草率地下结论,还没来得及说完,就不得不推翻前面说的话并道歉!你现在是不负众望的闯王,可不能犯这样的错误……"

"谁?"

"好吧,从长远来看。"罗阳眨眨眼补充说道,"可你也乐意听到这话对吧?"

李自成哈哈大笑起来:"还是你了解我,又有谁能在甜言蜜语的奉承话面前不动心呢?"

老人用手指戳了戳李自成的胸脯:"你。"

"我?"

"就是你。无论是奉承,还是亵渎或者是尽人皆知的谎言,你都要做到心静如水,否则你就会步张献忠后尘。"

"对了,他近况如何?"

"你可别小看他,听说张献忠麾下有二十万士兵,他不仅在自己的队伍里享有威望,还在不少你的将士中声名赫赫。目前他正与'老回回'和狡诈的'曹操'一同围攻安庆,那儿'革里眼'以及一些南部首领也加入他们的队伍。可我总觉得他们

终究不会成功。明军离安庆只有半天的行程。看吧，情形会如何发展。"

"他……这个……"

李自成支支吾吾，不知道怎么称呼张献忠才合适。

"总之，我不在乎他做什么、怎么做，我们每个人都有自己的路，希望我们两个的道路永远不会交织在一起。"

"你可别发狠誓。"罗阳轻声说，"即使你们不交集，可你们两个的所作所为息息相关。因为你们一同选择并开始了这条艰难之路，只有上天知道命运将何去何从。这如同打麻将，知道吗，我年轻的将领，这是血腥麻将。"

"我清楚。"李自成斩钉截铁地说，"希望他也清楚这一点。"

京城。紫禁城。

宫墙外已然秋意盎然，犹如一片片深红色与金色交织起来的画面。宫殿内寒意十足，阵阵冷风吹来，显然宫人们为了节俭火炭，未把火盆烧得热腾腾。

朱由检此刻陷入沉思中。

他似乎看不清眼下到底发生了何事，心中惶恐不安。

表面上他按照臣子们的意愿处决了那个可恶的暴民头儿高迎祥，可这又如何？那些肥头大耳的官员们难道就开始敬他爱他了吗？才不是呢！他们对宫里的太监才是百般尊崇！阉党们已经渗透到朝廷各个角落，无孔不入，腐蚀着紫禁城！他这个皇帝犹如他们掌中之傀儡。名义上发号施令下旨的是他朱由检，可实际上朝政决策权力已然掌握在他人手里。多少年过去了，他周旋于东林党和阉党之间，是听东林的与起义军妥协谈判，还是听太监们的，继续和那帮暴民斗下去？

北边女真族也伺机发难，恨不得一举南下霸占中原！这里的局势越是紧张，他们就越虎视眈眈。幸好起义军那里没有和女真内外勾连，要不然真的是两面夹击了！想到这儿，朱由检冒出一身冷汗……

他将给子孙后代留下一个怎样的明朝？是被农民起义连年征战弄得千疮百孔的国土，还是随时会被北方野蛮人侵略蹂躏的中原？或是时刻担心南边海盗劫持货物、攻击船只抢夺港口的软弱无能之朝廷？一系列的问题亟待解决，不然大明朝将深深陷入混乱和深渊中，永无回天之力。

朱由检望着自己在池水中的倒影……他苍老了许多！他不过三十，可看起来面容憔悴、毫无生气！双眼上挂着眼袋儿，额头上布满皱纹，这该是天子应有的龙颜吗？怎么会让自己走到如此地步，这一切都是那些为了一些蝇头小利而出卖灵魂的朝臣们搞的鬼，任何一个人都不能相信。朱由检随时随地都能感觉一把把冰冷的匕首不知藏在何处一下子向他刺过来。

他郁郁寡欢，一时间觉得前面黑暗一片，该寻寻乐子了。或许此时正好到那个美貌如花的新晋宠妃那儿，那个叫媛的美人的寝殿处，那可是个绝妙佳人。她可以瞬间就将你的魂儿勾走，共度良宵，倍感良辰苦短！她是如此温柔如水。不像皇后，只会唠叨朝政如何动荡不安，让他小心行事。他自己难道不清楚这些吗？后宫要的就是耳根子清净。与媛美人弹琴赋诗，共享美酒，才可忘却一切烦恼……

想到这儿，朱由检按捺不住立刻想见到媛美人的念头……他起身整了整衣襟，朝底下宫人们看了一眼，径直走向爱妃的寝宫去。身后是一双双审视忌恨的眼神，可朱由检并不在意。

他身为一国之君，怎么不能让自己轻松片刻呢？而宫廷里

错综复杂的游戏，亘古不变，在意又有何用？

四川池州，张献忠军营。

"曹操"急匆匆跑进张献忠的军帐，上气不接下气地说："咱们被包围了，快跑！朝廷军队少说有十万人！"

张献忠猛地把酒壶放下，酒洒出来溅到桌案上的安庆图上："怎么会这样？他们从何而来？"

"在下不知！我们的哨兵前一天在巡逻中并未发现任何敌军踪迹！现在他们正三面夹击，再晚些咱们就会被困在里面！"

张献忠不愧为一个精明强干的领军人物，且久经沙场，事不迟疑，他并没有考虑太多就下了命令：调集起几千名骑兵派往敌军正面袭击方向，以号角为令，准备好火炮攻打敌军的骑兵。弓箭手们坐在骑兵后面，备上所有的弓箭箭头，射击一切敌军移动的目标！其余人等准备行装撤退，向池州方向沿着长江向东撤离，尽量夺取渡口，在大队人马没有撤离到江东岸前防守渡口。最后将渡口毁了，附近也没有什么船只，这样能逃离朝廷军队的追击。

"曹操"用崇敬的眼神望着张献忠："统帅，您早就有所打算了吧！这可不是一夜间就能想出来的！"

张献忠讥笑一声："这有何干系？最主要的就是保存我们的队伍，快去执行我的命令吧！"

"曹操"听后像箭一般冲出军帐。张献忠则摇了摇头。要知道他可从来没有这么失败过，尤其是在计谋上。可见对方也是个狡猾的老手，他深信不疑。按理说这世上只有一个人能将他玩弄于股掌之中，但此人现在相隔千里。

张献忠操起刀剑，穿上斗篷，离开了自己的军帐。身后侍从连忙打着竹伞紧随其后,以免寒冷的秋雨滴落在他身上。

张献忠驻足环视整个战场……某个地方正隐藏着敌兵,黑压压一片,让人透不过气来,成千上万的朝廷骑兵正如汹涌潮水般袭击而来。

左右两翼张献忠的骑兵们正准备反击,弓箭手一个个匆忙爬上马背。他一瞬间闭上眼睛,陷入沉思中。他清楚他将赢得这场战斗,至少不会败下来。甚至有个念头闪现在他脑海中,那就是如果现在李自成在,那胜算就更大了。

没错,就是那个一直跟自己不对付的李自成,这个老天爷眷顾的李自成!当时在起义军队伍里还常开玩笑叫他"小李",尽管李自成人高马大的。说实话,他还挺想念李自成那轻松的办事风格,还有他在任何情况下都能找到问题的解决办法。张献忠突然想起一件事,那时候队伍里一个将领,原来是土匪出身,狂傲放肆,不服李自成管束,就向他射箭,伤了李自成。而李自成为了团结大局,不破坏和那个人手下几千个士兵的关系,只是一声不吭地拔出箭头并且将箭杆折断,把断了的箭递给那个将领。然后他们俩还共进晚餐,相逢一笑泯恩仇。但后来又发生了什么,无人得知了……

那个射箭的将领又下场如何?是从山路上滚落下来丧命了,还是在酒馆斗殴中被砍了?天知道……李自成这个人,从来不会原谅任何人的背叛。

张献忠想到这儿,不禁皱起眉头……尽是些过去的事儿了,每个人都选择了自己的道路。现如今他俩之间可真的没有一丝相互怜悯的余地了。狭路相逢勇者胜,他们俩只能有一个活着离开。

此刻军中号角声响起,张献忠立刻从纷乱的思绪中回过神来。

第六章　夕阳西下

正是午月时。在明媚的晨光下草地显得绿油油，远处森林边缘透出一股阴凉之意。天空中飘着如羽毛般轻盈的云朵，蓝天无边无际，似乎能包容下世间所有的纷扰。

李自成坐在一条小河的岸边，清澈的河水流入东边黄河。脚下河水潺潺，打着小旋涡，河面上还漂浮着一些去年留下的枯叶，一圈圈在水面上打转。偶尔一些小鱼会游上来觅食，一口吞下水面的虫卵或是水草，然后一下子潜入水中消失得无影无踪。

在这里李自成建起了他自己的队伍，高迎祥牺牲后，有一些头领不满李自成当选新闯王而离开队伍，其余的都留下听从其指挥。

这一年夏天从一开始便多事不安定。皇上下旨赦免前来自首的起义农民，这一招儿还真的起了作用。

农民们时不时彻夜长谈，围着篝火讨论着皇上的诏令。他们是那么想念自己的家乡、亲人。说的话题还有今年雨水充沛、阳光充足，定是个丰收之年。回乡种地会有好收成。他们开始抱怨自己在起义军队中服役的生活，恨不得立刻抛下手中沉重的刀剑，重新操起农具干活儿。

果然，农民们一个接一个离开了起义军。起初还是个别人单独离开，可后来人们发现趋势渐渐明显，也没有什么特别的惩罚手段，所以便几十个人成群结队一齐逃离。大家都渴望回乡，回到自己亲朋好友身边，回到熟悉的艰辛农作生活中。

李自成想尽办法试图说服弟兄们留下来,可毫无效果。大伙儿似乎很郑重其事地听他所言,点头表示赞同,甚至还说了些支持他的话,可第二天早上呢,队伍里又有几十名士兵不知去向。李自成则似乎根本不在意。

他集中精力整顿军营,休整人马,改良兵器。有必要养精蓄锐,然后决定下一步该如何行事。

此刻他正坐在河边,静静思考着命运的车轮将驶向何方。前不久他手中还掌有三十万人,可如今只剩下三分之二……再这么下去,不久后他身边的人可寥寥无几了。

还有关于张献忠在南边惨败的传闻,更加增添了士兵们的悲观情绪。据说,张献忠侥幸从安庆脱身,身负重伤,旁边陪伴的只有几个最亲密的心腹。令人吃惊的是,张献忠尽管背叛闯王分裂南下,可军中许多人说到他还是满怀敬仰之情。毕竟再怎么说他还是一个智勇双全的将领。李自成突然感到他身边还真缺像张献忠这样的人才,还有"曹操""老回回"他们。他们曾经并肩作战,奋勇杀敌。现在要是团结一致,也能征服陕西、四川。然而,上苍不允,命运弄人。

有时候李自成甚至问自己一个问题,要是张献忠突然带军队回来,或是独自回来,他接受还是不接受?显然他左右为难。一方面,张献忠的确离开了队伍,背叛了他们的共同大业,可另一方面,他算背叛吗?或许他只不过是另寻杀敌之路罢了。只有天知道,是真是假,是敌是友。恐怕连罗阳师父也未能知晓其中的奥秘吧。

李自成猛地从草地上站起身来,抖了抖身上的枯枝败叶,拉了拉长袍,正朝附近营地帐篷走去。这时他听到一个苍老的声音喊他:"英雄,请恕老妇冒犯……"

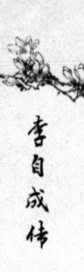

他转过身，看到一个有些驼背的老妇人，拄着一根拐杖。她身上穿着破破烂烂的衣裳，即使是在陕西一些荒野之地都显得十分突兀。她那张饱经风霜的老脸上布满皱纹，已看不出她年岁究竟几何。可以说她花甲之年，也能称其百岁老人。而李自成这个经验丰富的将士一眼发现老妇人那只握着拐杖的手强壮有力，并不像普通老太婆的手。她脚上穿的是一双磨得已经变形的草鞋。

"老太婆，你要干什么？"李自成皱起眉头问，他平生挺讨厌这样被路人打扰。老太婆笑了起来，与其说是笑声，还不如说这是如同胸口拉风箱的呼呼声。

"闯王难道还怕一个老妇人不成？"

李自成摆摆手，试图避开这个老乞丐，可她却灵活地一挪步，挡住了李自成的路。

"英雄，为何如此着急离开？难道你不想知道将来的事儿吗？"

李自成大笑一声，双手叉着腰说："如果你知道我是闯王，那么老太婆，你该知道我李自成从来不相信，也不会相信任何预言，不管是谁说的都不信。在我的记忆中，所有关于我身边好友的预测没有一个是准的。可不是我小气，这里有些银子，你拿去吧……"

他说着伸手去掏胸口衣襟下的钱袋，可老妇人一下子抓住了他的手：

"英雄，难道我向你讨钱了吗？我只是想，你百忙之中抽片刻时间听我一言，我说说你以后的命运，然后我们各自走各自的路，毫不相干……"

李自成有些警惕地环视四周。他并没有发现周围有什么埋伏。和她谈谈话吧，反正过去一个月来他也闲得慌。

"老太婆，你说。咱们可以坐下来说话。"

"就在这儿，河边，看，就那块草地上……"

老妇人则笑起来，"英雄不必客气……此番谈话不会花费闯王你多少时间，站着说也无妨。我只告诉你现在应该知道的东西。这个并不直接关乎你，而是……怎么说好呢？事关大局。"

李自成有些如释重负，他最不喜欢有人预测他的命运。这跟他从小的经历有关。

"闯王，你可知中原马上要落到一个独眼皇帝手里。就看你是否能把握时局，扭转乾坤。"

她突然不说话了，直直望着河边。李自成等着她继续说下去，可并没有下文。然后李自成提高嗓门说：

"独眼皇帝……这可不是说我。老太婆，这预言可不准吧？但我不会怪你……拿着这些银子走吧！"

老妇人不悦地看了看他，动作生硬地接过钱币，把它扔进胸口破布衣裳褶皱里。她突然清晰地吐出这么几句："曾几何时，有人告诉你父亲，一个将星会在你家中降世……英雄，你说这预言准吗？"

李自成不禁打了个冷战："这个乞丐老太婆是如何得知这段故事的？要知道他这么多年来一直试图忘记这个预言！"

他正准备问此事，可当抬起头来一看，人已经消失了！甚至那个老太婆曾站立的草坪都没有凹下去一点儿！

李自成顿时觉得额头冒着冷汗，他试图冷静下来，小心环顾了一下四周，河水静静流淌着，远处营地烟火缭绕，一切如常……毫无那个神神道道的老太婆的踪迹……老天爷究竟开什么玩笑！

李自成摇摇头,径直朝营地走去。途中他突然停下来,慌张地掏出钱袋数了数钱币。他不禁打了个冷战。

其中少了一枚银币……

农民军营地。

罗阳正躺在帐篷里,他的弟子李自成为师父妥妥安排好了这个住处。更准确地说,罗阳能得到这个舒适的床榻,还要归功于高迎祥的小妾宝簪,这个女人正是罗阳当时在车香谷中救出的美人。从那时起,他俩关系越来越密切,加上已故闯王高迎祥在那场战役失败之后一直抑郁不堪,冷落了自己的妾室。这样宝簪更愿意投入罗阳的怀里。

宝簪不但是个床上温柔缠绵的美人,还是个聪明绝顶的人儿,她倾听着老人无休止的关于人生智慧的道理。不知她究竟是真的感兴趣,还是善于装出来哄老人开心,不过罗阳每次和她交谈总是喜滋滋的。

高氏曾对李自成说过,宝簪可能只是害怕失去保护她的人,在这个残酷多变的世道一个弱女子恐怕难以生存下去。李自成也同意夫人的看法。不过显然罗阳这个老头儿和少妇宝簪两相情愿,很是欢心。据打更的八卦消息,老头儿不但善于谈天论地,而且也是个调情高手。宝簪夜夜销魂的呻吟声让周围的士兵们心慌意乱。

当李自成走近师父的帐篷时,只见宝簪正在罗阳耳边轻声私语,情意绵绵。一看到李自成走进来,她有些害羞地躲到罗阳身后,垂下双眼,摆弄好身上的紫色睡袍。李自成笑了笑,瞧了一眼床榻上的美人,心里暗自寻思已故闯王高迎祥和自己师父眼力还真是不错!

师父睁开双眼,对着弟子微笑着说:"闯王,一切可安好?是什么风一大早把你吹来了?"

"师父,看来你早就醒啦!"李自成笑着弯下腰向罗阳行礼。宝簪立即站起身,拿过来一个盛着果子的茶盘,然后躲到屏风后边。

李自成一屁股坐在师父对面的垫子上,小心翼翼地拿起精美的茶杯,啜饮着香浓的好茶。

"你此番前来有何贵干?"罗阳喝了几口茶,沉默许久之后终于开口问。

"师父,我正处于一个十字路口,心中充满疑虑,不知如何是好?"

"是什么让你如此困惑?"

"罗师父,我只有疑问,却没有答案。一连串的疑问……"

"那你说来听听,或许我们一起能找到解决办法。"

李自成陷入沉思中,问题实在是太多了。可闯王还是向师父提了一个最近折磨他许久的问题。

"师父,您说,我选的路对吗?别,别打断我!我知道您会说些什么,我们已经相处十来年了,您从来都是对我坚信不疑,而我也从未怀疑过我的选择。可今日我已有两次疑虑:一是我突然想起了最近一个月以来那些离开队伍返乡种地的士兵们。"

罗阳只是耸耸肩:"这是他们自己选的路,你无能为力。那么第二次疑虑呢?"

"我偶遇到一个老太婆,算命的……"

"你好像从来就不理睬那些算命占卜的。""你说得对,师父,是这样……可今日她说出了什么将星从天降……而且是在我怀疑自己选择的道路是否正确的情况时她出现在我面前说了

这番话。"

老人头靠枕头,微微合上双眼:"女人一般很少能算男人的命,你说你在营地附近遇到她的?"

"对,从正门出去一里路左右……"

"真是一件怪事。你细细说来,到底发生了什么事?"

李自成沉思片刻,将所有的细节一一告诉罗阳……

当他陈述完后,发现师父正盯着自己身后某个地方。李自成已经相当了解师父,他这副表情就说明他正在思考问题。随后罗阳回过神来,眨了眨眼睛。

"不可思议!"他嘴里不停地嘟囔着,"太不可思议了,偏偏现在出现……"

"罗阳师父,这到底什么意思?快告诉我!"

罗阳摇摇头:"有些事我们根本无法弄清,也许不需要刨根问底,有的奥秘深不可测。当有神灵出现,预示了你的命运,你只需遵循其意愿行事,再说已经有两次指明了你的道路……我尽量把话说通俗些,好让你明白。《道德经》曰:'其安易持,其未兆易谋;其脆易泮,其微易散。为之于未有,治之于未乱。合抱之木,生于毫末;九层之台,起于累土;千里之行,始于足下。为者败之,执者失之。是以圣人无为故无败,无执故无失。民之从事,常于几成而败之。不慎终也。慎终如始,则无败事。是以圣人欲不欲,不贵难得之货;学不学,复众人之所过,以辅万物之自然而不敢为。'老子说此话的含义为遵循万物规律而行事。万事开头难,起初可能一切不顺利,可一步步去完成你的使命,终究能成大事……"

李自成一个劲摇头。

"怎么这么复杂?"

"小李，生活本就复杂。"

这时李自成好像突然想到什么，大声叫道："对了，那个老太婆还说，天下会落到一个独眼皇帝手里！"

罗阳盯着弟子的眼睛，笑了起来："哈哈，你担心你不是独眼龙？别那么挂在心上，世上的一切事都会多变的。"

"师父，你可真会安慰人！"李自成有些不高兴地说，然后掀起门帘走出了帐篷。

罗阳则望着弟子的背影许久，然后微合双眼，他饱经风霜的脸上露出温和的笑容："宝簪，我的宝贝儿，快过来，别让我等太久。晌午时分，咱们在温柔乡里再缠绵一会儿……"

话音刚落，那双柔软的美人手就搭在他的肩上……

西部军营。

祖大寿双眼紧闭，揉了揉眉心。他手下将领们刚刚上报的一切情况开始慢慢在他心里组成一幅统一的大局图，并且局面对他相当有利。

一直在起义军周围盯梢的眼线称这个新闯王李自成做梦也不会想到祖大寿的军队将对其采取进攻，他们正准备着到河南过冬。他们的举措也在情理之中，向陕北前行，那是死路一条，那里村落稀少，如何能养活了这么大一支队伍？河南则不同，那里几乎没有遭到战火破坏，所以很容易找到安歇之地以及粮草供给。李自成他们是不会南下前往四川的。前不久张献忠大军惨败，这一事实让众人胆战心惊，难以忘却。所以说近期不太会有人敢南下对抗祖大寿的军队。此外，有不少起义军头领不服管，起义军分崩离析，其余的也都是些墙头草，见风使舵。不管怎么样，起义军势头正在减弱，是时候一举歼灭他们了。

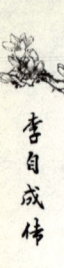

祖大寿翻开地图，上面标有起义军和他自己军队的位置。看来看去，祖大寿认为，李自成他们除了穿越潼关口，别无他路。那儿定当是一场决战！愿老天爷保佑，让他祖大寿把起义军这颗毒瘤永远清除！

祖大寿击击掌，从外边进来一个送信的太监，太监深鞠一躬。"快去备好我的行装，命令各军明日天一亮就进军。"太监又一次弯腰行礼，然后无声息地消失在门帘后。祖大寿再次合上双眼。等待他的是一场大战，无论是对他的仕途，还是对他一生来说，这恐怕都是一场关键之战。

帐篷内室薄薄的帘子后，祖大寿所宠幸的舞女秋儿倾听了一切，她心急如焚，因为已经来不及通知闯王了，即使她现在马上动身去李自成的营地，恐怕也为时已晚。她只有等待……

农民军营。潼关口附近。

深秋的天气一天比一天糟糕。秦岭山脚下冰冷的道路把士兵们冻得瑟瑟发抖，狂风阵阵吹来，冰冷刺骨。李自成暗自庆幸，还好把罗阳与他心爱的宝簪送到了大本营，而不是拖他们一起行军。

另一方面来讲，这样的气候条件下，恐怕敌军也很难追踪到他们，而起义军目前没有足够的力量与敌军公开对抗，有太多的头领带着自己的人马离开了大部队。

留在陕西等于自取灭亡。首先，军中粮食几乎耗尽。其次，哨兵前来报告说不仅是朝廷的人，还有一些地方势力也准备来攻打实力减弱的闯王的队伍。同时，有传言说附近某个地方拥有一处皇家陵墓，里面珍宝无数，不少队伍里的将领们，手里只要有一千人马的，都蠢蠢欲动。

李自成身边的一些所谓的志同道合者也在背后议论纷纷，心怀鬼胎。这背后的小动作能逃得过李自成的眼睛？他们可大错特错了，这些年来李自成在师父罗阳的帮助下，到处安插了眼线，不但在敌人那里，还在自己人这边也布满眼线。队伍里每一刻发生了些什么，底下议论些什么，李自成一清二楚。有好几次这些情报救李自成于危难之中。

起义军准备了一个夏天，所以行军基本没有什么困难。马蹄上包裹了皮革，以免它们在山坡上受伤，士兵们也都带上过冬的衣物。大部分头领把钱物也留在陕西，藏在只有他们知道的秘密地点。而陵墓的宝藏，或者更确切地讲是张献忠他们夺取金银财宝之后所剩下的东西，被李自成靠得住的心腹运到大本营。李自成总有预感，这些东西以后还会派上用场。慢慢地李自成的队伍到达了潼关口。他环视四周，深知此处为伏击最佳地点。可按理说，朝廷的队伍不可能那么快到达此处，因为他们通常携带众多行装、辎重和火炮。他当然没预料到，祖大寿早就计算好了一切，抛下辎重，加速赶到潼关口，比李自成他们要早了足足两天。

当从附近悬崖上密密麻麻的飞箭和火枪射击而来时，李自成才意识到他们中了埋伏，这下可完了！他身边的骑兵一个个掉下马来，到处是痛苦的尖叫声。有的士兵试图用火枪反击，可距离太远，敌人又居高临下，他们根本不可能射到敌方。更糟的是连重新上弹药的时间都没有。

有的士兵举起盾牌，尽量身靠峡谷一侧山壁，想避开敌人火枪射击，但这一招儿也不奏效，朝廷的人早已占据了有利位置，从两面炮击，想躲也躲不开。而他们自己则能轻松避开起义军的射击。

第二部 谋士

-205-

战斗开始没多久起义军的骑兵就都纷纷倒下。骑兵们的优势只体现在开阔战场上,而在狭窄的峡谷里遭到伏击时,他们如同瓮中之鳖。

李自成发疯似的拉着马原地打转,他想看清战局,但只觉得眼前一片灰暗,什么也辨认不清!周围一片血腥场面,士兵们如同靶子一样,身中多箭,那些用盾牌挡着身子的将士们也未能幸免。短距离射过来的弓弩一下子刺穿盾牌,像手指戳破窗户纸一样容易。

痛苦的号叫声响彻峡谷,李自成好几次用刀剑劈开飞来的利箭,但最终一颗流弹击中了他的战马前胸,马跪地倒下。

幸亏李自成身手敏捷,他侧身一翻滚,迅速站立起来,举起盾牌,奋力抵挡如暴雨般袭来的飞箭……

突然,一只有力的手抓住他的衣领,一把将他甩上马背。李自成定神一看是他的手下刘宗敏。与李自成不同,刘宗敏并没有把家里人送到北方大本营,而是拖着妻妾行军,当时为了这一点李刘二人还发生了争执……

现在刘宗敏除了自己这条命,还有家里人的安危要保!想当初,是有人警告过他的。

"闯王,咱们可以组成一队,冲到山里边,必须穿过敌军的防线,这可是唯一的办法。"

"那如何办得到?"

"前面几里路外,左边有一条山路,咱们沿此山路冲出去。得快,要不然那山路也会被堵死了……""可咱们的大部队怎么办……"

"没法子救了,两边的路口都被封锁,敌军剑客已经开始攻来,咱们是鸡蛋碰石头啊!闯王,从这次埋伏看,我们队伍里面有敌军的奸细……"

"毋庸置疑……也不足为奇了!"李自成用嘶哑的声音说道。他一瞬间想到了秋儿,为什么她没有给他发出警告……可李自成立刻就抛开这个念头。以后再说吧,现在正火烧眉毛,没工夫想这些了……

他又一次看了看四周,手下的弟兄们一个个倒地死去,这可是多年来他培养的将士们啊!

"没法子救了!"刘宗敏大声叫道,这时两侧已经聚集起密集的敌军,"我必须让你逃出去,将来你会重整旗鼓,挽救咱们的大业……"

一小队人奋力冲上前去!保护李自成的士兵们用身体挡住射过来的箭头和长矛,一批倒下,又一批立即上来护住闯王。所有人组成一个楔子形向前冲,突然刘宗敏大喊一声下令,他们便立刻向左转身,一步步冲上斜坡。

李自成在刘宗敏身后,他看不到前方所发生的一切,不过从惨叫声中可以判断出,他们的先锋士兵正和朝廷的人硬碰硬对抗。移动的速度开始放慢,他们这队人马终于突破了敌军的障碍,深入到山林灌木丛中,后卫士兵们拼命向追击他们的敌人放箭,将他们拦在后边。

李自成正想歇口气,刘宗敏用刺耳的声音对他说:"这才刚刚开始,我们突破了第一条防线,可据情报,前边还有两条这样的防线……而我们人太少了……"

但李自成只是不停地摇着头:"我们定要冲出去,否则死路一条……"

他们浴血拼杀,有十几个弟兄牺牲了,可最终还是突破了第二道、第三道防线,将朝廷的人马甩在后边。李自成他们冲

进山中，越走越深，这是他们唯一的出路。粮草供给几乎殆尽，衣物千疮百孔，所有人都已筋疲力尽。这一场战斗不仅是起义军的转折点，也彻底改变了中原大局。当然，这是后话了。

李自成他们在山路上逃亡的第六个昼夜……

"闯王，您瞧，那是什么？"一个士兵向一条幽深的小路指去。只见茂密的灌木丛中隐隐约约显现出一座建筑物的轮廓。

"难道是堡垒，在这个鸟不拉屎的地方？"刘宗敏惊讶地自言自语，李自成则满怀疑虑地摇摇头："或许是座庙宇吧……"

他下马，整了整盔甲，拨开灌木丛，径直向建筑物方向走去。刘宗敏也紧随其后。

他们来到一个林间空地上，另一端矗立着一座庙宇，年代已久，像是荒弃的。砖石上覆盖着苔藓，通往入口的路径上杂草丛生，阴暗处还有少许积雪……看样子最近没有人来过此地。

"此地并非藏身之处！"刘宗敏说了一句。李自成点点头："我进去看看里边有什么……"

"你不是不相信什么占卜命运之说吗？"刘宗敏有些警惕地环视四周，"要是里边有埋伏呢？"

"你自己也看到了这里没有人的踪迹，再说，我们九死一生逃出来，还有什么可怕的？我还是进去占一卦……看看老天是否眷顾我，只是需要你帮我个忙……"

"闯王，您吩咐便是……"

"要是算出来的是凶兆……那么你定要砍下我头颅，然后带手下弟兄们另寻他路，能答应我吗？"

刘宗敏顿时目瞪口呆地盯着闯王，点点头……李自成也苦笑了一声。他毕生都不信那些神神道道的算命先生，可如今连他也不得不信命了……他脑子里浮现的只是那个半路上碰到的老太婆，还有师父罗阳的话。想着想着便踏入了庙宇的门……

屋子里一片黑暗，阴冷潮湿。但奇怪的是，靠墙壁处摆放着照明灯，灯芯像是被点燃过。周围有灯油和其他一些气味。厅堂的拱顶漆黑一片，透着灯光依稀可见一个祭坛，上边摆放着一个铜盘子，里面是两颗写有一些标记的骰子。李自成走到祭坛前，双手捧起骰子。左看右看，不知该怎么用它们。他正想把骰子放回去，只听从厅堂黑暗处传来一个低沉的声音：

"闯王，请掷骰子……"

李自成被吓了一大跳，他立马拔出剑，四处张望。

"是谁在此？"他大叫一声。而从拱顶处回答他的是一个充满嘲讽的笑声。

"是你自己在此，"那个声音说道，"和你的命运，投骰子吧！"

"有种出来，我想见识见识你究竟是何人？"闯王有些傲慢地说道。那个声音犀利地回答："闯王，事关你的命运，还有你亲人的命运，掷骰子吧。"李自成放下剑，不知何故他又一次想起了那个如同人间蒸发般的老太婆。好吧，投骰子就投骰子，又有何妨？反正已经全军大败，走投无路了，又能糟到哪儿去呢？他把骰子放在手心，吹了口气，然后一下子扔到铜盘子中，静静等待……骰子咣啷啷转了几转，停下来，上面写着难以读懂的图案。李自成焦急等待着，大气不敢喘。只听那个声音中带有惊讶之意：

"英雄，将来前途无量！骰子上是这么写的……"

"那然后呢？就这些？"

"不，占卜还未完。要投第二次……"

李自成满怀对未来命运的期待，擦了擦额头上冒出的汗珠，然后从铜盘子里捡起骰子，又扔了一次，他的双手甚至由于激

动而有些颤抖……

"你将会赢得一生中最伟大的胜利,彗星之子!骰子上是这么写的……"

"那还有呢?"闯王咬了咬嘴唇急切地问。

那个声音平静地说:

"再投第三次……"

李自成手指弯曲着,小心翼翼地拿起骰子又扔了出去,这两个骰子几乎没有翻转,就一动不动地定在祭盘上。

"你将成为天朝皇帝……"

李自成抿了抿干涩的嘴唇:"是不是我还要弄瞎一只眼睛,来证实你的预言?"

他的话音还未落地,只见油灯一盏接一盏突然闪烁不停。最后,厅堂中完全被黑暗吞噬,只看得见李自成身后大门透过来的一丝亮光。周围寂静无声。李自成内心此刻却是如熊熊烈火般燃烧,他只觉得体内有一股力量正在膨胀。毫无疑问,之前的疑虑被打消了,他真的会振作起来,成为天子!

他整了整佩剑,大步迈出了庙宇。

站在他面前的是一小队人马,除了五十个左右剑客和骑兵,还有刘宗敏的妻妾和仆人站在一旁。

李自成向所有人扫视一圈,看到他们眼中露出的只有最后一丁点儿希望。他镇定一笑,然后斩钉截铁地说:

"我将成为皇帝,你们谁跟我走?"

所有人齐刷刷,如同一个人似的,向前跨出一步,单膝跪下。刘宗敏看着闯王说:"闯王,您当初说得对,我不该带着妻妾,真是愚蠢。她们体弱多病,会拖累咱们。而从今往后,我定当自始至终跟随您。要是我死了,我所有的一切都不会落入敌人之手……"

他拔出剑一下一下刺入妻妾的胸口,那些可怜的女人们甚至还没来得及反应过来,便成为剑下鬼。仆人们赶紧跪下,高举双手恳求放过他们。刘宗敏用妻妾的裙摆擦了擦剑上的血迹,将剑放入剑鞘,说道:"你们走吧。你们的命运和我无关。"

然后他走到李自成身边,坚定地说:"我刘宗敏毕生愿随闯王……"

李自成点点头,一下子跨上马背。

"走,咱们继续前行!"他坚定不移地发出了命令。

祖大寿军营。

当祖大寿得知李自成从他精心布置的陷阱中逃脱时,暴跳如雷大吼道:"一帮蠢驴!你们还能办成什么事?你们人数起码是那帮暴民的三倍之多,怎么会让他们逃走了?"

"统帅,他们一小队人通过侧翼突破防线逃到山上去了!他们抛下车队,还杀了妻儿,轻装逃走了!我们一路追赶,可在山间石子路上,就连最有经验的猎人也无法辨认踪迹!"

祖大寿坐回到柔软的垫子上,环视了一圈屋子里所有的将领们。他脸上的表情渐渐柔和起来,说话声中透着一丝得意:

"除了那个闯王外,还有多少人逃了出去?"

"算上那个李自成,总共十八个暴徒……加上山里气候恶劣寒冷,还有野兽出没……我们觉得只有个别人能活下来。"

"嗯,这便好。"祖大寿说此话时,注意到屋里众多将领如释重负般地叹了口气。他们个个都在担心自己是否会人头不保。

祖大寿心想,要不是秋儿的温柔、爱抚,他自己还不是每天都是一根紧绷的弦一样……那些手下蠢蛋们,又有谁知道他

这几个月的艰辛？他是如何日夜难眠、焦急……他和自己的心腹也做好一切打算：要是大败就北行投靠女真，要是大获全胜到紫禁城邀功受赏去……可现在即使是胜利也不能保证万岁爷会对他加以信任重用！如今一切该了结了。

"你们且听令。"祖大寿扶着一旁的太监站起身，盯着手下人，"持有武器的囚犯处死，妇人与年幼者放回家中，现在各县民心不稳，还是少生事端，让他们回家。各军准备乘胜追击张献忠的残余，是时候放火烧了这只'黄虎'的尾巴了，斩草除根……"

四川。"黄虎"张献忠军营。

进入了寅年（戊寅年，公元1638年）冬季，张献忠他们感到了从未有过的艰辛、困难。他手下的头领一个接一个离开，队伍遭到朝廷西部军的重创，逐渐失去了他们原先所占有的领地和有利的战略阵地。

更糟的是还有军队的供给问题。该死的祖大寿切断了所有粮食供应渠道，现在他们的人不得不靠削减份额勉强维持，甚至在必要的时候宰杀马匹度日。军心动摇，一开始大家只是私下议论，可不久前底下的人开始公开表示不满。必须紧急改善这一切才行。这样，开春前张献忠将自己的队伍转入防守状态，因为防御总是比进攻消耗小得多。朝廷西部军队尽管大胜李自成，可他们也元气大伤，所以一下子还没有足够力量击败他张献忠近十万强兵。开春后，张献忠思谋着如何走下一步棋。

卯月（约3月）中旬的一天，"黄虎"召集起所有忠诚的手下，征求他们的意见下一步该怎么办。

在场的每个人都很清楚当前的形势。和朝廷西部军公开对抗，等于以卵击石，因为力量实在太过悬殊。再加上皇帝赦免令一下，农民们就觉得起义军并不是救星，而是灾祸所在，百姓们也就不像原来那么支持起义了。也就是说，起义军在地方上根基也已动摇。那么也意味着很快他们将面临缺粮饥饿的问题，随之而来的便是投降入狱。

危机从四面八方而来，他们只有两种选择：要么战斗而亡，要么成为可耻的阶下囚。

"老回回"和以往一样，说话尖锐且毫不留情："咱就拼了！死就不和那烟花一般转瞬即逝？死个痛快，然后就解脱了……"

"曹操"有着自己的小算盘，他和当地一些商家关系不错，能把夺来的战利品卖个好价钱，因此他尽量说着软话："'老回回'，你和你手下那帮人都没什么牵挂，生不带来死不带去。可我不一样，我还有不少事儿要办，还要给后代留下点儿什么……死嘛，终归要死，早死不如晚死，咱们得另寻出路，得体体面面活一回，事儿办成，这样也不至于到时候羞于面见地底下的兄弟们……"

张献忠哈哈一笑：

"'曹操'你说起话来和那些商人差不多，好像你家世代就是做生意的……"

"曹操"嘿嘿一笑："到什么山唱什么歌嘛！"

"行了，我明白了你的意思……还有什么别的想法吗？"

四周鸦雀无声，没有人再敢说什么。张献忠此刻心想是否要逼一逼这帮人说话，可正在这时"闯天王"，这个在甘肃曾经当过文员的老将站起来：

"'黄虎'，且听我说个故事……这是南边一个水手告诉我的，他从一个佛郎机（明朝称葡萄牙人）那儿听来的。这个故事里说到一个海盗被敌人逼得处于绝地，然后他就投靠了地方上的权势，为其效忠，他和他的人都得到赦免……"张献忠听此突然身子一颤。像这样的事儿在他脑海里已经闪现过多次，但他从未敢公开说出来，而现在这帮人会做出何等反应？

可让他惊讶的是这样的建议并没有引起什么争议和谴责。恰恰相反，所有人都开始七嘴八舌，谈论起如何安排这次"荣誉归降"，有什么办法能保全自身利益。其中声音最响亮的当数"曹操"。

张献忠耐心听了片刻，然后举手示意。底下顿时安静下来，张献忠暗自沾沾自喜，这说明他在军中的权威仍然不可动摇："依我看，你们没有人反对归降于皇帝？"

有人咳嗽了一声，有人发出喘气声，但没有任何反对意见……
"那么张献忠我愿效忠皇帝。'老回回'你作为归顺使者前往紫禁城。我所求不多，赦免我的手下，并给我的十万士兵发放月例。皇帝要是和我们打仗，那损失会远远超过这个，所以他应该会同意的。我这要求不高。而我们……就暂时效忠朝廷吧。反正我们也不是朝廷正规编制的，要是情形不妙，随时可以改变立场嘛。你们中间，谁不同意我的做法，就滚蛋。我不会记恨的。风水轮流转，谁知道命运将来会如何安排呢？所以说大家好聚好散吧。行了，我就说这些。"

说完张献忠起身大步迈出军帐，只留下屋子里的人慢慢回味他的话……

京城。紫禁城。皇宫。

皇帝朱由检哈哈大笑："他这个'黄虎'，简直就是一只狡猾的狐狸，算盘打得这么精！也好，这么个精干的将领为朕效忠，哎，要是朝廷将帅没把这只老虎逼得走投无路，天知道他还会干出多少让朕头疼的事儿……对了，你叫什么？"朱由检身坐龙椅，高高在上，问着底下的起义军使者。

只见跪着的使者抬起头回答：

"皇上万岁，草民马守应回话……"

"你胆子不小，竟然敢到朕这儿提这样的条件。知道接下来会发生什么吗？"

"皇上，草民年已老矣，不惧死……"

"那朕就告诉你，什么是真正值得畏惧的，那便是继续活下去。朕接受你们头领的归降。朕还将授予张献忠湖北军统帅之职，那里你们能安顿自己的人马。从今往后你们都是属于朕的，朕可随时处置你们。你等妄想反主。否则等待你们的就是高迎祥那样的下场。好吧，你回去，把朕的意思转告给张献忠。"

就这样，闯王的军队和朝廷长期以来的对抗就暂告一个段落。次年卯年（1639年）其他好多个起义军头领都纷纷归顺朝廷，其中有"射塌天""过天星""混天王"等，还有十五个大大小小的头目。

紫禁城为此上下一片欢腾。所有人都相信，这场大混乱已然了结，天下太平，等着他们的无疑是繁荣盛世。

紫禁城日日烟花爆竹不断，京城大街小巷里亦是歌舞升平，更别说那些酒馆里的老板了，生意如此之好，个个笑得合不拢嘴。中原上下也是欢天喜地。

然而与此同时，在北方山海关以外，女真族已全副武装，正等待机会攻打中原。由于连年内战，许多地方力量被削弱，防守松懈。

此刻，天朝正沉浸于祥和欢乐之中。农民们回家种田，工匠们返乡做工……殊不知，随后即将来临的是种种灾难，新一轮旱灾、虫灾、饥荒、瘟疫正在悄悄袭来……

陕西北部某地，将星李自成正组建起新的力量，起义之火正慢慢燃起，很快局势又会发生逆转。

第三部　天子

第一章　新的拂晓

河南。开封周边。

砰！只见一个衣冠华丽之人头朝下倒在路边春雨后积起的水坑里，溅起一片片泥泞，引得旁边一群士兵哈哈大笑，笑声震耳欲聋。

此人身穿丝绸衣裳，肥头大耳，身形肥硕，他像一只被压扁的屎壳郎一样躺在水坑里。周围喧闹的人群似乎特别得意，其中大部分人为闯王李自成的士兵，其余的则是河南山区偏远村庄的农民，他们对该税吏被羞辱这一情景毫不怜悯。

这个税吏先是像狗一样四肢撑地，然后膝盖跪地，再身靠旁边一根柱子慢慢站起来，他脸上厚厚的一层淤泥也掩盖不住那恶狠狠的眼神。

他有些滑稽地拉了拉衣裳，试图伸出手整整发髻，不过他的手碰到了头上的泥块。

一个威武的士兵站在他前面，从他的着装标识来看，至少是个百夫长。士兵仔细地拍了拍手套上的灰，双手叉腰说道："狗官，你甭说咱闯王没警告过你，你把前一天收的税还给这些人！"

税吏噘起嘴，这使他的样子变得更加可笑，他用令人意想不到的尖细嗓音开口说话了，似乎像个太监："本大人可不想听命于一个土匪暴徒！"

站在一旁的士兵们一听到这个狗官如此亵渎他们尊崇的闯王，一个个立刻拔出刀剑，恨不得将税吏切成碎片，但那个百夫长让众人安静下来。这个饱经风霜的老士兵,脸上布满了一道道在洛阳之战中被砍伤的疤痕,他一手高抬,周围士兵们马上就像兵马俑塑像一般一动不动。可大家还是用仇恨的眼睛瞪着税吏。

这个税吏一看到四面闪闪发亮的刀锋,就吓得蜷缩起来,他用两只手死死抱住头,可刀剑并没有砍下来。相反,那个百夫长伸出手,将他从路边的水沟里拉了出来。

"这次我且饶过你,你对我们闯王不敬,因为你并不了解他这个人,你可从未与他同甘共苦并肩作战过。你现在和我的人一起到附近城镇驻军头领那儿……你只需要说服他们,听清楚了没,说服他们交还给这些百姓所有被你们夺走的财物。就这么简单!"

"可他要是不答应呢?我算什么人,又不是他的头儿!"税吏听着百夫长平缓的语气,自己也稍稍平静下来。

"不过听说他派给你士兵,听你指挥,对吧?要是只是让他打开仓库门,而他自己离开即可?别的不需要他做,我们的人从仓库里自己提走东西发放给百姓们。弟兄们,你们说是吧?"

从人群中传来一阵阵笑声,有人喊道:"呵,我们可有的是力气……"百夫长点点头:"当然,砍柴人嘛,有使不完的劲儿,可最好还是让该出手的人出手。这下咱们可以放心,不至于引来朝廷的人。闯王可不希望不必要的流血。"

胖税吏喉咙有些哽咽,他似乎暂时忘了刚刚经历的屈辱,"他不希望不必要的流血?洛阳失守时难道就没血流成河?而现如今开封周边呢,流的难道不是士兵的血,是清泉水?"

百夫长讥笑一声:"沙场嘛,哪有不死人的?他们死得也荣耀。可要是因为愚蠢念头而不接受我们提出的条件被杀头,那就是千古奇耻了。你把我的意思转达给驻军头领。他这样能保住自己和手下士兵的命，顺应天道，我们闯王说过，在这世上人命最重要。"

那个被路边泥泞弄得脏兮兮的税吏有些冷得发抖，百夫长见此，脱下自己的斗篷递给他："拿着吧，可别在开春伤风着凉，前面等着咱们的是一片光明呢！"

税吏裹了裹身上干燥温暖的斗篷，然后有些疑虑地摇摇头，但还是屈服了……

农民军营地。河南。半年后。

"背叛过一次的人就会有第二次！"罗阳喃喃自语，可李自成听了这话只是笑了笑。他直愣愣地盯着站在他跟前的"曹操"和"皮革眼"。

"你这建议恐怕无用。咱们的处境不妙，别无他路。"李自成仔细地看着军帐里的所有人。

"黄虎"的这些手下们个个鞠躬低头，表示对闯王李自成的恭敬与服从。不过这些人眼神里露出的可是另一种心思。那是狂傲不羁的眼神。很显然，他们归顺前首领并不是一时冲动，而是深思熟虑后的决定，并且都希望能在军营中与其他头领平起平坐。

李自成自攻打开封未果之后，性子也越发沉稳，他并不急于回答。那次失败后紧接着是一系列胜利，之后各地一股股分散力量纷纷拥向他而来。可他还是没有料到像"曹操"这样的名将也投到他麾下。李自成终于开口问了"曹操"这么个问题：

"'黄虎'张献忠究竟是怎么对你不仁不义，以至于你离开他的营地翻山越岭到我这边来？"

"曹操"脸上划过一道略带讥讽的微笑，但没有人注意到：

"难道说就我一人识时务吗？听说'老回回''左金王'他们也打算投靠你……"

"即使像小袁那样的年轻将领，也急着发誓效忠于你。""皮革眼"接过话题，一边眯着眼瞅瞅同伴问，"我说得对吧？""曹操"只是略微点点头表示赞同，而他的目光则一直没有从李自成那张毫无表情的脸上移开。深入虎穴，可不能放松警惕。但这个经验老到的土匪头子心里明白，此刻自己就算有什么反抗，胜算几乎为零。

李自成若有所思地点点头。"你这么做有自己的理由！"他说道。坐在一旁的罗阳只是笑笑："理由……诸位还记得当时'黄虎'的队伍刚刚惨败于朝廷官兵，数十万士兵沦为俘虏，而他自己据说也身受重伤，好不容易侥幸逃出保了一条命，然后就到闯王这里。"

罗阳头头是道地说起上次的情景……张献忠那时候不得不咬牙低头，请李自成收留他。在朝会前一天晚上李自成还信誓旦旦地对罗阳说要暗杀"黄虎"。因为张献忠在李自成落难时拒绝出手相助，闯王对此耿耿于怀。但师父让他仁慈，并且目光要放长远。

"现在你杀了他，只会让他手下的那帮人更加坚信你一直畏惧张献忠而现在正好找到借口除掉他，这可不是强者所为。放过他，给他点儿兵马，让他们在南边给朝廷制造点儿麻烦，这样还能转移目标，让朝廷不那么盯紧我们进京之行。"当时罗阳在他弟子耳边低声说道。李自成则摇摇头："这不就是刚刚'曹操'偷偷给我的建议吗？"

他小声哼了一下。"怎么？"罗阳有些紧张地问。李自成笑

着说:"我已经答应给'黄虎'五百骑兵,派他前往汉江以南地区。那边有大批朝廷的官兵,让他们去消耗,我们能腾出手来干自己的事儿。更何况一山难容二虎,我了解自己的脾气,还有他的脾气!"

如今,张献忠以前的头领们向李自成发誓将效忠于他。

李自成俯身问自己的师父:"依你看,他们的所谓忠诚会持续多久?"罗阳耸耸肩:"一言则信,二言则疑,再言者,或欺人也……关于忠诚与否,你若说得太多了,'忠诚'二字反而不值了。可不管怎么说,这些人对你有好处。就这么办吧。"

闯王思索片刻,然后站起身说:"我与你们二位相识也不是一年两年了,你们皆为久经沙场的老将,英勇善战,在队伍中威望极高。我同意接受你们加入我们的队伍,但有个条件……"

"皮革眼"和"曹操"都挺了挺身子仔细倾听。他们早就商量好了,强者为王,所以李自成的条件他们都应当接受。再说,李自成这么精明的首领,不会不权衡利弊吧?

"在我军中,众人平等。不允许自高自大,蔑视欺辱下官士兵,否则便请出我军营大门。我们这支队伍是穷苦百姓的队伍,可不许看不起贫苦百姓。我不会强求你们穿破布衣裳,可奉劝一句,自己的那些绫罗锦缎金银财宝连同女人一起,藏好别显摆出来,士兵们几年都没和家里团聚,看到你们显露富贵,恐怕会不满。"

传闻"曹操"带着一车子财宝还有好几个美艳女子,他听到此话顿时皱起眉头,不过一会儿便舒展开:"可我是否能将自己的随身物件安置于军营外?"

罗阳哼哧了一声,"皮革眼"则惊讶地盯着自己的同伴。

李自成哈哈大笑道:"是啊,老兄,还有什么比精力旺盛、士气高涨的将领更能带动底下的士兵呢？哪还有什么比在五六个美艳动人温柔似水的女人怀里入睡更能让人精力充沛呢，你说对吧？"

"曹操"嘿嘿一笑："要是这是我唯一的过失，那不是小题大做吗？闯王，你自己也非僧侣，家中有娇妻，行军途中也有女人相伴……"

李自成点点头，说："'曹操'，你说得没错……只是我从不炫耀。我从不披金戴银，我甘于和底下将士同吃一个锅里的饭。你在军营之外干什么我不管。只要不影响到我们队伍的士气即可，否则后果自负。"

"曹操"笑出声来：

"那我就放心了。至于我和我的人骁勇善战，这点你很清楚。'皮革眼'的情况想必你也了解。咱们联合起来，能给皇帝小儿点儿颜色看看！"

李自成脸上掠过一丝笑容："'曹操'，别急，等时机到了自然能成。"

"可天知道啥时候时机成熟？"

罗阳紧皱眉头走出军帐。现在他的弟子身边围着太多居心叵测的人，他得帮帮李自成……

峡谷一战李自成大败，率少数将士来到陕北冰冷的大本营时，心灰意冷。他们认为起义之火已被熄灭，加上皇帝下令大赦和救援饥荒之地，他们再也无力发动农民抗击朝廷。

农民们分散回到自己的村庄，一些将领，比如吴三桂和其心腹们则完全归顺朝廷。吴三桂此人野心勃勃，粗鲁无礼，他甚至要求皇帝发给他不少银两以供养其十万军队。可皇帝呢，竟然发给他银两！"黄虎"张献忠当时也投靠了朝廷，可一年

后他又背叛了皇帝，举旗南下。

紫禁城危机四起，接下来的几年里，中原大地遭受旱灾，女真入侵践踏北方各地，灾难重重。农民们面临饥荒，生存成了问题，他们再次被李自成的起义队伍所吸引。闯王李自成从箱子里拿出宝剑……

冬季来临了，他的队伍拥有近四十万骑兵和三十万剑客，这还不包括弓箭手和火枪手。朝廷军队里不少炮手也聚集到了起义军麾下。

罗阳悉心指点，加上那些原来朝廷精锐将领在此操练士兵，闯王的队伍日益强大，令人刮目相看。骑兵就更是日日夜夜操练，李自成意识到他的主要优势在于出其不意。在进军京城的途中他发现有好几处江河阻挡，所以面对这一情况，他要求自己的骑兵能最大限度地灵活作战，以便于顺利通过水路障碍。

他手下还有几个女真将领也助他一臂之力，那些人不满多尔衮的暴政而投靠过来。正是他们教会骑兵们如何抓住马鬃或是站在马背上骑马过河的！一开始起义军士兵们觉得遥不可及，但经过几个月的艰苦训练，十有八九的骑兵都能稳稳当当地站在马鞍上穿越水路。这样一来，水浅的江河障碍不成问题，骑兵速度也提高不少！当然，前面黄河水深不可测，但李自成似乎胸有成竹，他定会想出解决办法来的。

河南。树林。

"正是。就这么办，你将毒酒放到李自成的帐篷里，把酒盅放到他身边就立即离开，在哨兵抓到你之前赶快消失，我可不想让你死。"

只见阴暗处一个年轻士兵站着，目不转睛地盯着说话的罗阳。

"别忘了换衣裳。"罗阳递给那个士兵一小包东西,仔细瞧了瞧他,然后朝营地走去。

河南祖大寿主力军营。

祖大寿从马背上跳下来,把缰绳扔给旁边的侍从,快步走向帅帐。一群将领围着桌案上河南地形图,上边标有他祖大寿的军队以及李自成的队伍所处位置。朝廷这次下了决心,派出四支大军,有意一举摧毁那个自诩闯王的李自成及其同伙的人马。京城派来使臣下旨,让祖大寿定要除掉大明朝的毒瘤。

祖大寿进屋后将身上的斗篷扔到一边长凳上,随后向各个将领行礼。将领们也立即还礼。其中一新晋将领名龙福宗,祖大寿对他也是青睐有加,此人久经沙场,可不是在皇宫里躲着只会指指点点的官老爷。他是第一批加入打击起义暴民的战役中的将领,屡获战功,当时还参与了追击张献忠的行动。对那个混蛋张献忠,祖大寿是恨得咬牙切齿。他记忆犹新,几年前他几乎将那只"黄虎"逼得走投无路,欲将其拿下,可不知怎么的朝廷里那帮官老爷说放过就放过,而张献忠就那么及时地归顺皇上。

紫禁城那帮蠢蛋大臣,谁也不管张献忠归顺到底是否忠心。一年内白白供养了"黄虎"和他的手下,结果还不是张献忠反水,根本无视与朝廷的约定,再次开始对抗大明朝!

祖大寿当时可是一再派人警告京城的那帮傻瓜,趁张献忠羽翼未丰,将他拿下……祖大寿甚至还抓住了他的妻妾!

这个恶棍张献忠一路北上,养精蓄锐,然后打回来,在长江一带兴风作浪。他带着人横扫湖北,在黄岭一带彻底占了主

动权，随后他的骑兵进军襄阳，一举攻占两个皇室府邸，皇室家属和随从皆被杀，金银财宝入了张献忠口袋。

鬼知道他有没有将财物独吞还是和其他头领分享了，但之后他手下一个个离开他投奔到李自成麾下，被祖大寿打败后，张献忠自己也拜倒在闯王脚下。据说李自成他们并不太欢迎"黄虎"，只是派给他五百骑兵让他到南方某地自生自灭，然而又有人说，张献忠在南边当地又组建起新的队伍！真是难以置信，天下起义的火苗竟然有如此之多！

现如今，祖大寿麾下也聚集起一支庞大的精锐部队，足以对抗李自成的人马。

祖大寿坚信他们能取胜，周大侠的眼线时刻盯着李自成队伍的动向，掌握几乎所有的情况，像人数、训练水平以及最近向何处调遣队伍等。剩下的事儿便是精心布置好陷阱，请他入瓮。

祖大寿搓了搓额头，整理好思绪，抬起手来让大家安静下来。下边立即鸦雀无声，四位统领齐刷刷将脸转向他。

"今日意义非同寻常。"祖大寿激动地说，"咱们终于能将陕西那条毒蛇引出洞了！"

只听下面一片欢呼声，这对他来说是那么悦耳动听。他继续说道：

"据我的眼线报告，李自成他们不会主动出击，但占据了防守位置，准备随时应战。不知那个姓李的怎么打算的，不过这对我们来说是个绝妙的机会，能将他们的人一举击溃。成败在此一举……"

他的手指向地形图上一个三面被山峰环绕的低谷，周围低矮的山丘上覆盖着稀疏的林地，骑兵在此通行困难。

"这样一来,他将失去他们军队的王牌优势——灵活机动性,在如此狭窄的空间里骑兵根本无法掉转,侧翼攻击几乎不可能了。当然这是个不利条件,但我们也能用火炮近距离射击,然后强大的骑兵出击,加上步兵刀剑夹击,足以击垮他们的防御线,然后乘胜追击……"

底下一个将领这时候发话说:"统帅,要是他们还是决定率先攻击该如何是好?"祖大寿笑起来:"他们现在正准备防御,而我们根本不会给他们任何喘息机会,他们已经没有时间做出其他决定了。仔细分析过去他们的战术,看来他们的策略不是那么轻易能改变的,因此我们对李自成可以说是了如指掌。诸位,没错吧?"

所有人点头赞许,只有龙福宗脸上显示出一丝疑虑,这并没有逃过祖大寿的眼睛。

"龙爱将有何异议?"他问道。龙福宗把头向地形图那边摆了摆:"骑兵在山谷中该如何攻击他们的防御线?那些个陕西暴民,诡计多端,保不准他们会将我们的军队引入事先准备好的陷阱中?"

"陷阱?"祖大寿哈哈大笑起来,其余人也跟着发出笑声。好一阵子他才停下来,擦了擦眼角,略带赞许的口气说道:"你预测得周全,这值得佩服。不过我们的线人报告说他们除了在搭建防御沟渠之外,并没有采取别的措施。李自成完全依靠其地理位置的优越性,没有做其他防范准备。他自然精明,不过不会料到咱们等他准备还未就绪就抢先进攻。我们明日正午时分发起进攻。诸位还有什么要说的吗?"

底下一片寂静,没有人持有任何异议,就算是有也是咽了下去。祖大寿这么一否定龙福宗,是给所有人一个威慑。他祖

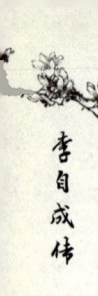

大寿已经胸有成竹,决议已定再难改。将领们个个都想明哲保身,战事成功后他们定功不可没,而万一要是失败了,也和他们毫无干系……再说,他们都认定自己的力量远远占据上风,怎么可能败给那些暴民呢?此时美丽动人的秋儿端上来美酒和果子,放在桌案上地形图一侧……

河南农民军营。

"你也认为他们会进攻?"李自成皱着眉头说,"曹操"耸耸肩。

"我们安插在祖大寿营地的人可靠吗?"李自成摸了摸下巴问。

"那我们也没有时间来充分备战了……这么着……你把那个哑巴带到这边,我有几个问题问他。"

"曹操"在门口不知朝谁仰了仰头。一个手下立即行礼后冲出了帐篷。"曹操"又转身面向地形图。

"我们再怎么样也不会损失什么!"他的手指点了点山谷两边的山路,"祖大寿确信我们的骑兵通不过那些山路,所以对侧翼放松警惕。但他万万想不到我们几天前已经挖好了'野路'!只要他一出现在山谷,他就会被山上的火攻和侧翼骑兵夹击!定让他完蛋……"

"可祖大寿他们一直向防御线射击,我们也会损失不少弟兄!""老回回"说,他摇了摇头,"我们必须想出什么对策,要不然伤亡也会惨重的!"

正在此刻,两个士兵将"周大侠"推进了帐篷。只见他双手被细细的绳索反绑在背后,紧绷的绳子嵌入他的皮肉中,让这个奸细疼得面部扭曲。他被带到李自成面前,跪下后用恶狠狠的眼睛盯着闯王。

闯王则从长凳上站起身来，向这个阶下囚迈出一步，蹲下身子：

"你这个老奸巨猾的家伙，怎么，还是不说话？你该明白，我会让你生不如死！"

"周大侠"突然撇撇他那干裂的嘴唇：

"我说了又如何？你不还是会杀了我吗？"

"那可不一定。你要是告诉我些什么有用的，我保证你死得痛快。否则你自己心里有数，等着你的将会是什么。"

"周大侠"直摇头说："你这个穷放羊出身的，无论如何也打不过祖大寿的……"

"对，我是穷放羊出身的。可我现在呢？好了，我问你，祖大寿有多少士兵？你可别妄想骗我！"

"周大侠"又一次直摇头：

"闯王，我说了你还真别不信，近来我对你们颇有好感。我越是了解你们，就越开始怀疑大明朝是否还有以后。像你这样的人将亲手埋葬朱家王朝。可惜，我已经不能亲眼见证了……"

李自成惊讶地盯着这个阶下囚。

"你为何如此吃惊？难道你认为我就毫无自己的思想，只有皇帝和那帮愚蠢的宦官才有？我曾经也遭受过朝廷的迫害，亲人被杀……我也有自己的目标……"

"那你所谓的目标究竟是什么？"李自成歪着嘴讥笑一声。他饶有兴趣地盯着这个跪在地上的奸细。而"周大侠"则睁开眼直视着闯王：

"那便是要朱由检和那帮皇室的人去见阎王。我当年家里人就惨遭杀害……一个喝得醉醺醺的朝廷士兵闯入我家找酒喝，

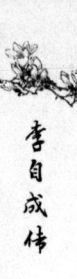

见了我老婆还有三个女儿，兽性大发……可怜我的妻儿，就这么悲惨，叫天天不应，叫地地不灵……我那时候在军营里，等回来为时已晚……只见她们四个躺在血迹斑斑的地上……我最小的女儿只有五岁……"

他说此话时眼里却是一滴泪水也没有，他的眼泪早已流尽。

"那时候我便发毒誓定要报复皇帝小儿。我成了一个奸细，朝廷军队也好，起义军也罢，任何能对皇帝小儿不利的事儿我都干……闯王，你也不想想，你们怎么就这么轻易抓到我？"

"周大侠"此刻竟然有些忧伤地轻声一笑。闯王手下的将领们都惊讶地对视一眼。

"你说这话什么意思？"李自成俯身问道。"周大侠"只是淡淡地说："很简单。我要是想逃走，早就神不知鬼不觉地离开了，没有人会瞧见我。闯王，如今风水是该转到你这里了。你早已触动了朝廷的根基，是时候搅个天翻地覆了。祖大寿是你成大事路上最后一块绊脚石。别错过良机。记住，你身边背叛你的人远远比你想象的要多得多。至于我嘛……"

闯王和手下的人还没来得及反应过来，"周大侠"便轻松挣脱了捆住他的绳索，冲到"曹操"跟前一把抓起匕首，猛地刺进自己腹部……他慢慢地倒地，脸上带着平静的微笑……

李自成目瞪口呆地看着他的身体发出最后的抽搐，然后转身瞧瞧手下的将领，他们个个皆被眼前一幕所震惊，如石雕般一动不动。

"这个奸细告诉我们的消息至关重要，祖大寿准备明日正午时分进攻，那我们给他个措手不及，明日清晨主动出击，是时候给这条皇帝小儿的走狗一点儿颜色看看。"李自成说完便猛地朝军帐外走去。

河南西部军营。

祖大寿还在睡梦中,只觉得有人猛摇他的双肩,便惊醒过来!他正恼火,是谁胆敢把他叫醒,但他立即平复心情,看着副将惊慌失措的脸:"怎么了?"

"统领,李自成杀过来了!带着不计其数的人马!第一梯队已开始逃窜,他们的将领根本不服从命令!"

祖大寿急忙一把抓起盔甲和剑带,向军帐外走去。他脑子里一片混乱,千头万绪,理都理不清。突然他背后一把匕首向他刺来,可祖大寿反应敏捷,就算是在这么混乱的思绪中他还是猛地躲过了这致命一击。

当匕首第二次刺过来时,他已经完全转过身掌控了局面。原来刺客竟然是他心爱的舞女秋儿!祖大寿用粗壮有力的手一下子抓住了她。

他稍稍一扭秋儿的手腕,姑娘柔弱的手里握着的匕首便掉落在地。祖大寿操起拳头,猛烈一击秋儿的头,一下子要了她的性命。他抛下剑带,拉过来一匹马,将秋儿的尸体扔到马背上。

随后把马缰绳塞到一个士兵手中,又对跑过来的手下喊道:"快去护住我的钱库!"然后便拼命杀出去。

军营里骑兵、步兵奔来跑去,一片混乱场面……有的急匆匆披上盔甲,有的急着想逃离出去,只有几个百夫长试图控制局面,让手下的士兵稳住阵脚……

只见前边冲过来一匹栗色战马,骑兵已断气,靴子卡在马镫上,他的身子就半挂在空中。他的左臂上悬着盾牌,晃来晃去,垂着的头也如同铃铛般左右摇晃。祖大寿试图抓住马匹缰

绳，可突然有人从后面推了他一把，接着便是弓箭手向他射来飞箭，一连好几次，差点儿击中他的前胸。他好不容易才躲开弓箭手的攻击。

他一路躲着弓箭手，终于冲到了自己的战马"雷鸣"跟前，一下子跳上马背，随后便看到战场的整个惨景……

甘肃领军等敌军一进攻就马上仓皇撤离，可他们一支人马现在被包围得死死的，起义军的弓箭手和重型步兵接二连三袭击过来。这支队伍是死路一条了，祖大寿甚至根本就没想过去救他们！而右翼龙福宗他们呢，看来还是有机会从这场血腥之战中逃脱的。

祖大寿想起战前的情报，是哪个混蛋说山上林子里道路不通，不会有起义军的人的！从那里成百上千的骑兵拥出来，根据这个情况，李自成他们是早有准备，可为何"周大侠"没有注意到这一点？对了，他人在哪儿？一连串的疑问出现在祖大寿脑海里。得赶紧想办法，否则他祖大寿的军队恐怕要全军覆没！

他将闪闪发亮的宝剑举过头顶，挥舞着大喊："将士们，想保命的，不想被俘的，都跟我来！弓箭手掩护，开出一条到林子边缘的路！"

他立即快马加鞭，一路驰骋，道上不少他的士兵还来不及撤到一旁，便被他和他随从的马踏倒，马蹄下尽是一片血肉模糊的景象。求生的本能面前，还有什么道义可言！

渐渐地，起义军的人注意到祖大寿他们，起初十几个人追赶他们，然后人数越来越多！祖大寿看到那边龙福宗率领自己的人和起义军的士兵浴血奋战，便朝那个方向奔去。他们快马杀过来，起义军的包围圈被打破，龙福宗他们也突围出来，到林子边沿的路已无障碍。

祖大寿朝龙福宗那队人马望去,毫不犹豫地向他们挥挥手,指着不远处的树林,龙福宗急忙点点头,朝自己的人喊了几句。

那队人马立刻摆出阵形,用盾牌以及弓箭手、火枪手的射击作掩护,开始向树林前行。

河南。农民军营所在地。

"曹操"千人队的一名骑兵疾驰而来,赶到站在山岗上的李自成面前:"报闯王,祖大寿和第三梯队正企图逃脱!请下令拦住他们!"

李自成却摇了摇头。骑兵吃惊得差点从马背上摔下来:"闯王,让他们就这样逃跑?"李自成则笑了起来:"逃得再远也逃不出中原。再过几年天下就是我们的,明白吗?小兄弟,快传令下去,尽一切力量保存兵力。我们的将士才是明日真正的财富。快去吧!"

骑兵点点头,迅速骑马下山。李自成望着骑兵远去的背影,对一旁骑在白马上的罗阳说:"再有这么几次交战,我手下便无人可用了。"

罗阳只是笑笑说:"小子,要是我没记错的话,这是你手下的第三支队伍。"

李自成笑着点点头。罗阳接着说:"你发现没有,村子里几乎空荡荡的。"

"那里只剩下老弱妇孺,我们队伍的新士兵又从何而来呢?"

"老朽庆幸你思考这个问题了,或许你将成为历朝以来最英明的皇帝……"

"哈,现在我还是把手头儿的事儿处理干净吧!"李自成哈

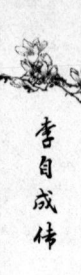

哈大笑道，没有理会罗阳说的最后一句话，"百夫长过来，组织人追击那里的逃兵，不能让他们就这么跑了，把他们赶到老虎沟，那里他们可就难以脱身……"

当寒冷的冬日天空中升起星辰时，战斗终于结束了。千人队领头的前来报告伤亡数量，李自成听后如释重负，他们损失并不严重。起义军总伤亡不超过两万人，而朝廷方面有近十五万士兵丢了性命。只是没有逮住祖大寿，他和一帮心腹突破重围逃到北边去了，而李自成的人由于夜幕降临则放弃了追赶。

最后回到营地的一支小分队带回来的则是舞女秋儿的尸首，可怜的姑娘浑身血淋淋的，被裹在粗布里，可见生前饱受折磨。

整个军营的将士都出来和这个英勇的姑娘告别，尽管在此之前根本无人知晓她的存在。李自成让人将秋儿的尸体清洗干净，用好布料仔细裹上，用推车推向营地出口。他和李过二人在推车一旁护送着，慢慢走出营地。那里有一处地方，专门埋葬在沙场上英勇就义的将士们。

所有在场的将士们沉默不语，悲伤地望着吞噬秋儿尸首的熊熊火焰，猩红色的光芒在他们眼中闪烁，燃起了所有人对朝廷的仇恨。

这次战役总共俘虏近八万人，闯王下令释放战俘，因为根本无力供养这么多人。除了被杀的和被俘的，其余一些朝廷官兵逃了出去。毋庸置疑，这场战斗李自成他们大获全胜。他在其他起义军首领中可以说是开了先例。

此外，来自西部的威胁荡然无存，也就是说，他们可以集中精力等开春了便向开封进军，并为东征做准备。

深夜，李自成终于处理完所有战后大大小小的事，他走进自己的军帐，看到罗阳正坐着专心致志地在纸上写着什么。

"哦，是你回来啦！"罗阳小心翼翼地卷起纸张，将它放到一个空心竹筒子里，"闯王我正等你呢！"

"师父，别总是闯王闯王地叫我……怪别扭的，我只不过是你的弟子而已。当上闯王也仅仅是老天眷顾罢了。"

罗阳倾听着，点了点头。突然问道："你是如何看从古至今朝代更替、帝王变换，而天子不灭其政敌的根基？几乎所有的将领、朝臣、侍卫、宫人，皆各就其位……当然，有一些例外，不过总体来说并无变化，这是为何？"

李自成愣住了，想了一会儿，然后有些无奈地笑笑。他一下子坐到角落里的竹凳子上，旁边便是放着油灯和罗阳文房四宝的桌案。

"难道你知道原因？"他反问了一句。

罗阳笑了起来："当然不知。"罗阳看李自成的眼神犀利异常，就如同一个最严厉的老师，他高举着一只手说，"不过我可以推测一二，希望我的推测能正确。普天下有学识之人寥寥无几，且他们都是官宦将领。皇帝不依靠他们，还能依靠谁？谁来算国库出入、制定法令、记载史册？难道是那些大字不识一个的农民或是手艺人？当然不是！治理天下并非易事，其微妙复杂，从小熏陶学习才行。皇帝又何必要费这些事呢？聪明的做法便是交给他们去做！"

李自成听着，开始收拾起桌案上的文房四宝，若有所思地把玩着毛笔，然后蘸上墨水，在纸上写了一个"道"字。罗阳好奇地看着弟子：

"你这是何意？"

"义……失之毫厘，谬以千里……世上本无易事……"

"那你为何写下'道'这个字？"

"师父，那是因为我至今还对自己选择的道路心存疑虑。我尽力避免流血牺牲，但又无力躲避，到处都是流血牺牲……高氏说我总是在梦中大喊大叫，我害怕告诉她那个梦，就是那个河中尽是血水的梦……师父，这个梦一直缠绕着我，流血死亡，什么时候是个头儿……"

老人仔细盯着李自成，凝重地点点头：

"你能考虑到这一层，实属难得。那你再好好想想当你真的坐上龙椅，你该如何治理天下？听我说，别打断我的话，你只需信我一言，连那个奸细临死之前也说你将成为皇帝！要是你真的想成为一国之君，那么现在就要招贤纳士，让各路英才有用武之地，对待百姓宽厚仁慈。你不仅仅需要善待身边的人，更要恩及天下。有朝一日，这些有识之士和普天下百姓将成为你的臣民！眼下就要早早做打算，铺平道路。成大事者，目光长远也！"

京城。皇宫。

朱由检一只手紧紧抓住龙椅扶手，他的指关节甚至变得铁青……这样还是难以遏制心中的怒火，又一次有人背叛他！这世道上还能相信谁？怎会发生这等事？

"这个祖大寿就这么逃了？他身边的人呢，为何不阻止？真是便宜他了！"

太监总管以及来自陕西的信使和西部各省总督长跪不起。

每个人甚至害怕抬起头来看一眼龙颜大怒的皇上。尽管朱由检声音听上去柔和，就如同一个慈父责备孩儿的过失那样，但大家心里不知为何有莫名的恐惧感！因为他们都清楚，要是不能给皇上一个交代，等着他们的将是什么。而这答案既要与事实八九不离十，又要委婉，免得天子震怒。要是把事实一五一十抖搂出来，那保不准几百个臣子和地方官员的脑袋就都得落地了。在河南一战大败后，祖大寿与其心腹一直向北，逃到了女真的地盘。而当朝廷派人抄家时，发现他家中空无一人，老少妻儿都早已离开。很明显，祖大寿看来早早就做好逃的准备了，事先便将家人带出了京城。

"这个忘恩负义的东西，难道把家眷都送到了山海关外？就找不到替他代罪的人了？"

太监总管抬起头颤颤巍巍地说："皇上，东军统领吴三桂是祖大寿外甥……"

"东军？是我们在北方边界最后的那道防线？"

"禀皇上，正是……山海关处……"

"据朕所知，山海关处无其他军队。"皇帝犀利地看了太监一眼，朝臣们都注意到了这个细节。太监满头大汗地摇了摇头。

皇帝从龙椅上站起身来，这可不是好预兆。要是他动动那根红丝线，那么几个锦衣卫便会立即从后边跳出来，把皇帝认为的罪人拖到死牢。

跪着的三个人屏住呼吸，眼睁睁看着皇帝的右手慢慢伸向致命的红丝线……这时，总督也不知怎么的，突然觉得下面一紧，裤裆上便湿漉漉一片。这简直是奇耻大辱！他恨不得钻到地缝里，可眼下又能如何？朝堂上一股刺鼻的气味蔓延开，传到各个角落。

众大臣互相对视，好不容易让自己不笑出声来。坐在一旁的皇帝爱妃则用纤纤玉手优雅地举起蒲扇，遮住自己的鼻子。

太监总管王承恩则幸灾乐祸地想至少临死前能亲眼见到这

个总督如何出丑,也算值了。

突然间朝堂上传出一个笑声,还是有人没忍住。接着场面失控,笑声一片。侍卫、朝臣、宫人、太监,所有人都开始笑起来,甚至连皇帝嘴角边也扬起一丝蔑视的微笑。他伸向红丝线的手也在半空中停住了,并缓缓指向王承恩,"你听着,去打听那个吴三桂的一切……朕可不想让东军再起事端。还有,把这些个脏东西弄干净了。"皇帝瞅瞅地上满身污秽的总督,皱着眉头厌恶地说,"今日朕就饶了你们。朝廷贤才已寥寥无几,朕就算惜才罢了。这几个人还算替朕办事,可你们呢?"

朱由检突然用冰冷的眼神扫视群臣,这目光如冬日刺骨的寒风,让大臣们个个都僵立在原地。

"要么把你们都卖到南方为奴?"

此刻,似乎连宫中的蟋蟀也一动不动,只听到寒风穿过门缝呼呼作响……

皇帝眼瞅着那个意识有些模糊的总督被下面人拖出朝堂,忽然觉得一种强烈的孤独感笼罩着他。

他转过身,背对着所有人,随后招招手让爱妃跟着他一同离开了宫殿向南门走去。他身后几百双不怀好意的眼睛盯着他,好像随时准备刺穿他绣有龙凤双喜、花团锦簇的龙袍。

皇帝深深感觉到了背后的凉意。他向自己发了毒誓,定当记住今日背后所有人对他的仇恨。

河南。农民军营所在地。

李自成的军帐里挤满了人,各个将领、罗阳,还有闯王自己的心腹,大伙儿一同商量以后的打算。大家侃侃而谈,气氛甚是热闹,李自成伸手去拿桌案上的酒杯,正要喝下去时,被罗阳用手杖狠狠打了一下。所有人都静了下来，屋内鸦雀无声。

"师父，你这是何意？"李自成不悦地问道。

"只是让你行事小心罢了。"罗阳平静地说，仿佛毫不在意这尴尬的场面，"闯王，我保证这酒里有毒。请问你今日是否亲眼见过给你端酒的人？"

李自成皱起眉头。他试图想起那个少年的模样，可怎么也回忆不起。

"把这酒给最老的马喝下，看看会怎样！师父，你向来深谋远虑，料事如神！"李自成不顾所有在场的人疑虑的眼神，下令手下的人去验酒。

他此刻心乱如麻。究竟是谁，这么想让他死？如果说毒酒出现在他自己的帐篷中，那么这个鬼就在身边。难道说是"黄虎"张献忠不甘心让他闯王成大事安排人下了毒？

第二章　卧虎伺机

山海关要塞。东军吴三桂前哨。

吴三桂站在鼓楼顶，望着使者的车马慢慢向长城驶来，后边尘土飞扬。五月傍晚的阳光照射在城墙上，印染出一片片粉红色块，山海关要塞下边的园子里百花盛开，天气甚是温暖宜人，可吴三桂心里乱糟糟的。让他烦心的有好几个原因。

第一个，也是最主要的，便是来自女真那边的压力。多尔衮一次又一次派人来，威逼利诱，企图拉拢他。多尔衮清楚，山海关是他征服中原道路上的最后一道屏障。除了屯兵八万，吴三桂手上还有近四万精锐部队，这些将士作战能力颇高，有他们驻守长城，恐怕很难突破这个口子。

京城深知北方要塞至关重要，对待吴三桂他们也格外谨慎。表面上看，吴三桂所处地位再优越不过了，他身为朝廷最年轻得力的总兵，手里握有兵权，朝廷也得惧他几分，在山海关处他们逍遥自在！

西部军队那里情况就截然不同了，那儿起义军接二连三制造麻烦，不得不耗力对付。像他的舅舅祖大寿，大败于李自成，狼狈逃离中原，直奔长城外，投靠女真去了，不过这也不是什么先例，此后也会有人效仿的……多尔衮重用各路投奔过来的贤才能将，天下人皆知，可这毕竟算是背叛。这也是他吴三桂担心的第二点。天知道等着他的将会是什么。从京城那里传来各种谣言。据说祖大寿逃跑后皇帝龙颜震怒，而朝堂上的小人们开始伺机骚动，建议捉拿吴三桂，说他是逃犯祖大寿的亲戚，也要拿来问罪。幸好天子有自己的见解，将那些嚼舌头的人赶了出去。听说，在朝堂上再也未见过这些人。可另一边，皇帝也派人给吴三桂送来万言书，让他一表对明朝及天子的忠心。

吴三桂心里清楚得很，这是皇上向他暗示，朝廷正盯着他呢，让他不要重蹈覆辙走舅舅的路。说实话，皇帝一下子也不敢把他怎么样，这个荒无人烟的边界，到处充满杀机，日日夜夜都有外敌入侵，而朝廷再也找不到比他吴三桂更合适的将领在此处把关。

吴三桂对山海关要塞信心十足。山海关地理位置优越，四面拥有天然屏障。关城北倚燕山，南连渤海，地势险要。这是一个边郡之咽喉，京师之保障，牢牢将女真外族挡在关外。从山海关有一条通向京城的道路，两边驻扎着军营。敌人要想夺取这条道路根本是不可能的。

黄昏时分，春日缓缓下沉，消失在地平线。鼓楼顶响起亥时打更。晚餐时分结束，将士们即将就寝，看来这是平静的一日。

山海关寂静一片。吴三桂向贴身侍卫点头示意，并向住处走去。他心中忐忑不安，除了每日清点批阅奏报等琐事，他得仔细琢磨琢磨多尔衮今日派来的使者所说的条件，这将是一条背叛之路，可吴三桂照目前来说还不敢迈出这一步。

河南。开封周边。李自成军营。

仲夏时分，李自成终于下决心夺取开封！这是在早春第二次攻打开封失败之后，闯王再次试图夺城。该死的开封城墙坚不可摧，硬是把闯王近百万将士的精锐队伍挡在外面！再加上攻城最关键时刻，李过的人马遇到了祖大寿军队的残余力量的阻挡，双方进行了一场持久战。朝廷的人苟延残喘，也就拼出了全力，就像被困在狭小山洞里的豹子。要不是及时派出"老回回"解救，那说不定李自成就再也见不到外甥了！最后，祖大寿的这些残余部队被四面包围，和六个月前那场战斗中的情形一模一样，只是这一次起义军没有放过他们。

山坡上满是朝廷官兵的血，起义军弟兄们把所有对朝廷的恨发泄在他们身上。骑兵使劲儿追赶，直到马跑累了，李过才最终下令停止追击。祖大寿的西军被消灭得干干净净，李自成有意在攻占的地盘上建立政权……不过开封城将他死死卡住，成了一块难啃的硬骨头。

闯王召集起所有分队将领，为新一轮攻城做打算。军帐中，将领们个个热血沸腾，斗志高昂。李自成看着这些多年来与他生死与共的弟兄们，紧皱双眉。这一刻他脑海中隐隐约约闪现出一个念头，就是所有的将士们将会战死沙场，心里边不禁一颤，他摇摇头，尽量摆脱这些不祥的思绪。

军帐里站满了将领，无论年龄、脾气、经历，大家众志成城。带头的便是闯王的侄子李过。他还沉浸于歼灭祖大寿残余的那场胜利之中，眼里燃烧着杀敌之火……说到攻占开封，他也自然激情洋溢。大家绞尽脑汁，制订了攻占计划。不过所有的方案都无济于事。开封城就是攻不下来。李自成心急如焚……他眼睛扫视着众人，脑中飞快地判断每一个人的来历和可能隐藏的危险。这边是李过和"老回回"刚赢了祖大寿的人，这会儿恨不得马上冲到开封城墙上厮杀一番。据说"老回回"对朝廷的官兵毫不留情，嗜血成性，这是有原因的，当年，甘肃一个地方官劫了他的家里人，将他们活活烧死，从此之后"老回回"见到官府的人，便会见一个杀一个！而至于那个地方官，最后被他抓住喂了饥肠辘辘的狗。

还有"皮革眼",他是个杰出的军师,手下拥有近四万忠贞不贰的精锐剑手。当时他掩护张献忠撤退时,竟然没有损失多少人。他手下的将士们对他也是五体投地,誓死效忠!关于他残暴无情的性格,大家只是在传,这几年从未看到过"皮革眼"手里的俘虏……但要是扪心自问,谁又算得上慈悲无辜?战场上可容不得心软和怜悯……

看那小袁,一年前加入了闯王的队伍,如今已然成为鼎鼎有名的将领。刚加入队伍的新兵们,个个如同小豺狼。他们所需要的不只是金银财宝,而且是权力。对权力的渴望让他们时刻准备咬断同伴的喉咙,强者胜弱者亡。小袁就是踏着几十个同伴的尸体一步步爬上来的。他口口声声说要誓死追随闯王,可天知道他那张笑脸的背后真正隐藏着什么。

再说"曹操"这个出色的剑手与谋略家。他以前是个杀人不眨眼的土匪,如今却也是声名显赫的首领。据说他身边有好几个吟诗作赋的,夜晚便娱乐助兴。而他几个美妾则每夜为他解乏舒心。大家都在想"曹操"在这样的生活中,是如何办到第二天精神饱满、斗志昂扬的!想当年,李自成与"曹操"共同为高迎祥办事,配合默契,可以说是黄金搭档,李自成统筹安排,而"曹操"严格执行其计划,他的骑兵铁蹄下敌军根本无力回天。但对"曹操"是否忠心这一点,李自成自始至终有所顾虑。他的所谓的忠诚如春雪一般,转瞬即化。还记得罗阳师父说过的一句话"出卖过一次的人将会背叛三次"。然而"曹操"背后有五万人的庞大军队,不容小觑,也不得不忍着。

李自成右手边站在李过身旁的是刘宗敏。当时大败之后逃亡路上,将自己妻妾杀死不成为累赘的便是此人。他此后便未

再续弦,独自一人生活。刘宗敏急着找皇帝和官兵算账,见了朝廷的人恐怕是第一个冲上去拼命的。他是与李自成并肩到最后一刻的人。

这满屋子的人,各有千秋,要是把握得当,也算是股相当强大的力量。

"诸位,是时候定下目标了!今日必定攻城。"闯王语气平缓地说,字字斟酌,并仔细观察每个人的反应。所有人都显出无比崇敬之情,就连狡猾的"曹操"也不住点头,"我们的队伍人数众多,而开封城充其量只有三四万士兵。接下来几日内增援也不会到,我们的先锋队已在离这里三百里截住了增援的人马。因此今日进攻是势在必得。开封是咱们进军京城路上的关键之处,可不能在此留下隐患,官兵必须歼灭,而平民百姓不许伤害。攻城后留下一支咱们的队伍在此驻守,以保后方安稳。李过,咱们的线人怎么报的?"

李过此时似乎沉浸于自己的思绪当中,听到问话才缓缓回过神来:

"西部、南部皆平静无恙……南边各省有'黄虎'摆平……而西军咱们也已消灭。东边的情况就像您所说的,咱们的队伍坚不可摧。至于北边嘛,哨兵们说山脉间有些动静,可从未发现过大队人马的踪迹……至少至今为止没有发现过。"

"好吧,北方暂时随它去……突击分队准备是否就绪?"

所有人都点头赞同。

"云梯、攻城塔、火炮和投掷器呢?"

刘宗敏回应道:"突袭之前我们将在城墙一处不断轰击,尽可能摧毁防御工事。与此同时,将石块浸入土油,放火后用投掷器扔过去……这样城里火灾四起,惊恐不安,城墙上的守城士兵会赶过去灭火。当城里面起火,就是开始突袭进攻的信号。"

李自成赞许地点头说:"妙!要是大伙儿都清楚了,那么赶快去备好自己的人马。半个时辰内将吹起进攻号角!"

"闯王万岁!万岁!"将领们高举双手欢呼,随后走出门外。李自成则抓住侄子李过的手:"你给我安排几百个精干的弓箭手掩护,让他们在城墙被攻破的地方频繁放箭。"

"开封城将成为我们的,要不然就让它永远消失!"闯王严肃地说道,而李过只是再次点了点头。李过此刻心绪已经飞向城墙那边……

当起义军放出第一声炮时,声音震耳欲聋,李自成不禁掩住双耳!只见巨大的炮弹飞向城墙那边,一下子便把两个瞭望塔之间的砌墙给炸碎了。天空中立刻升起一团黑色的尘埃碎片,第二轮新的火攻又开始了……闯王的人原地待命,等着统领的指示。李自成紧锁眉头说:"还不是时候……"

投弹器发射没有响彻天空的震撼,不过数百颗火球冲向城内,威力也不小。一条条火龙蹿入守城官兵、城墙后,深入到大街小巷各个角落。李自成清楚,城里大多都是木制建筑,这样一来烈火便会蔓延开,尽管有一些建筑是用石块加固,可石块数量不是太多,大部分都是木材。

没过多久,城里到处黑烟弥漫。火势越来越猛,开封上空的烟雾也变得漆黑,城墙上开始蹿上来一股火焰。

火炮再次响起,远远射过来,撞击到墙上。现在是时候用云梯了!突袭分队等待着进攻信号。一瞬间冲锋信号发起,号角响彻大地!

数百名士兵立刻拿起竹竿制成的梯子,往城墙上爬。从城墙上砸下来密密麻麻的石块,还有飞箭也射向起义军,不少起

义军中箭掉了下去，紧跟着就又有一批士兵爬上梯子，前仆后继，紧逼城墙顶部。

一支起义军分队发现城墙下一个盲点，正准备再次攻上，可位于顶端的守城兵将事先预备好的烧得沸腾的油倾注下来。

痛苦的尖叫声、喊声一时间混合成一个声音，可马上又被数百个起义士兵响亮的"闯王万岁"所掩盖。援军赶来了。

守城兵虽处优势地位，可起义军数量庞大，一批接着一批攻过来。一队防守士兵用长铁钩将一个梯子推下，起义军立马就摆上了第二个梯子。而守城士兵则遭到飞箭和火炮的攻击，一时间城墙上下皆血肉横飞。攻城的第一批起义军已经攻到了城墙上方。

李自成手握宝剑，沿着城墙来到双方交战的地方。四周各种声音交织着，金属刀枪的碰击声、欢呼声和绝望的呻吟声、火炮射击声……李自成发现一个戴羽毛头盔的朝廷将领，便挥舞着宝剑一下子砍向其脖子。此人转过身来，还没来得及看清楚李自成的面目，就倒了下来，血液从脖子伤口处涌出，他双手紧紧抓住自己的脖子，用可怕的眼神盯了盯闯王……这时他身后又出现了三个将士！可这对李自成来说又算得了什么呢？他轻轻一挥手中的剑，如秋风扫落叶般撂倒了两个将士，第三个人试图用大刀砍过来，李自成举起剑一挡，那人手里的刀便落到一旁。闯王的剑将此人护住前胸的手打开，直冲胸口来了致命一击……行了，看来这也不是个厉害的对手。地上躺着的两个人也未能幸免于李自成的利剑之下，很快便见了阎王。现在是时候到城门处支援他的人了，打开城门是重中之重。

李自成正迈步走去，只觉得自己被什么东西击中了……他的左眼一阵剧烈疼痛，眼前一片黑暗。他感觉自己的身躯一点点倒下，突然一双有力温暖的手抓住了他，随后是一片空白，他如同到了幻境……

李过溺水了……李自成一听到孩子的哭喊声，心里就冒出这个念头。远远望去，透过老池塘边睡莲丛，一个小孩儿正拼命挣扎着！

李自成边跑边脱下衣衫，猛地一头扎进水里，好几次他都滑倒在沙砾上，差点儿摔倒，可他强壮有力的双腿很快找到了支撑，灵活的身躯游动着，他的侄子李过已经用尽最后一点儿力气，得赶紧救他了。

叔侄俩年龄相差不多，都是少年，两人亲如挚友……李自成曾多次警告过侄子，说池塘表面平静无恙，可暗藏杀机，温暖的水流下是冷冰冰的地下水，能让腿脚一下子冻住抽筋，池塘底下可怕未知、黑不见底的世界将把人吞噬……

李自成看见侄子的身子正慢慢下沉，只有他的双手在水面上疯狂甩动，溅起无数水花，他的声音也渐渐变弱，似乎正在被水流吞没……李自成毫不犹豫地加快速度向侄子游过去。李过脸上露出了一丝希望，他自己也试图朝叔叔游来，可腿脚根本不听使唤。李自成划动双手，拼命赶过去，一把抓住侄子，夹在一只手臂下，然后面朝天开始迅速划动双腿朝岸边游去。李过像一个沉沉的包裹，而自己的双腿也不能动弹，浑身也软绵绵的……

眼看着离池塘岸边只有几步之遥，李自成突然觉得自己的腿被什么东西拽住了，死死拖入深渊，他的双腿变得冰冷……这便是村子里大点儿的男孩子们常提起的黑旋涡。这些孩子喜欢半夜讲些吓人的故事，说池子里藏着一条和上苍同龄的鲤鱼，时不时会把一头牛拖到湖水的深处。还别说，村子里有时牲

畜就这么神秘消失了……

眼下这股暗流要将他们两人都拖下水。事不迟疑，该想想办法救自己和李过……

李自成用力将侄子推向岸边，然后自己深吸一口气，钻到了水下。不知为何，他心中毫无恐惧之感，而是充满了好奇。在水下他还看见李过的脚也能动弹了！侄子算是脱险了……阳光斜照下来，透过水面洒到芦苇秆上，斑斑驳驳的光圈浮动着……而底下却是无穷的黑暗……

在这一刻李自成突然意识到这是他的终点。黑暗后是一片空白！李自成胸口憋得厉害，恨不得马上浮出水面透口气，他的双眼也有些刺痛，耳朵感到阵阵压力，可他并没有放弃，他知道还需要再等待、再忍耐。

他的叔父曾效力于朝廷，是个武将，他曾经教李自成如何操作军队里用的沉甸甸的弓箭，李自成常一站便是半个时辰，一动不动，紧绷着弓弦。他手上、脑门上青筋暴起，太阳穴突突直跳，可李自成自小争强好胜，他硬是挺了过来。渐渐地忍耐早习以为常。现在对他来说忍大有益处。

他不知这种感觉从何而来，冥冥中似乎有一个声音，从上方飘来："快上来！"李自成终于从深处向上划了一下。他脚下的一片黑暗如同一张可怕的鬼脸，它可不想这么轻易放过入水者，水怪们已张牙舞爪围着他，准备吞下他鲜嫩的躯体。可这时李自成吐出一口气，气泡缓缓上升，他也渐渐开始上浮。他感觉到周围的水流已变暖，眼前也越来越亮，而此时好像一块巨大的黑色毯子猛地盖住了他的头，沉重而厚实，没有一丝透亮。随即这块黑色毯子消失了……

他首先听到的是人说话的声音。言辞含混不清，难以辨别。

眼前光亮处渐渐出现一些轮廓。李自成慢慢苏醒过来，只听到李过那熟悉的嗓音："还活着！"

然后听到嘈杂的欢呼声，是围在他床榻旁的将领们的声音……

怎么会在床榻上？他明明在城墙处战斗！他明明杀了三个守城的人，冲到城门那边，可他现在正躺在自己的军帐里，赤着身子裹在温暖的羊皮毯子里……发生了什么，他的队伍呢？城攻得如何？

李过俯下身子，端上来一碗热气腾腾的草药："闯王，快喝下去，这药方……"

"这是什么东西？"闯王皱起眉头。李过笑着说："人参汤，喝下去你就会好的……"

"我受伤了？"

"是，伤得还不轻……是童大夫妙手回春，才救得你一命……看……"

李过从刀鞘里拔出大刀，递给李自成……他望了一眼宽宽的闪闪发亮的刀刃，突然间整个脸抽动起来，只见刀刃上映射出他的左眼被一块黑布小心遮了起来。

李过也愣在那儿，不知道接下来闯王会有何反应。李自成一动不动僵在那儿好久。

军帐里鸦雀无声，气氛如此紧张，似乎一丝声响便会让整个帐篷倒塌下来。

可谁也没有料到，从闯王喉咙里突然发出一阵震耳欲聋的笑声！所有人都相互对视着，闯王是不是因为不愿意接受自己的模样而一时发癫……而李自成继续大笑着，笑声中透露出欣喜，甚至笑出了眼泪，滚落到胡子上。所有人当中只有"曹操"站出来，毕恭毕敬、小心谨慎地问："闯王，是何缘故让您笑得

如此开怀?"

李自成用仍然虚弱的手擦了擦脸颊上的泪水,好不容易平缓下呼吸说道:"那老太婆说得对,将来的皇帝是个独眼龙……"

他把头靠在塞满新鲜干草的枕头上,用微弱的声音念叨着:"我将成为下一个皇帝。老天爷注定这样……"然后筋疲力尽的他静静地合上了眼。

军帐中又恢复了寂静。

突然间刘宗敏脱下箭带,将它放在李自成床榻脚下。他单膝跪地,摘下头盔,微微低着头说:"闯王,我愿至死追随闯王您!"

李自成未目睹这一情形,可他模模糊糊中听到他手下的将领们一个个扔掉刀剑,接连重复着同样的话:"我等愿至死效忠、追随闯王……"

这时李自成深深感到一种救天下之大任,就像他遥远的童年时代在家乡老池塘边那样的感觉。

"曹操"则站在李自成身边,脸上挂着内疚的表情……

"也就是说,我们攻开封城又失败了!"李自成若有所思地揉了揉胡须。狡猾的"曹操"只是耸了耸肩。

"这次我们毫无机会可言。藏在山里边的朝廷官兵们眼看城池要破,就把黄河上的水坝给炸了,水便淹没了平原,我们的人好不容易逃脱出来!不过谢天谢地,我们受伤的弟兄也被救出来了!"

"怎么,他们连城里的老百姓也不放过?"闯王觉得简直不可思议。帐篷门口传来"老回回"的声音:"他们才不管百姓死活!城里边有多少人?七万多还是更多?我们设法转移出来的人是少数,大概有两万多人,好多人甚至都没明白发生了什么就丢了性命！"

"这水来势凶猛，我们不得不把攻城火器还有不少火炮丢在那儿了！""皮革眼"插话道，"开封城现在是汪洋一片。人们叫它死亡之湖。"

李自成从座椅上站起来，手指揉了揉有些疼痛的太阳穴。尽管那次受伤已过去十来天，可他身体还未完全恢复过来。"听我令：全军撤退到陕西，我们将为进军京城做准备。各军进行伤亡统计，各将领明日上报战斗情况。伤员送到后方，后备队和卫队跟上，突袭队伍压后，在此处停留已毫无意义了。"

北境。女真部落营地。

多尔衮把自己强壮的手伸到盘子里抓起一把饭，又从中间挑出一块肥肉，他张开如同无底洞一般的嘴，一下子便将肉吞了下去……

吴三桂见此情景不禁打了个冷战，可他还是定了定神，从皮套子里拿出自己的筷子开始用餐。他们的餐桌就摆在地上，地上摆着一块厚实的柔软毛毯，可以驱寒保暖。此处地势险峻，居高临下，离山海关不下三十里，不怕被耳目探听到，对外的说法是吴三桂和他的随行一同狩猎去了。吴三桂以前经常狩猎，不在自己的营地是时常有的事儿，所以朝廷的耳目也对此见怪不怪。而其他将领们也清楚吴三桂总兵暂时离开，也不会误了大事，他对军队的事儿早有安排。

狡猾的多尔衮说得没错，这肉和饭的确很香。吴三桂不急着用餐，他想了解一下女真的习俗。

"吴总兵，要是有兴致，不妨请几个佳人来伴……"

多尔衮眼里闪着绿光，而吴三桂并没有答应。他心里清楚

得很,坐在他对面的正是努尔哈赤第十四子,非寻常人。此人文武双全,善于谋略。所有人都称之为狡猾的狐狸。可树大招风,他也引来无数妒忌仇恨的目光,这与大明朝皇帝也无差别。

皇太极继承大汗位后,就一直视年轻有才的多尔衮为眼中钉。多尔衮则一直寻找机会,要将四贝勒从宝座上拉下来,很快便有了一次机会。一年前锦州之战长期被困,皇太极无端指责多尔衮毫无战功,降爵一等,并罚一万两银子。当时对十四贝勒来说根本负担不起这个数目。多尔衮尽管屈从了,可从此怀恨在心。他开始到处打探,联合力量,起码找到不少能在危急时刻拉他一把的人。

随后他注意到长城那边的动向,明朝不少将领接二连三跑到北边,而中原农民起义搞得京城不得安宁。多尔衮四处搜集情报,反复研究,得出这么一个结论,就是不久的将来起义军会进攻京城,而到时候大明的将领们肯定顾不上他们女真了,是时候借刀杀人了……且多尔衮确信,这只不过是近一两年的事儿,于是他便秘密派出使者跟吴三桂谈条件,企图收买吴三桂。

他的条件很简单。要是中原某个地区发生战争冲突,吴三桂带人放多尔衮十四万铁骑进入中原。吴三桂的兵不阻挠多尔衮进攻京城。吴三桂当时细细聆听了多尔衮提出的这些条件,提出需要时间慢慢考虑,然后再次会面时他并没有说出"不"字。

吴三桂和多尔衮皆不世出的英才,惺惺相惜,只不过二人身世背景迥异罢了。

现如今局势急剧变化,大明朝日渐衰败,内忧外患,李自成的起义军日益强大,而吴三桂的举动又会给大明带来新的威胁。看来吴三桂是不打算继续效忠大明皇帝了……

他美滋滋地享用完肉，打了个饱嗝，按照当地习俗表示对美味佳肴的赞赏。一旁的侍卫赶紧端上来水盆让他洗去手指上的油腻。

多尔衮也将肉盘推开，大声地打了一个饱嗝，然后抬起头望着渐渐变暗的天空说道："我早就注意到这个闯王了……且信我一句，王爷，他将助我进京。"

"我还不是什么王爷！"吴三桂冷笑了一声。多尔衮捋起胡子，大笑起来。等吴三桂心情平复下来后，他轻声念叨了一句："等我坐上紫禁城龙椅，第一个就封你为王。"

然后多尔衮又开始哈哈大笑。而吴三桂此刻心里五味杂陈！

陕西。李自成军营。

李自成将大部分人马派回到陕西过冬，自己则回到地处汉水的襄阳。过去几百年来襄阳一直对中原抗击女真侵略具有重要战略意义。春季时他便拿下了襄阳，在此留下一小队人马驻守以便维持秩序。现如今闯王回来了，打算将此地作为他新政权的起点。大事小事千头万绪，李自成只好请师父罗阳助他一臂之力。

罗阳乘马车，在心爱的宝簪陪同下来到襄阳，一看到弟子便立刻唠叨起来，说李自成开封一战怎么这么马虎大意。

"哎呀，你小子，什么时候才能长长脑子？"罗阳一进帐篷，开口就数落。侍从们端进来果子和美酒，然后小心翼翼地离开了帐篷。

李自成只是微笑着，一边啜饮南方美酒，一边望着师父。

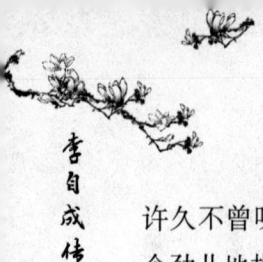

许久不曾听到师父唠叨教诲了,还真有些想念呢!尽管师父一个劲儿地指责,可李自成却感到句句暖心……

罗阳注意到了弟子脸上的笑意……

"闯王,老朽不明白你为何有这等好心情!"罗阳说此话的语气很重,似乎根本不顾闯王的颜面。可李自成只是一个劲儿地咧着嘴。老人有些不解地皱起眉头,突然他也轻声笑起来。

"哎,我唠叨什么呢……人老喽,开始胡说八道了。要不这样,把我一个人关到房子里锁上,这样不会来烦你!"罗阳从桌子上拿起酒壶给自己满上一杯,试探性地说了这么一句。李自成只是摊摊手,说了声:"一切随您便。"

"哎,年轻人……我说的话里边可是有一些道理的。你啊,还是像个孩子,总喜欢冲到前边,争强好胜想立战功,但你得清楚,真正属于你的位置是在这之上,用长远谋略来看全局,统筹安排,派兵指挥。你只注意弓箭手的时候,那帮朝廷的混蛋就炸毁了大坝,要不是你的哨兵及时掌握了情况,那么你的人马和整个城池一样都会被淹没。你自己也会因此而丢了性命。这样一来,你说说,谁能带领弟兄们进京?难不成是那个嗜血成性、杀人不眨眼的恶魔张献忠?"

李自成听到张献忠近来的"战功",不禁打了个冷战,可他心里边却恨不起来。他只是不希望自己也成为像张献忠那样的人。但眼巴巴看着自己的人死去,他也做不到,起码是现在还做不到。罗阳说得对,这样不能长久下去。

李自成把一个果子递给师父,又自己拿了一个塞到嘴里。

"师父,此次叫您来,是因为我有意在陕南建立自己的政权,这将是新政权的第一块基石。天下人人平等,无朝廷压迫。"

老人又拿起一个果子,沉默片刻,然后小心地问道:

"你是否明白,将来你或许不得不放弃许多理所当然的事儿?比方说你以后可不能再轻举妄动,不能拿自己的性命冒险,不能冲在前面,因为你身负重任,这个代价你承受不起!"

李自成有些犹豫地点点头。

"不过。"老人用自己苍老的手指头轻轻一碰闯王漆黑的眼罩,说道,"你也应该吸取教训了吧!"

"没错,师父。"李自成笑了笑说。罗阳也笑了,狠狠咬了一口果子,汁水四处飞溅,李自成用手掌挡了挡,笑着从桌案上拿起扇子挥动几下:

"师父,那您觉得将来的政权该起什么名字好?"

罗阳作揖说道:"尚不知取何名,可我相信此名将世代流传。不过还不是该考虑这个问题的时候。"

李自成惊讶地扬了扬眉毛,说:"那该考虑什么?"

"闯王,您的队伍要彻头彻尾地改造。老朽到时有些建议,您不妨听听……"

……

京城。湖宫。

朱由检简直是火冒三丈!这些蠢驴竟然把整座城池淹没了!还有城中那些老百姓也未能幸免!如何对付李自成那帮起义军难道就一点儿法子也没有?还让暴民顺利逃脱,那嚣张的李自成还自称是未来的皇帝!

简直是厚颜无耻!要是以前,无人敢公开穿戴皇家龙袍颜色的服饰,而现在连一个乡巴佬儿都宣称自己是新朝天子!

朱由检身子有些僵硬地走到湖宫露台上,深深吸了一口傍晚凉爽的空气,试图让自己平静下来。还好此刻并无旁人瞧见他的样子,要不然京城又要谣言四起了,鬼知道他身边的臣子太监们有多少耳目呢?

"当朝皇上无定心,优柔寡断……在东林党和太监两边摇摆不定。"

"皇上办事不周,致使天下动荡不安,屡战屡败!北有女真扰乱,中原则烽烟四起!"

"必须派精锐军队,除内忧外患!该让天下人见识朝廷军队实力了……"可这净是些空话。强大的军队又在何处?好些人马被起义军击溃,零零散散分布在中原各地。最优秀的将领一个个死去。要是女真突然袭击,那么中原将无力抵抗。面对满族的铁骑,连东部军恐怕也坚持不了一周。而其余的军队早在几年前就被多尔衮打得落花流水。当年多尔衮在中原四处作乱,蹂躏北方城镇村落,加上旱灾,愈发点燃陕西叛乱之火。为何中原近年来屡遭灾害?饥荒、瘟疫、疾病、北方入侵、南方部落骚乱,还有无耻的海盗……多灾多难啊!

而朝中的宦官习惯于绫罗绸缎、锦衣玉食的生活,那些人只会嚼嚼舌头说空话、闲话……对此皇上也无能为力。

朱由检走到栏杆旁,倚靠在一根年代久远有些发黑的柱子上。脚底下的池塘如镜般的水面上则映出白天鹅的倒影。幽暗的倒影仿佛在预示着大明即将逝去的辉煌。

老天爷为何给他朱由检这么一个乱世?他仿佛眼睁睁看着大明这艘船慢慢下沉,水从两侧的漏洞里一点点渗入,可他自己却无能为力,他感到自己孤身一人、孤立无援!他的确孤身一人。他对身边所有人都丧失了信心。而即使是他最亲近的皇后、嫔妃、公主都无法理解这个至尊无上的天子其实内心是如何孤独!

朱由检骨子里能感受到天下各地、朝中各个角落向他投射过来的不怀好意的眼神，每日盼着他跌倒。乱世之下风起云涌，他致力于改革，独自一人高高在上，如走着狭窄破烂的独木桥，一不小心就会滑落下来。

有多少人企图保住自己在朝中的权力、利益，然而他们还能保住江山社稷吗？天知道……

朱由检将悲伤的目光投向已经渐渐变暗的天空，仿佛在那儿能找到一系列答案。突然间，只见一颗流星飞速划过天穹……

皇帝打了个冷战……难道……这是天降凶兆吗？或许不是呢……可谁又能明白上天的意思？

第三章 "皇帝万岁!"

陕西。西安周边。李自成军营。

张献忠跳下马,随手把缰绳扔给在一边的侍从。李自成也跳下马鞍,站在旁边。他们身处是燃着熊熊烈火的西安。张李二人,这两个曾经的死对头,现如今联合起来,两军人马会合,经过短暂而残酷的突袭,在黎明前攻下了西安。

"闯王,你说,"张献忠毫不掩饰轻蔑的口气,但站在一旁的其他将领们都未察觉到,"我这只老虎有的是力气吧?"

李自成则一脸平静地笑笑。

"当然,'黄虎'兄……与你一同沙场征战,也是我的荣幸。"

"对我亦如此!"张献忠小声嘟囔了一句,但李自成还是听到了,"可你告诉我,为何此次行军河南?难道陕西麻烦还少吗?更何况通向京城的道路在北边……"

"你说得对,我的确有意向西行,但不是今日,我们要有长远打算,我们需要食物、钱财和人马。我毁了自己的地盘,可以到周边取得我所需的一切!再说侧翼掩护也是必要的。现在至少我能安心,河南不会有什么威胁!"

张献忠哈哈大笑,不住地摇头:"这点儿你说得有理,这个地方以后至少五年无战事,人都死光了……可闯王,背后一刀不是来自这个地方……你知道为什么我从来不相信什么朋友,而是信敌人吗?"

"说说看!"

"因为敌人永远不会背叛。正因为他是我的敌人,所以根本做不到背叛。只有亲朋好友会背叛。依我之见,疏友而亲敌,这才能保后方平安。"

"多谢良言。那你现在有何打算?"

张献忠若有所思地扫视了一圈战场,到处都是朝廷官兵的尸首,还有一颗颗被斩的将领人头。他望向遥远的地平线。

"我向南行进,沿着长江,那边听说有不少富饶肥沃的土地,易攻易破而难立,是时候建立自己的政权了!岁月不饶人,得想想由谁来继承大业。"

李自成摆摆手,然后一只手掌拍拍张献忠的肩膀:"我还未建立我的政权,诸事繁多,等完成了至少三成之后,我会考虑继承人的。张兄,只问你一句,你是否愿与我一同成此大业?"

张献忠下意识地迈开一步,有些傲慢地抬了抬下巴。

"闯王,不,我不愿与你作对,只是我另有打算。要论咱俩的关系,当年你我在危难中互不相助,也算是谁也不欠谁的,我不会忘记你当时在紧要关头给我派来的五千骑兵,可我也永远不会忘记那些所谓朋友的背叛,当年一个个都像墙头草,一有变故,即变了立场,这些人在你身边周旋,逍遥自在,也就没有我的立身之地,趁我们现在还未分道扬镳,请你来我处共享盛宴!毕竟今日我们一同打了个大胜仗。"

张献忠说得对。此人虽凶狠,可背后插上一刀不是他的做派,更要防范的是身边的其他人……

河南。信阳周边,李自成军营。

罗阳用异常深沉的目光盯着自己的弟子李自成:

"他当真如此说的,不愿意与你联盟?"

"可他说也不愿意与我为敌!"李自成喝下一口酒,将酒

杯放在床边精美的桌案上。这番谈话发生在西安被烧后一个月，在闯王的军帐中。罗阳一脸疑虑的表情，摇了摇头，猛吸一口烟管。他最近不知怎么了，开始注意养生了。几乎戒了烟酒。好多人嚼舌头说是那个宝簪施了什么法术，让老头儿竟然不碰烟酒，她或许还希望给罗阳生下个白白胖胖的儿子呢！而罗阳本人则把这个归功于上天给予的启示。

"再说。"李自成接着说，"我进军京城的时候，张献忠在南方掩护……对了，师父，我决定彻底改良我的骑兵……"

"你又有何不满？"老人语气中满是不满，"近五十万骑兵，连女真的铁骑也能拿下，一路可畅通无阻。"

"没那么简单！"李自成皱皱眉头，"骑兵在最近一次战斗中的表现让我忧心，双方交战，敌人的弓箭手距离近了，开始射中我们的人，那前面的骑兵们马上一个个折回逃跑，都想保住自己的命，我下令处死了几百个最胆小的，杀鸡儆猴，可因此差点儿进攻失败。当时千钧一发之际，要不是张献忠的步兵侧翼攻击，还不知结局如何呢！"

罗阳哈哈大笑，说："贪生怕死乃人之天性，你打算如何治？从古至今圣人那儿找到办法了吗？"

李自成也笑起来：

"可惜，圣人未能寻得，而我却寻到法子了……"

罗阳此时的笑声似乎卡在了嗓子眼儿，他瞪大眼看着弟子：

"你？"

"正是。"闯王平静地点点头。他说着，不紧不慢地给自己倒了一杯酒，啜饮几口。罗阳沉默不语。片刻，李自成忍不住笑出声来，"师父，您可别生我的气，我不是有意笑您。当然了，还没有人能根治人贪生怕死的病，但我有个行之有效的办法解决沙场上那些胆小鬼的问题。"

"你快说说！"

"师父您听我说。骑兵第一排我会派上我不信任的人，而第二排放上我自己的亲信。要是前边的人想逃离战场，向后撤回，那么我最忠诚的第二排骑兵将向其射箭。那些人要么死在敌人手里，要么被后面的自己人当叛徒处置了，两条路。也就是说，根本无路可选。但无论怎么样他们于我有利。我宁可派他们到最前锋送死，也不想让他们在背后捅我一刀。"

老人只是一个劲儿摇头，"那你还打算怎么改良队伍？李过曾告诉我一些你们的想法，可我还是不太明白……毕竟我不是将领！"

"师父，再过半个月你自然会明白的。这几天我想与高氏独处，以后任务会更加繁忙，我俩相见甚少……"

"闯王，这样一来我们的分队人马既灵活多变，又攻击力强。"李过说完，向李自成深鞠一躬。闯王则满意地点点头：

"李过的提议能让我们的队伍从根上改良，且可带来新的战术。"

"'曹操'你问为何需要这么多马？"

"曹操"有些紧张地举起双手，试图为自己辩解："我们的人要加快速度，那么每个骑兵必须要有替换的马匹，而为了让将士们专心作战，为他服务的侍从多达十几人，替他看护马匹、准备食物、整理兵器等。骑兵只顾养精蓄锐，一心备战，其余的杂事皆由侍从处理。"

"这么多侍从谁养活？""老回回"用刺耳的声音说道。其他人纷纷赞许地点头，底下响起一片嗡嗡的议论声。李自成一

抬手，顿时一片寂静。

"这些人行军时干的就如同我刚才所说的日常杂役。而一旦交战，他们将加入剑手和长枪步兵列队，一同厮杀……"

"好吧，这样还算是个事儿！""皮革眼"含含糊糊地嘟囔一句。张星则赞许地不住点头。

"我们不按照传统的方法分十人、百人队，而是建立新的分队。每队包括一百或一百五十名箭手和长枪步兵，五十名骑兵以及他们的随从。这样一来，每支分队都装备完整，能独立作战。然后再把众多分队组合起来，创建几个编队，最中心的队伍大约会有十万士兵。目前不少来自周边各省的百姓加入起义队伍中，所以你们的任务便是将这些普通百姓训练成真正的士兵。我们在今年年底前不会进京，所以大家有的是时间。"

"那维持这么庞大的一支队伍，哪儿来这么大的财力，还有粮食从何而来？我们的钱库难道是聚宝盆？"小袁用嘶哑的嗓音喊道，他伤风感冒未愈。

"我们将向周边所有的地主征税，所以说，我当时命令你们不要破坏他们的地盘！"李自成笑了笑，"让这些财主们也为咱们服务。我们成了大事之后再做打算怎么处置这些财主。"

小袁心领神会地笑起来，其他人也纷纷发出赞许的声音。李自成再次抬起手示意大家安静：

"从今往后，我们的队伍将有一个人统领。我本人顺应大伙儿的意愿，为'奉天倡义文武大元帅'。任何人不准违抗我的命令，否则一律处死。"

军帐中寂静无声，笼罩着一片不安的气氛。

"集会议事的将领皆由我来定人选。"

"你的意思是？"终于，"曹操"开口说话了，"谁来管自己手下的人，谁就要围着你转，都由你一个人说了算？"

他说话口气中明显带有一丝威胁，所有人都注意到了这一点。但李自成面不改色。

"'曹操'，你也听到我刚刚说的话了。每个分队有指派的头领。从现在起，队伍里没有什么自己人不自己人，所有的队伍统一管理，整个队伍归我统领！要么听从我命令，要么明儿一早带你的人马滚出营地。"

底下一帮曾经的土匪头子相互对视一眼，大家心知肚明，闯王分明就是动真格的了……"老回回"突然跪在闯王面前。不！是跪在大元帅面前！

"一切按大元帅的意思办！"他高声说着。

"一切按大元帅意思办！"其他人也都纷纷跪下。

李自成则一边嘴角上扬，似笑非笑。这只是他权力斗争的开端，以后的路还长着呢！

当所有人都散去了，李自成与师父罗阳单独留在屋中。罗阳沉默许久，不敢提出困扰他们俩许久的问题。终于，老人发话了："你真就以为他们那么轻易同意你的做法了？毕竟，刚才你所说的，意味着他们各自的权力被剥夺了。你看他们一张张不满的面孔就是不服。"

罗阳话未说完，帐篷的门帘被掀开了，李过走了进来，还带进来一股早春寒冷的风。只见他眼中闪闪发亮，右手紧握剑柄，指关节因为动作紧而有些发白。

"快快说来。"李自成乐呵呵地说。让人出乎意料，似乎他已猜测出李过要说的内容。侄子则惊讶地盯着他："叔叔，我可看不出有什么好乐和的。我刚碰巧听到了'皮革眼'和'曹操'的谈话……"

第三部 天子

"他们是在密谋杀我吧？"李自成说此话时似乎早胸有成竹。李过惊呆了："您早就知道？"

李自成点点头："确切地说是猜到了。我预料到十有八九他们会这样。"

"可是……有何凭据？"

"他们除了这个法子还能干出什么别的？即使没有触犯他们的利益，迟早也会想出这个歪主意。"

"为何？"

"李过，正因为他们骨子里就是白眼狼，本性难改。最开始他们和张献忠一起离开了高迎祥。后来他们和张献忠是一道儿的，可张献忠稍一落难，两人便投靠了我。我现如今削了他们的权力，他们就立刻想来害我。"

"那现在该怎么办？"

"不急、不急。你说他们想杀我？好吧，他们走出这步棋，现在该我了。"

罗阳一直在旁边默默听着两人的对话，他这时从角落的座位上站起身，径直向李自成走去，将一只手放在他肩上：

"大元帅，老朽恭喜你，你心思缜密，有望成帝王，已然迈出第一步。前面等着的是更多的腥风血雨。眼下你要让那些在你帝王之路的第一批敌人流血。"李自成双膝跪地，给罗阳磕了个头。

"我对他们毫无怜悯可言，亦不怀疑我的所作所为。他们如此嚣张，怕是会在军中挑起各种事端。'曹操'迷恋金钱女色，'老回回'，甚至是那个小袁都紧跟其后。他们改不了强盗的习性，将来行军所到之处，还不是急着抢劫？老天有眼，我并不愿多杀人，可为了颠覆明朝成就大事，不得不做出牺牲。这就是我的意思。"

李自成站起来,又一次向师父鞠了个躬,尽量避开罗阳和李过的目光,离开了军帐。李过则吃惊地问罗阳:

"可……这等于杀人……"

"那么就是说他手上必须沾满人血。要这么说,大元帅其实手上早就沾满人血了,再加上几条人命也不算什么,更何况这关系到天朝之命运。李过,你信我一句话,他早晚会成为皇帝的。"

北方山区某地。女真营地。

这次多尔衮将会面安排在一个高山荒芜的村落里。吴三桂此刻一直埋怨自己为何贸然答应前往。这鬼地方,即使是白天,两边的悬崖黑幽幽的,中间一条狭窄的小径通往村落,时不时便是危险地带,连带路的人都面带恐惧。

他们沿着陡峭的山岩不知爬了多久,直到最后终于发现来到一个四面环山的山谷。天晓得这里的村民究竟以什么为生计!看看旁边的悬崖,都是玄武岩,而并非黑土,因此草木稀少。村庄隐蔽在山坡处,由黏土砂浆建成的土坯房零零落落分布在各处。屋顶上盖满薄薄的木板,吴三桂猜测这或许是从山脚下弄来的。

带路的人将他们引到最后一座房子,鞠了一躬,然后推开破破烂烂的门。门吱吱作响,显现在吴三桂眼前的是一个温暖的大堂,烤炉里正在烤着香喷喷的羊肉。多尔衮镇定自若地坐在那儿。他坐在一张厚实的毛毯上,喝着热茶和马奶。一见吴三桂总兵进来,站在两旁的贴身侍卫便毕恭毕敬地弯下身走了出去。吴三桂的随从们也留在门外。

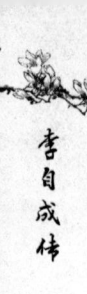

吴三桂还没等多尔衮开口，便一下子坐到对面的位子上，拿起一只碗，从一个薄薄的瓷器茶壶中给自己倒上茶。他细细品着茶……满意地抿了抿嘴，向多尔衮点头道：

"贝勒爷别来无恙。此番相会，有何事相商？"多尔衮哈哈大笑："你们中原人就是这样，尽是机关算尽。好友相见无须理由，这难道你没想过？说实在的，我还真愿与王爷促膝长谈……"

吴三桂有些沮丧地哼了一声：

"贝勒爷，我说过多少次了，我可不是什么王爷！"

此刻多尔衮的眼神突然变得冷如冰山："难道你未听闻最近的事态？"吴三桂心头一紧："我好几个月都奔波不断，到处派人……特别皇帝下诏废除邮驿之后，消息就传得更慢了。"

"也就是说，你不清楚西边发生了什么？"多尔衮似乎在自言自语。

"那边又怎么了？"

"王爷，在西边那里可是兴起了一个与明朝抗衡的政权……"

吴三桂又一次听到这个对自己有些刺耳的头衔，不过多尔衮所说的消息更让他震惊……

"上次我们提到过那个李自成，还记得吗？"

吴三桂点点头，往碗里倒了更多茶水，一口喝了下去。

"他建起了一支数量庞大的队伍，不要说是中原，连我都要怕他三分。光骑兵就有五十万人之多……你该清楚，照这样，他们攻下京城简直小菜一碟。"

"光骑兵就五十万？"吴三桂听到这个消息不禁直冒冷汗！要是他手下的步兵达到这个数量，那么不出一个月明朝就会葬送在李自成手中……

"我今日所言让你震惊不已!"多尔衮有些得意地说,"那么,咱们的确有正事相商。比方说,李自成这个贱民要是进军京城,你是否会带自己的人与其作对?"

吴三桂心里翻江倒海……这个该死的野蛮人竟然读懂了他的心思。他在寻思着那个李自成的人不但数量庞大,且都是一帮农民、土匪、被压迫的人组成的,他们最强有力的武器便是对皇帝小儿和朝廷的仇恨。他甚至看到了自己的死亡,还有自己军队的尽头。多尔衮这条毒蛇说的话还是有些道理的。可是,李自成进攻京城时,他若袖手旁观,这算得上背叛吗?

吴三桂陷入沉思中。多尔衮则一言不发,起身从腰带上掏出一把精美的匕首,不紧不慢地从羊肉上切下一层层肉片,直接从刀刃上把肉片放到嘴里,美滋滋地嚼着:

"王爷,近期不用担心,时机还未到,不过随后定将发生。等到时候情况突变时,你可得有备无患。且信我一言,等天下大乱,我俩非敌,而为友。迟早我会占领中原,我无须向你隐瞒。而到时候你又是个什么角色?助我一臂之力,还是死对头,你将作何抉择?"

吴三桂从毛毯上拿起铜盘子,上面绘有精美无比的图案,鹰从天穹俯冲而下猎杀野兔。随后他又把盘子放回去:

"贝勒爷,羊肉的确美味。强身健体之宝也。至于战事嘛,就如同你所言,我将细细斟酌再定夺。无须忧心,我会提前告知我的抉择。"

"曹操"举起一只巨大的金色酒杯畅饮之后,一头靠在缎面枕头上,松开了自己长袍的绣金腰带。旁边一个识趣的小妾立刻过来,仔细挪了挪他背后的枕头。而坐在其对面的"老回回"

没等"曹操"开口，便自己动手拿起一个带有孔雀图案的酒壶，满上酒。

"你说，这个放羊小子不等攻入京城便想称王！""曹操"慢吞吞说着，一边挥挥手，他的妻妾们便立马离开了帐篷。

"老回回"一个劲儿点头。其实这也不是什么新鲜的消息了，照种种迹象，李自成迟早会走这步棋。比方说他剥夺了将领们的兵权，所有选派的将领都直接听他的命令。就只剩称王了。要是这样，在他所占的地盘他便是独一无二的掌权者，任何人别想和他作对！

"曹操"咂着嘴，似乎在细细品味美酒，不过其实是在仔细思忖着。他沉默片刻后，用一种与他油头粉面的外貌成鲜明对比的金属般沉重的声音说道："你手下的士兵们怎么反应的？"

"士兵们嘛，向来崇拜勇将！""老回回"含糊地回答，"闯王……哦，不，是大元帅，现在还真是蒸蒸日上，战功显赫！我们占的地方也不少，整个陕西、湖北一片，乡村城镇……"

"哼，可他就是不让手下的士兵们抢金银财宝……难道就没有人不满？"

"有人，不过也只是少数人。"

"'曹操'，你别忘了，队伍里像我们这样马匪出身的已经寥寥无几了，大部分人都是农民、工匠、官员和朝廷投过来的将士。他们这些人的目的只有一个，就是推翻明朝！紫禁城里的人才是他们的主要敌人。"

"可笑至极！将来的事儿谁知道？可我已经让手下人吃香的喝辣的了！""曹操"指着屋子里的东西，只见满屋子尽是精美绝伦的金银器物，"我那些妻妾身上戴的金银珠宝重得能压弯她们的腰，士兵手指上一枚戒指就抵得上一个村子里的牲畜价钱……你还在说什么将来！你以为我的人会跟一个不让他们抢夺的头儿吗？"

"老回回"笑了起来，说："会跟的。你不知道吧，李自成打算在军中禁止佩戴金器，所到之处抢夺财物烧杀淫乱者一律处死！""曹操"差点儿从床上跳起来，"你说什么？他想剥夺咱们当马匪用生死换得的战利品？"

"老回回"只是耸耸肩。

"曹操"猛地跳起来，一把抓起左边的剑鞘将剑拔出，"那么，我向祖宗发誓，他当不了几天皇帝！而他那心爱的高氏，我把她送给手下弟兄们，让他们尝尝皇后的鲜……你去，赶快召集靠得住的人，得马上商量下一步对策。等进军京城就为时已晚了，现下已经入秋，河水慢慢结冰，李自成便会打算进京。我可不想让他来统领我们进京，我的意思你明白了吧？"

"那还用说！""老回回"鞠了一躬，"什么时候召集我们的人？"

"就现在，还等什么？""曹操"不耐烦地一挥手，"眼下我是得小心点儿，得夹着尾巴不招摇了。"

一个时辰后所有密谋者聚集在"曹操"的军帐中。来的所有人都早已不满李自成推行的新政策。连小袁也一脸闷闷不乐。

众人听了"老回回"的发言，闷声不响一句话也不说，只听到年轻的头领们鼻腔里哼出不服气的声息。但谁也不愿第一个开口。此时"曹操"发话了：

"你我众多好汉，此等羞辱还要容忍多久？金银财宝、权力、绫罗绸缎，这些对我们都是理所当然该得的，这都是我们一刀一剑换来的。现在有人想剥夺我们的一切。你们说说，我们为何还要流血牺牲？仅仅是有人想荣耀一时称帝吗？"军帐里顿

-269-

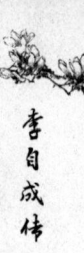

时响起一片低语声:"这个李自成确实太过分了。土匪有土匪的规矩,自古以来不变!李自成想断了我们的生路,那他就是自取灭亡!"

左金王发话,说出了众人担忧的事儿,"可李自成异常谨慎,时时刻刻身边至少有一百个侍卫保护……现如今进军京城之际,他就更加处处小心了。再过段时间,他周围忠于他的人越来越多,不出半个月,恐怕就更难以接近李自成了!"

"你说什么,半个月?""老回回"抢过话头,"咱们必须在几日内完事。只需给我们的人下令指派任务就行了,事不宜迟,马上就开始动手,趁李自成身边还未聚集起更多忠于他的将士。"

"咱们手下也有将近十万精兵。"小袁激动地从座位上跳起来,"把李自成的侍卫碾成肉饼还不容易吗?!"

"关键是,"狡猾的"皮革眼"补充说,"千万别让他和李岩、张兴、刘宗敏那帮人通气。趁这些人还在别处,咱们得赶快下手……"

"皮革眼"还没来得及说完,只见一支粗大的黑色弓弩箭飞来,一下子戳中了他的喉管。他颤抖的双手紧握箭羽,接下来便倒地身亡。

帐篷里的所有人惊恐万分。可紧接着,一支支同样沉甸甸的弓弩箭刺穿帐篷布,射中了他们的身体。有的还算幸运,还没搞清发生了什么便当场毙命,有些没毙命的试图从伤口拔出利箭,可闯进来一些手持狼尾长矛的侍卫,身着带有大元帅标记的盔甲,尖锐的刺刀刺入垂死挣扎的土匪头领身体里,屋子里充斥着撕心裂肺的喊叫声,很快屋子里的密谋者几乎都被清除干净。

"曹操"双膝跪地,弩箭刺中了其右肩。他用疯狂的目光扫视了血肉模糊的同伙儿,然后将目光投向身旁的一群士兵。这些士兵们眼睛似乎都朝一个方向盯着。他扭过头,看到李自成正向自己走近。只见李自成全副武装,腰间佩带心爱的宝剑,可并未戴头盔。

"曹操"歇斯底里地说道:"大元帅这是要去带兵杀敌吗?你要对付谁呢,自己的好友同伴?杀那些把你送到权力顶峰的人?杀那些效力于你的人?"

李自成走了过去,在离"曹操"一步之遥处停下脚步,平静地望着这个帐篷里唯一的幸存者。他身后营地方向传来一阵阵尖叫声,那是他手下正在除掉其余谋反者及其家眷,"曹操"内心顿生恐惧。他开始撕心裂肺地喊叫,以至于整个营地都能听到。

他不停辱骂李自成,可后者只是在一旁用出奇冷静的神情看着他。"曹操"骂累了,便使出最后一点儿力气说:"你可不能这样对我!"

"怎么不可以?"李自成轻蔑一笑,说,"我已经迈出这一步了……"

说着,他灵活地拔出宝剑,一下子刺穿了"曹操"的腹部。"曹操"一下子倒在华丽的地毯上,铜铃般的眼睛直直地盯着李自成,他双手捧住腹部,痛苦地抽搐着。过了一会儿,"曹操"便一动不动,闭上了双眼。李自成则把血淋淋的剑扔到地上,命令随从将此剑在营地外埋了,随后转身离开了军帐。

多尔衮营地。

多尔衮提议与吴三桂在戌月下旬相见,地点安排在女真领地的边界处。起初吴三桂对此忧心忡忡,毕竟以前的会面都是在长城这边进行的,他们的安全也都由吴三桂这里负责。可如今他不得不将身家性命交到这个从前的死敌手中,且至今他还未考虑好是否与多尔衮结盟,一切都是那么扑朔迷离……

见面的地点定在长城以北五里外一个幽深的林子里。通过关卡时,他借口称要出关巡逻,所以并没有引起什么怀疑。以往巡逻队时不时出关入女真领地,掌握其动向。

最终,吴三桂和多尔衮坐下来深谈。和往日不同,这次除了一盘果子和一些茶水,贝勒爷并未备丰盛的食物。

"这么急找我来,想必有要事相商吧?"吴三桂一边品着茶水,一边问道。多尔衮则皱着眉头端坐在那儿,似乎眼前的情景让他并不舒心,可不得不忍着。终于他张开嘴吐出几个字:"吴总兵,眼下情况突变,和一个月前可大大不同了……"

"难道太阳还从西边出来不成?有什么大变化我没察觉到?"

多尔衮笑了起来,随后说:"我可不是什么普通的王爷,我现在是摄政王……"

非同小可!吴三桂一听心里发紧,眼前的多尔衮不单单只是领兵人物那么简单了!他可是摄政王,但女真内部错综复杂,到底谁是真正的掌权之人?他吴三桂现在可得处处小心走每一步棋,要不然他会里外不是人。要是这边和多尔衮不成,那京城等着他的便是死路一条,还会灭九族……加上舅舅已然叛国,幸好皇上手忙脚乱,根本顾不上找他算账,要不然他吴三桂还能那么自由自在出入关卡?

显然,满腹忧虑都在吴三桂脸上写着,多尔衮一下子便察觉到了,他用体谅的口气说:"吴总兵,请勿忧心。皇太极升天后,我和济尔哈朗以辅政王身份辅佐皇太极第九子福临即帝位。尽管我是第二摄政王,不过实权掌握在谁手里还很难说!"

"济尔哈朗虽英勇善战，可不善于政事。而众人皆称我为皇叔，这个应该是有分量的吧？吴总兵，你尽可放心，与我说话，就等同于与福临说话。"

"这正是我所担心的。"吴三桂小声嘟囔着，可被多尔衮听到了："吴总兵何故担忧？"

"我可只是个带兵的，无权做朝廷的主。"

"行了吧！"多尔衮笑道，"你有通天的能力，有什么事办不到的？再说，我要你做的也是小事一桩。只需你到时按兵不动，为我打开北门，保我畅通无阻……"

"你这是要我犯下忤逆之罪！"

"明朝即将灭亡。你又何须担忧？况且那个乡下来的自称皇帝的李自成，带着浩浩荡荡一百万精兵，即将进京。到时候京城恐一片混乱，根本无法抵挡起义军。我的线人来报说，从未见到过如此庞大且纪律严明的队伍！王爷，你想想，明朝皇帝敢把你的人从北界撤走？料他有十个胆子都不敢！他惧我铁骑更甚于烈火！你只需作壁上观即可。时机一到，你为我打开大门，我们一同击溃起义军，进入京城！"

"你便立刻登上皇位！"吴三桂苦笑着说。多尔衮则得意地点点头："正是，而我立刻封你为王……"

吴三桂此时低下头，不让旁人觉察到他的眼神。是时候拿主意了。但吴三桂心知肚明，他自己早已做出抉择。

京城。皇宫。

朱由检身着龙袍，从朝堂走向公主寝殿。天公不作美，从一清早就开始下起蒙蒙细雨，宫里阴冷潮湿，直至傍晚时分才点起火炉，近来国库亏空，不得不节省着用炭。

朱由检最近一段时间也深感不安，身子也发沉不适。夜里难眠，白天那些朝臣们七嘴八舌向他提出的愚蠢的建议更让他心烦。西边起义烽火不断，可大臣们还说什么要用新进的绸缎装点朝堂，还声称这是为了大明朝的颜面。这边朝廷军队资金紧缺，可宦官们提议要给锦衣卫置办新制服。而那些所谓八面玲珑的太监呢，也不能给个主意，上哪儿去丰盈国库，要知道，好几年中原有一半地区收不到税，这可怎么好？

所有的地方税吏都被吓坏了，逃之夭夭。据说，许多地方官员被起义军处死。但也有传闻说，李自成下令禁止他的手下伤害平民百姓，这可能只是个传闻吧，李自成这个杀人恶魔怎么会如此仁慈？

皇帝脑子里不断地闪现出第一次处死囚犯时的情形，血流成河，低沉痛苦的呻吟声，在他的意识中交替着。当年帝师的预言，现在看来也不是什么无稽之谈，他朱由检还是得双手沾血。

公主寝殿外站着两个太监，见到皇上驾到立即打开门。朱由检推开沉重的大门，几乎悄无声息地走进去……

殿外是深秋之夜，自己的小公主已年满十五，该出嫁了！

他走到公主床榻边，静静地端坐在一旁的椅子上。

窗外沙沙作响的秋雨下个不停，可朱由检此刻在这个寝殿里感受到的只有平静祥和。他近来时常看望公主，只是坐下说说话，或是叫来公主生母一同到湖宫边散步。一家人漫步于景山花园，尽享湖光山色。

公主正酣睡着。她梦见了何人何事，老天爷才知晓……皇帝笑了笑，帮公主盖好羊毛被子，轻轻抚摸着她散落在丝绒枕头上的乌黑如绸缎般的头发。

他心想，但愿这乱世风云能远离公主。在这紫禁城内，有忠诚侍卫守护，公主暂且是安全的。大明朝在一日，公主便无忧无虑一日。

朱由检蹑手蹑脚地走出了公主寝殿。刚走到门外，王承恩便出现在他眼前。

朱由检整了整龙袍下摆，有些不耐烦地看着太监。毕竟，在宁静的时刻被打扰，朱由检心里有些烦闷。

"你有何事？"皇帝口气缓和了下来。太监总管深鞠一躬："皇上，报来噩耗，说西边儿战事吃紧……"

"西边儿，向来不是什么吉祥之地！"皇帝自言自语道。他沉重地叹了口气，怪不得近来他总是胸口发闷，难以入睡，的确这是块心病："西边究竟发生了什么？"

太监又弯下了腰，接着说："以暴民李自成为首的叛乱军队越过河南边界，攻下潼关，占领陕西，在西安安扎营寨，我们的线人报，说他们直逼京城。"

听到这儿，皇帝只觉得一阵眩晕，王承恩赶紧端过来一把座椅。"大祸即将临头……"朱由检声音是如此无力，犹如京城这秋日的天空一般苍白。他闭上双眼，而王承恩如雕像一般站在旁边沉默着。

稍过片刻，他站起身来，步伐坚定地向议事厅走去。江山正处危难之中，他得赶快行动起来保社稷，要不然那帮农民将会席卷而来，将他和明朝大业埋葬于废墟之中。他朱由检到时如何对得起列祖列宗……

第三部 天子

第四章 秀丽山川

村口集市广场上已经挤满了人，全村百姓蜂拥而至，连那个平日里最不爱热闹的姓苍的店老板也急匆匆赶来。所有人好奇而又谨慎地看着两个身穿盔甲、手持带有不明旗标的狼尾长矛的士兵，他们正在柱子上挂一块写有正楷的黄布。一旁还有四个士兵，警惕地盯着人群，不过目光并没有敌意。

最先开口说话的是养蜂老人博海："好汉！"他朝其中一个士兵喊道，那个士兵正盯着苍老板美貌的女儿看。而姑娘也乐意，她已年方十六，可父亲总是不让小伙子们来求婚。士兵终于把目光从姑娘身上挪开，有些不耐烦地问：

"老伯，什么事儿？"

"告诉我上面写了些什么？"

"你自己难道不会看？"

"看倒是能看，不过我大字不识一个，从小就没人教我识字……村子里的人几乎都这样，除了苍老板还有算命的何先生识字！"

"那让他们给你们读一下不就行了？"

"要不你自己去请他们俩来念？"一个姓莫的老太婆神神道道地说，"喏，苍老板就站在那儿，那个大腹便便的就是。"

士兵斜着眼瞥了瞥苍老板，然后郑重地说道："此乃大顺皇帝李自成诏告。皇帝诏令，甲申年改年号为永昌，均田免赋。"

士兵甚至都没有注意到，人群中的议论声一下子消失了，广场上一片沉寂……他环视四周，数百双眼睛齐刷刷盯着他看，眼神里不知何意，疑惑、震惊还是喜悦。

此时士兵们也已经将布告挂上，冬季寒冷的风把那块黄布吹起来，它迎风如旗帜般展开。这如同一阵轻快的风儿，让大伙儿感受到从未有过的自由，渐渐地人群中喜悦之情愈发高涨。

而从村子某处突然传来欢快的儿歌声："杀牛羊，备酒浆，开了城门迎闯王，闯王来了不纳粮！"

百姓们满心欣喜，孩子们都这么唱，那就是天意！天意难违！村里人都跟着唱，时不时传来发自肺腑的笑声。纺织娘、农民、士兵，甚至是那个总是闷闷不乐的苍老板，所有人都乐呵呵的。新朝新天下已经来临！

陕西。西安。

罗阳在心爱的宝簪搀扶下，走进了西安总督府大堂，这里已经被起义军占领，成为大顺皇帝李自成的临时朝堂。罗阳毕竟这个年龄了，路上奔波受了风寒，所以此次行军之后腿脚更不利索了。

李自成一见师父进门，立刻从宽大的座椅上起身，径直向罗阳走去，然后一把从宝簪手里接过师父的手臂，扶着他坐到一旁柔软的座位上。

罗阳满意地点点头，面带微笑："终于轮到我依靠你了，没你我寸步难行……"

"行了吧师父，你身边还有宝簪呢，她时刻陪伴着您！"李自成一边坐下，一边戏谑道。宝簪此刻微微弯下身，识趣地离开了大堂。屋子里只剩师徒二人。"你终究成了大事！"罗阳的声音回荡在大堂里，如同一阵微风轻轻掠过邻近的山丘，"你现在是皇上了，手握重兵，感觉如何？这当真是你这些年来梦寐

以求的吗？"

"说实话。"李自成笑了笑，摘下了头上那顶珠宝玲珑的皇冠，"我倒是没多么渴望皇权，只不过希望像现在这样安安稳稳地住在房子里，而不是生活在阴冷潮湿的帐篷中。师父，你想想，你我征战奔波十五个年头，难道不觉得累吗？"

老人紧闭双目，沉默许久，然后轻声说道："你知道对于失散的魂魄来说，最后的归宿是什么？"

"我不明白您在说什么，师父？"

"人活在世上，该高于肉体世俗之乐。"罗阳神神道道地说，"唯有此方能得天道，尤其是天子，更须悟出这个道理。天子不局限于自身欲望，天子得天道，助于民。天子乃民之父也。此非易事……"

"师父，您自己并非为人父！"李自成瞅瞅罗阳。罗阳则摇摇头说："曾几何时，我有过家室妻儿。我们住在甘肃北部的一个小村庄里，几乎靠近边界。当时女真入侵，家人被这帮野蛮人杀害……从此之后我便周游各地，希望能再度成家。你便如同我儿，宝簪为我爱妻。上天眷顾，丧失妻儿的痛也就慢慢抚平了。但很快你就将属于天下属于百姓……老朽我值得庆幸。此乃肺腑之言。"

"师父，您永远如我生父，永伴我身边！"

罗阳只是一个劲儿摇头，说："你说即将大功告成……那等天下百姓皆为你臣民之后，你又有何打算？"

李自成站起身，挺了挺肩膀，大步走到龙椅边坐了下来。罗阳此刻注意到他的神态姿势中透露出一股豪迈气势，这是以前从未有过的……

"我的目标只有一个，你我二人这么多年久经沙场、风餐露宿、流血流汗，为的就是这个目标。此乃天下百姓之福。夺取京城，将朱由检从皇位上赶下去，这便是我要做的。师父，您清楚，离此功业近在咫尺。"

早在寅月中旬大顺皇帝李自成率领百万军队，兵分两路，从西安出发进军山西。

这便是进攻京城的开端。

京城。皇帝寝殿。

朱由检眼里满是泪水，这个时候要是有人进来，可真是让皇帝颜面扫地！万岁爷也是人，总有脆弱的时刻！况且在他肩上担负的重任，并非常人能承受得起。然而皇帝的泪水不是为了数百万饥饿的百姓和所有战死沙场的将士们所流的。他是为了自己的无能痛哭流涕……恨自己为何无力找到救大明朝于危难之中的出路。起义军猖狂肆虐，攻占一个又一个地方。

明朝先帝们也经历过各种风云，但最终还是稳住江山！而现下……这个寅月下旬灰蒙蒙的日子让皇帝觉得愈发烦闷，他还是第一次觉得手足无措，毫无头绪。这一次摆在朱由检眼前的现实是他根本没有选择可言！那个李自成自立为王，将绞索套在他朱由检的脖子上……他已经把所有用得上的办法都使了，可无济于事！他真的不知下一步该怎么办。

起义军的队伍如同汹涌海潮席卷而来，所到之处皆被李自成的人踏平。朱由检从未见过海潮……不过他听人述说，也想象得出那股气势。

更可悲的是，竟然无人能抵抗李自成的队伍，要么闻风逃窜，要么被起义军一举击溃。

进京的道路畅通无阻，李自成他们自然以神奇的速度前行！滔滔江水也无法阻止他们的脚步，训练有素的起义军士兵站在马背上渡河而过。冰冷的黄河水边，附近村庄的农民们为他们砍木造船，几日之内就解决了渡河的难题。

大顺皇帝走到哪儿，哪儿的百姓欢呼雀跃，热情地请起义军士兵们到家中安顿歇息，而起义军里也不断补充新鲜血液。

据称，李自成到处给百姓废除赋税，而所占之地的富豪、地主则须上缴贡品。他用这些钱财供养军队，并且为有需要的百姓们购置粮食，难怪他深得百姓爱戴、拥护。

而据传闻，起义军中更是有一条铁律，这连朝廷的队伍也难以实施，将士们严禁随身佩戴金银。

士兵们勤于操练，不断提升使用兵器技能，变化阵形，学习新的火器。他们在与祖大寿西军交战时缴获了不少火枪火炮，威力甚大。而且起义军在近几年实战中完全掌握了火器用法。

大顺皇帝李自成积极筹建政权：有功之人封五等爵，重重有赏；各地招纳贤士，军师共二十五人；改西安为西京；设天佑殿大学士；并废除旧币，改用新币。

朱由检拿出一条泛白的手绢擦了擦眼泪，拉响了铃铛。从大殿深处的某个角落，响起了脚步声，王承恩正从帘子后小跑过来。

"内阁呢？"

"已聚集于前殿！"大太监低着身子回答。朱由检皱皱眉头，试图用平静的声音说："叫了九门提督没有？"

"皇上，已经请了……"

"去宣进殿。"朱由检说完伫立于大殿门前，他想缓口气。

朱由检刚进门便大吃一惊，还从来没有看到过如此众多的大臣聚在一起！照以往，每位官员各尽其职，上朝时有的会去处理紧急事务，所以朝堂上空空荡荡也是寻常事。而今日的大殿内挤满了人！所有朝臣都聚拢在这个狭小的空间里，每个人都希望从皇上嘴里得到一线希望……

朱由检一进门，众臣磕头跪拜。皇帝则步伐稳健地走到龙椅旁坐下。他将手放到龙形紫檀木雕刻扶手上，这时才向大臣们一个个弯曲的身影扫视一遍。

没有一个人敢第一个抬头……此时朱由检抬高嗓门说道："众卿谁先说？"

接下来的几个时辰内，朱由检所听闻的尽是一些哀怨声，这个提出西边形势如何紧张，那个提议增派援兵，还有的说国库紧缺、税务事亟须处理……大臣们个个打着自己的小算盘，每个人都为自己的将来乞求皇上恩准。可没有一个人能想出法子保住京城，救眼下危急之难。

忽然，朱由检猛地站起身来，有的大臣甚至还没来得及低下头便与皇上对视了，这让众臣惶恐不已！

"要是众卿无解救京城之办法，朕提议调动吴三桂兵力。速速让吴三桂来见我，要快。除此之外别无他法。"

朱由检重重地一屁股坐了下来，其余人等仍呆呆站着。

随后只听九门提督小心翼翼地发话："皇上，要是撤走吴三桂的军队，那么就无人抵抗多尔衮的铁骑！那帮女真贼寇将畅通无阻直逼京城。万万不可啊皇上。"

朱由检微微点头，可他心里差点儿按捺不住想嘲笑这个无能的武官。要是还有什么别的办法，他至于提出调用吴三桂吗？摆在他面前的是剿西边的李贼还是抗北面的多尔衮，哪个更亟须解决？

"从南边调兵呢？"皇帝半发问的语气下令道，目不转睛地盯着武官们看。可没有人敢抬起头来回话。

"南边不是有我们的军队吗？"朱由检接着问道。

一个武官怯怯答道："大部分人马正在扬子江一带对付张献忠……战事吃紧，一时半会儿调不出军队来。"

朱由检感到喘不过气来，他甚至感到了大明王朝即将灭亡，但他竟然无力抵抗一帮草民。江山危在旦夕。

站在一旁的王承恩用几乎听不见的声音在朱由检耳边低语："皇上，古人云既然不能败之，则安之。"

"安之？"皇帝也同样低声问道。大太监深鞠一躬，随后他的嗓音如同窗帘拂动一般的沙沙声，传到朱由检的耳朵里："皇上，与暴民及女真和谈，乃现下之对策。缓得一时，再作计议。"

陕西。大顺军队。

李自成悠闲地骑在马背上，身后跟着卫队。又一个城池归于大顺。百姓们拥到街头，将一把把米撒到李自成马匹下，以表对大顺皇帝的爱戴。

到处人头攒动，一片欢呼声。百姓们都想亲眼见见这位将他们从压迫中解救出来的大恩人。一张张脸上挂着喜悦之情。

李自成的马匹穿越大街小巷。突然他发现一个小酒馆门口的横梁上悬挂着几具赤裸的尸体，这如同迎面扑来一盆冷水……

他手持鞭子，指向那几具尸体问：

"这是何人？"

千人弓箭手头领刘心赶紧上前回话："皇上，这是士兵他们想抢老百姓的财物,被绞死以示众……"

李自成有些恼火地皱着眉头。

"皇上。"李过赶紧接过话头说,"这些人加入我们的队伍,可不是为了替天行道,他们只是想捞到好处而已。就像当时'曹操''老回回'他们,还不是一路人吗?果真如此……"

"这正是令我忧心的!"李自成嘀咕一声,牵着马转过身,沿着小街边小跑过去。百姓们急忙为他让出一条道来,而李自成高高坐在马上,面带笑容地向所有人点头致意,"我们还需要绞杀多少这样的败类,才能让我们的人个个严明纪律、不烧杀抢夺?"

"叔叔,这我可不知!"李过悄悄回答道,此时他策马在李自成一旁,附近并无他人听到他们的谈话,所以也就随便称呼了。

"这帮人非杀不可,也可在百姓这里抬高你的威严。"

"现在咱们势力范围还不大,该赢得人心。"李自成也小声说,"我可不是要责怪你们绞杀那帮掠夺老百姓士兵!"

李过不停地点头,他们继续前行。

李自成将要去见当地的工匠、商户,这是他们在夺取每一个城镇后的惯例。他们要共同建立一个新政权,李自成必须争取得到所有臣民的支持。而工匠、商户也迫不及待地想归顺于大顺皇帝,毕竟对他们来说也是有利无弊。

山海关要塞。东军营。

山脊上雪已经融化,山海关要塞的树枝上已然冒出新芽。到了辰月(4月4日至5月4日)初。经过一个漫长严寒冬季,京城粮食短缺,只见一排排车队向京城方向送去补给。

吴三桂站在要塞城墙上，一直朝东边望去，春日破晓。此刻一个送信的急匆匆跑过来，一鞠躬便呈上一个加盖皇帝印章的卷轴。

吴三桂心里边不禁一颤，顿时有一种不祥的预感……他接过卷轴，点点头让送信的离开。那个送信的前脚还未踏出城楼，吴三桂一下子就打开了密信。

只读了第一句话，他便整个人愣在那儿。

写信的是京城驻军将领，他和吴三桂二人年轻时在西军共事过，关系甚是密切。那个将领素来忠心勇猛，久经考验，见过大世面……

就是这么个从不胆怯恐慌的老将，字里行间透露出绝望：庞大的起义军正向京城步步紧逼，而皇帝不敢从北边调动东军，京城的军队恐怕禁不起一两次突袭，而李自成他们很快就能打入京城。

吴三桂身靠两个城垛间的大石头，凝视远方，山川河流树林后面数千里外是辉煌古老的京城……

那个写信的将领说，吴三桂老父亲留在京城，他断然拒绝到南方避难。他认为，在一群草民面前屈服是有悖于尊严的，更何况他至今还不相信皇上和京城的官宦们就这么轻易打开城门。

在京城还有妻妾姊妹……吴三桂突然回忆起儿时的情景，家中温馨愉悦，父母对他关爱有加。

尽管现在是一个暖和的早晨，他还是感到一阵寒意。他紧紧地把斗篷裹住身子，整了整箭带。此时吴三桂心中已有抉择，他快步走向营务处，该当机立断了。

事实摆在面前，多尔衮的确料事如神，京城脚下果然来了如此大的威胁。他吴三桂要决断的便是站在哪一边。跟着朱由检，那他说不定很快就会战死于京城脚下，可英名流芳千古，而站在多尔衮这边，那么他将失去亲人，荣誉扫地。可多尔衮答应封他为王，尽享荣华富贵……但这两个决定都不是上策。两者间必选其一，吴三桂甚至害怕承认，他自己内心其实已经做出了抉择，且这个抉择会葬送大明朝，将了结乱世，救天下于水深火热之中。

京城。皇宫。

朱由检朝大堂内聚集起的众臣环视着。这些人都是还没逃离京城的一帮乌合之众。他们当中有的只不过没有足够的钱财逃出，其余的则是在此拥有太多的权力，不甘心就这么离开。这帮人唯一的共同之处便是眼中的恐惧之情。个个深感如同俎上鱼肉。他们过惯了京城衣食无忧的生活，向来游手好闲。

朱由检心知肚明。现在不得不靠这帮无能懦弱的大臣来拯救摇摇欲坠的江山。江山社稷还有救吗？

朱由检觉得这帮人也想不出什么好法子，所以不等他们说出鬼主意便自己先开口：

"朕以为唯有一条路可救大明。"

他又一次看看群臣的表情，他说的不正关乎每个人的命运吗？前景渺茫，但不得不做最后的尝试。而众臣个个只是用愚忠的眼神盯着朱由检脚下，等着皇上发话，和接受封官晋爵时的表情并无两样。

"北边吴三桂的人马不能调走，否则女真即日便打入京城。京城军力薄弱，无法与李贼抗衡。因而朕决意与贼寇和商，将计就计。"顿时厅堂内寂静得连一根针掉在地上都能听见。所有人似乎都屏住呼吸，包括那些侍卫官们，他们正洗耳恭听皇上圣意，这可是与他们每个人将来何去何从有千丝万缕的联系。

"你们几个。"皇帝用手指着几个大臣，那几个人胆战心惊地把头压得更低了，"留下听朕旨意，随即传话给那个……叫什么名来着？李自成。你们传朕的旨意，听听李贼如何答复。然后再作计议……"

除了朱由检点名的那几个大臣，其余人等皆小心翼翼地离开朝堂。而留下来的几个人像柱子一般一动不动地站在皇帝龙椅前。

"众卿听朕旨意。"朱由检说。

他全然不知，此时在宫殿另一端门廊，一个小个子男人正在对几个穿着不太显眼的人说："他们一行三人，很可能没有护送侍卫。你们在黑谷那儿截住他们。一个都别放过，斩尽杀绝。尸首就扔到西门下。还有，将他们毁容，做到无法辨认……这还要我来教你们吗？你们该清楚怎么办……去吧！"

几个黑影点点头，便立刻消失在宫殿的黑色夜幕中。

京城郊外。大顺军营。

大顺皇帝李自成高居山顶，远远望向离这儿仅仅几里远的京城。

此时大顺永昌元年，辰月第十九日（4月23日）。

李自成身下的战马烦躁地抬起双蹄，跃跃欲试，似乎想立刻奔入沙场。这只机灵的战马仿佛为自己的主人骄傲，随时准备随主人杀敌！

可今日李自成毫无战斗心意。展现在他眼前的是京城一片祥和繁荣的景象，皇宫、庭院、花花草草……李自成满心希望能像之前一样不动一刀一枪就能夺取京城。他对自己军队的实力胸有成竹，京城的人马可以说不堪一击。

这时候他突然觉得自己是那么想念师父罗阳！可师父留在西安由宝簪照顾，老人身体虚弱，无法和李自成一同前往京城！想当初他们是如何梦想站在京城脚下的那一刻！这些年来历经血腥战场，李自成对皇帝的恨也渐渐淡去，战争已经是家常便饭，这让他有些心有余悸。近来他越发噩梦缠身，就是那个血流成河、尸体密密麻麻在猩红色河水上漂浮的噩梦。每次李自成浑身冒冷汗地惊醒，甚至是体贴的高氏也无法让他回过神来。

高氏甚至多次提出要推迟进京，暂且等明朝自己一点点覆灭，皇帝彻底失去天道民心，臣民们自然会让李自成进京，这样尽可能避免流血。

可李自成清楚，那些掌权的人绝不会自动把皇位让给一个草民，他们宁可设一个傀儡，然后在其身后随意操纵摆布，也不愿让一个外人来掌控。所以说只有一条老路，那就是攻打京城，赶杀旧势力。可李自成内心还是决意给他们最后一次机会，能和解就和解。

"哎，李过，你这儿都准备就绪了？"

"皇上，正是。"李过低着头回答。

"那派人转告朱由检我们的意思。上天做证，要是他们按照我们的要求办，定放过他和京城的军队。至于紫禁城的某些官宦，我可不能保证，不过定不会有大批杀戮。快去吧！"

李过点点头，快马加鞭直奔山下。大顺皇帝李自成则用饱含期待的眼神目送侄子离去，随后转向突击队将领张兴："你去备好你的人马……对天发誓，我们万万不愿杀戮，可世事并非全如我意。"

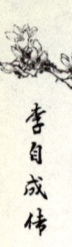

"是，皇上。"张兴作揖回答道，"我的人马已准备好了，只待您一声令下。"

"终究等到这一刻！"李自成笑着说。他一直在等待这个时机。但这个事关生死的时刻到来，也让他觉得出乎意料。李自成前脚刚回到营地，李过就急匆匆下马前来报告："报皇上，我们派出去的使者被他们射杀于城外。"

"他们的人难道没看到旗号吗？"

"不，他们先瞄准旗手，然后射杀了使者。还在城墙上辱骂嘲笑……"

李自成扭头对张兴说：

"你看，这个世上没有人明事理，有点儿权力就欺压别人的人还是多数。向来如此……这也见怪不怪了。你去准备进攻吧！明日不惜一切代价攻占京城。"

李过有些谨慎地问："您难道不怕吴三桂的队伍吗？"

李自成则笑了起来："你看到他们的影子了吗？他们恐怕暂时是局外人，以后再将计就计。你记住，谁占据京城，谁就占据主动。咱们必须办到。"

大顺永昌元年辰月二十日清晨，独眼皇帝李自成率军队浩浩荡荡开始了对京城的进攻……

京城。皇宫。

朱由检起得格外早。他摇了摇铃铛，在床榻上等着宫人们进寝殿伺候。可半响过去之后，根本毫无动静……朱由检心里边像被针刺了一般恐慌。他站起身穿上睡袍，离开寝殿，打算找王承恩算账，数落他为何没有调教好下人……

此刻王承恩已经匆匆向皇帝走来。他笨拙肥大的身躯吃力地挪动着,活像一只大熊猫……皇帝正想发笑,但一看到王承恩脸上惊慌失措的表情,他的面孔也顿时僵住了。

"发生什么了?"

太监一下子跪在地上抽泣着:"皇上,暴民打过来了……"朱由检脸色苍白,惊慌失措地问:

"他们没有接受朕提出的和谈条件?"

"皇上,您派出的使者死于外城的小巷子里……有人忤逆皇上您啊,暗地里下毒手!"

朱由检双手颤抖不止。他回到寝殿,王承恩伺候他穿上龙袍,戴上皇冠。随后便急忙赶往大殿议事。忠心耿耿的王承恩一路跟着皇上。

可到了朝堂,里边儿空无一人。皇帝立即下令,让太监和几个侍卫前去大臣们住处将他们带过来。但一个时辰后他们回来报称,所有的大臣们都不在住处。并且那些人的宅邸里空空荡荡,所有的金银财宝都被带走了,由此可见大臣们皆逃离京城……全是一帮贪生怕死的混蛋。

此刻朱由检才亲耳听到从京城外传来的厮杀声!他明白,他已然孤身一人……

"然而就在昨日,这帮畜生还信誓旦旦地说要和朕同生死,誓死捍卫京城!"朱由检不禁辛酸地喊道。太监头儿轻声回答:"皇上,这是昨日……今日形势大不同,他们都保命要紧,皇上您自个儿也得考虑考虑后路了……"

"朕还能往何处躲?"朱由检茫然地望着王承恩,"朕为天子,紫禁城之主,现在要朕弃皇宫而去?"

"皇上,能去北边吴三桂那儿……在山海关一带先避避风头,等这里平复下来再作打算……"

朱由检站立着，一句话不说，就这么听着京城外的刀枪声。

"看来紫禁城已被包围了……你随我来！"朱由检终于开口说道。他朝王承恩点点头并向寝殿走去。他决意已定，内心平静如水。

朱由检摘下了所有的金银珠宝，脱下上朝服，随手将这些饰品和龙袍扔到地上，只穿上一件最素雅的蓝色袍子。他拿起酒壶，一连喝了几口，突然觉得这酒苦涩得很。沉默许久之后他开口问道："王承恩，你如实说来，事态到底有多糟？"

老太监一脸惧色，弯腰作答："皇上，老奴爬到景山上看……暴民已经攻入了内城。京城的军队根本抵挡不住。不出几个时辰，紫禁城恐怕不保。"

崇祯帝朱由检悲伤地望着太监："全完了……走，咱们去看看皇后。"

皇后娘娘寝殿中，除了皇后之外，还有三位皇子及宫女。朱由检进殿时除了皇后，其余人都双膝跪地。

他一时半会儿竟不知说些什么。

皇后先发话："皇上万安！妾忠心跟从你十八年，可皇上没有听过臣妾一句话……奸臣作孽并非今日始，可皇上视而不见，一意孤行，以致有今日。臣妾身为国母，理应殉国……只是请皇上照看好皇子、公主……"

说完解带自缢而亡……屋子里顿时一片震耳的哭声！

朱由检此刻睁开双眼，看到皇后的尸体在半空中晃来晃去！这瘆人的场景使他僵持在那儿，一旁王承恩在他耳边提醒道："皇上，该拿主意救皇子了！"

"是是。"朱由检目不转睛地盯着皇后的尸首，这可是忠心跟了他那么多年的皇后娘娘,"王承恩,你说,这结局总比蒙受耻辱来得好吧?"

老太监一个劲儿地喊:"皇上啊,您还有公主,须保其免蒙耻辱!"

"苍天啊!"崇祯帝朱由检对天长叹,"昭仁公主,为何不把公主和皇子一起带来?"

"公主不在寝殿中……"大太监低下头回答,"时间紧迫,来不及到处寻……"

朱由检紧咬嘴唇,走上前一把夺过侍卫的剑,转身对皇子们说:"你们都是皇家子孙,也已到了明事理的年纪了……"

其实,最年长的皇子也只不过十岁,其余的两个只有九岁和七岁……但朱由检知道,他们或许是将来大明的继承人……

"侍卫将一路同行,护送你们出城,送到南边叔父那儿避难。务必保重,明朝后继有人。快去吧,苍天保佑!"

那个侍卫即刻打开一扇暗门,将皇子们带入暗道。最年幼的皇子在进入暗道前想对朱由检说些什么,可朱由检只是把手指按到他的嘴边让他不要出声……孩子就这么悄无声息地消失于黑暗中。他们身后的暗门随即关上。

朱由检盯着手里的刀剑好长一段时间,然后坚定地走到公主寝殿。确实不见公主身影。朱由检心神不定,难道公主被什么人劫了……此时公主气喘吁吁地跑过来。她正沿着宫殿昏暗的长廊向父亲跑来。

公主一把抱住父亲,小小的身躯因害怕而颤抖不止……皇帝抚摸着她乌黑的头发,抽泣着说:

"你为什么要降生到帝王家来啊?"

"父皇这是何意?"公主试图挣脱,但朱由检笨拙地抬起剑刺入公主的腹部……他可从未亲手用刀剑杀人过。这一击并未马上要了公主的命……她倒地挣扎，腿脚不停抽搐着，发出痛苦的呻吟……公主紧闭着双眼，所以没有看到太监弯下腰伸出的匕首了结了她的痛苦和皇帝内心的折磨。公主最后抖动一下身子，便不再动弹。

崇祯帝眼睁睁看着地上深红的血迹渐渐蔓延开，如同自己即将逝去的江山和气数……然后他转身前往妃子们的寝殿。

"你在此等候。"他口气生硬地朝太监下令，一把推开嫔妃寝殿大门。只听见从寝殿内传出一阵阵哭喊声、尖叫声……乱哄哄地过了一阵子，朱由检独自走了出来。他望着脸色苍白无血的王承恩，将血淋淋的剑丢到一边，向皇宫出口迈出步子……

他向安定门走去，李自成的人暂时还未打过来。朱由检真的希望皇子们已经安然出城。

京城上空升起烟雾，外城房屋被烧毁，飘来一阵阵烧焦的木头与尸体的气味。

大门处散落着沙石。崇祯帝朱由检望着眼前这一切，长叹道："诸臣误朕也，国君死社稷，二百七十七年之天下，一旦弃之，皆为奸臣所误，以至于此。"他随即转过身朝景色秀美的景山走去。

"把你的匕首给我。"朱由检向王承恩下令。他从自己的袍服上割下一块布条，又咬破手指，在布上写下血书。

一次又一次皇帝咬破手指，断断续续地写下生命中最后一份诏书。终于，皇帝写下最后一笔，用鲜血直流的手摸了摸额头。他脸上立刻呈现出一道猩红色的血印：

"朕完事之后，你定要把此文书钉到袍服下摆……"

王承恩弯着身子一动不动，头也不敢抬起。崇祯帝朱由检则松开长袍腰带，很快用它打了一个结，用力一甩便挂在歪脖树的一个枝头上。他此时想起曾几何时与皇后及小公主躲在树荫底下乘凉闲谈……这便是命运之结！转一圈又回到原处……

　　崇祯帝朱由检面带微笑，将脖子套入绳结中，双脚一蹬，那张他脚下的小凳子便倒在花丛中。小凳子也完成了其最后的使命。

　　王承恩只听到颈骨咔咔的响声，他惊颤不已，眼睛慢慢睁开看过去……

　　皇上的龙体正在西面吹来的晨风中微微摆动。王承恩好不容易从皇帝僵硬的手里拉下那块写满血书的布条，看着上面有些歪斜的字迹：朕自登基十七年，虽朕薄德匪躬，上干天怒，然皆诸臣误朕，致逆贼直逼京师。朕死，无面目见祖宗于地下，自去冠冕，以发覆面。任贼分裂朕尸，勿伤百姓一人。

　　王承恩老脸上泪水纵横，任凭空中飞来的烟灰迷乱双眼……

　　王承恩不停地啼哭着，奉命将这块布钉在已故先帝蓝色袍服下摆上，并双膝跪地于前。崇祯帝朱由检就这样在景山自缢身亡，年仅三十四岁……这也代表着一个朝代的灭亡。

第五章　三军之战

京城。大顺军队。

大顺皇帝李自成身坐马鞍上,他望着眼前的京城古门,神情中透露的是既欣喜若狂又诚惶诚恐的复杂心情。他确实结束征战,大功告成,攻占了大明朝京城。可面对这么一个历朝历代经历风雨的古城,他又一下子不知道该从何下手治理天下。

已经有人向他报来崇祯帝自缢的消息,线人还称朱由检之前将三个皇子秘密送出紫禁城。起义军人马将京城围得死死的,照这么看来他们应该出不了城。李自成给手下的将领下令,搜遍京城找到皇子。

骑兵们步步逼近外城墙……京城的队伍大部分束手投降,只有少数做最后的抵抗。李自成下令尽可能保住这些人的命,抓活的。他并不希望杀戮成为他得天下的起始。一路走来,流的血还少吗?

在一扇镶有金属铁条的巨大木门前,李自成勒马停步,只见门上坑坑洼洼尽是些刀枪痕迹。他转身对着贴身卫队首领刘宗敏说:"传我的令,不许烧杀抢劫!违抗者,立即处死!""是,皇上!"刘宗敏回答道。刘宗敏有着宽大的肩胛,乌黑浓密的胡子几乎盖住了半张脸,看上去活脱脱像一只大狗熊穿着盔甲,他的样子足以让人胆战。

"谨遵军令!"刘宗敏说话声中气十足,一点儿也没有在大顺皇帝面前毕恭毕敬小心谨慎的语气,李自成也注意到了。可李自成把刘宗敏的口气归结于他正被胜利冲昏头脑,所以也就不去与他计较了。

李自成一队人马又向前行进,到达了塔楼拱形门下。当他们一出塔楼,透过春日绵绵细雨,李自成被眼前一幕所震撼。

街道两旁站满了成千上万的百姓,有衣着简朴的工匠、农民,穿戴华丽的商人,还有一些穿绫罗绸缎的大小官员,个个诚惶诚恐地拜见大顺皇帝。也有京城军队里不少将士,都放下兵器,宣誓效忠新主子……

所有人手里都拿着点燃的蜡烛……天色渐黑,百姓们手里的亮光一直从外城门延伸到紫禁城……李自成所到之处,人们纷纷俯伏于地,而李自成敏锐的目光立刻捕捉到了他们额头上所贴的两个字——子民。更有人已经将"永昌元年"几个大字挂在大门上、房屋墙上,推车上也写着"顺天王万岁"。

顺天王,从没有人这么叫他。李自成指着这些字对李过说:"你看,这便是民心!得民心者得天下,得牢牢记住。"

他有些得意地朝侄子笑了笑。此时李自成警惕地环顾四周,他倒不是怕有刺客,而是线人报,多尔衮的耳目奸细正在京城四处活动……

终于到了紫禁城。李自成在正门宽阔的台阶前下马,静静站立着,盯着这个曾经他连做梦都想不到的令他神魂颠倒的地方。他转身对李过说:"难怪古人云心想事成。有些事儿还真得小心。"

"有什么不妥吗?"李过疑惑地问,"这不是您多年来所愿吗?"

李自成缓缓走上台阶,到了入口。这里空无一人,冷冷清清。偌大的皇宫如同鬼城……只听见青石台阶上滚动的一个金碗的响声。李自成将它捡起,细细观赏了一番金碗边上精致的花纹,然后便往身后一扔说:"谁要谁便拿去罢了……"他并未

转过头去，不过凭身后并无碗落地的声音，也可推测它已经找到了新的主人……

朱由检的尸首正躺在那棵歪脖树下面，这棵树陪伴他走过人生最后一刻。李自成弯下身来，仔细地看着大明朝最后一位皇帝年轻的面庞……他与自己年龄相仿，试想他也曾经处于权力顶峰，有爱恨情仇、理想抱负，也是个活生生的人，可现在朱由检惨白的脸上深深凹陷的双目里透出的只有灰暗深渊，深渊将他永远吞噬。突然，他注意到朱由检袍服下摆处钉着一块布，上面写满了血迹斑斑的文字。李自成扯下布，反复读了好几遍，然后把它递给在一旁的李过：“将它保存好。”随后他解开护手，从怀里掏出一个破旧的布袋子，解开绷得紧紧的口袋。他将布袋翻转，里边一把土撒出倒在已故崇祯帝的胸口处，这是李自成从家乡米脂县带来的灰土。

"终究办成了！"李自成几乎用听不到的声音说道，"履行了我最后的承诺！"他随后将空布袋扔到朱由检尸首旁，扭头对随从们说，"随便找个给穷人下葬的棺材放进去，头上压一块石头，用个席子盖起来。他罪有应得，照我的意思办。"说完他朝紫禁城宫殿那边走去。但眼前的一幕让他惊呆了。长廊两侧烈火熊熊，一直延伸至远处……火光在黑暗中照映出墙壁上的图案以及长廊内的物什……还有一具尸体！似乎这里刚刚发生了一场激烈的搏杀！倒在地上的有男有女，有宫人、将士、内侍。这些人衣冠不整，似乎根本没有预料到他们会突然被砍杀……

"发生了何事？"李自成头也不回地问。跟随其后的刘兴回应道："听闻，那些忠于崇祯帝的官员通常会亲手杀了近亲，然后自尽了结，以表对皇帝的忠心……有人报说，朱由检死后一昼夜内大概有八万个忠实臣子跟随他而去……"

"竟然有八万！"李自成双手遮面，惊恐地叫出声来。他站立在原地许久，手下人都不敢去打扰……

"八万？"他又一次用颤抖的声音重复道，几近疯狂的眼神扫视随行的将士，"这是我们军队一成的人啊！苍天，我最怕伤及无辜！可他们的死让我良心不安啊！"

李自成好不容易缓过神来，抑制住自己的泪水，沿着长廊走去，那些投靠大顺的宫人们点灯带路，一直通向前殿……

他突然想起了崇祯写下的血书，里面说的被奸臣所害，他李自成也是深有体会。当年下了毒的酒，无数次身边人的背叛与阴谋……他和崇祯帝所处的境地又有何区别呢？

他们又穿过几条宽阔些的长廊，一道高高的大门映入眼帘。手下为他推开大门，大顺皇帝终于迈入了这座他梦寐以求的大殿。

最前端便是龙椅，春日的早晨从高高的窗户中投射过来的灰色光线让它发出幽幽的光芒。

李自成向前跨出几步，慢慢迈上了台阶，驻足于宽大的龙椅前，座椅扶手为雕刻成的龙形。他想转身面对他的将士们说些什么，可最后只是笑了笑，撩起斗篷下摆，一下子坐在缎面座椅上。他把双手搁在木雕龙形扶手上，此时他五味杂陈。他低着头沉默许久，然后抬起头看着聚集在前殿的人群，李自成一只眼睛里闪出邪魔般烈焰。

"诸位，你们都听着！那个预言果然成真！独眼龙真的当上了皇帝！"

所有将士放下兵器双膝跪地，拜倒在大顺皇帝李自成面前……紫禁城换了主人。江山易主。一切已成定局。

山海关要塞。东军营。

吴三桂手里拿着的是从京城传来的可靠密信。他眼里尽是悲痛：京城被李自成占领，他的父亲辽东总兵吴襄和家里人一起被抓，李自成扣住吴襄，企图以此要挟吴三桂，让其投靠大顺！吴襄公然拒绝之后，全家被抓，打入地牢。更可恶的是，曾经是个粗鲁铁匠出生，而如今成了李自成贴身卫队长的刘宗敏，竟然抢走了吴三桂最心爱的陈圆圆！当然，吴三桂不缺女人，可他心里愤愤不平的是，因为自己袖手旁观按兵不动，让这些暴民们占了京城。当时崇祯帝朱由检对他也算是开恩了，祖大寿出逃的罪过并没有算到他吴三桂头上，家里人在京城没有被动一根手指头，还加封给他吴三桂伯爵并拨了赏银！可他吴三桂呢，竟然在紧要关头退缩……不，这并不算是退缩，他吴三桂这么做完全是考虑清楚的！要知道对付李自成这个恶棍几乎没有胜算！他区区十四万人，如何打败李自成近百万军队？还不是被踏成肉酱血泥！

正因他明哲保身，才保全了兵力，中原恐怕只剩下他这支还有些实力的队伍。改朝换代是常事，天下到底鹿死谁手还未知呢。他吴三桂现在就有了一张不小的牌。多尔衮以为东军在他掌控之中，可事实并非如此！吴三桂自己有着小算盘，且与多尔衮所愿并不一致。

现下多尔衮的精兵处于边界，咄咄逼人，扬言趁这个时候混淆视听，一举捣毁李自成的人马，然后让明太子登基。太子年幼，到时候便任由他吴三桂摆布了。他还能落下个救大明朝于危难中的英名……识时务者为俊杰。他舅舅祖大寿当年正是这么教诲他的，他吴三桂谨遵教诲。

他想到这儿,突然心里冒出个念头,这么做算不得忤逆吧?忤逆?从古至今,谁能定论?和江山社稷相比,几百个几千个人的命又算得了什么?他救不了京城和朱由检,可他救得了天下。这几年和多尔衮玩的危险游戏,难道都是白费力气吗?

十四贝勒爷的确是头狡猾的野兽,他单独和李自成较量,恐怕有心无力,就想借助东军……要是双方联合起来,他们在数量上远远超出大顺,再加上女真精锐骑兵不可小觑,灭了那帮暴民应该十拿九稳。可这以后呢,会发生什么?不想这么多了,眼下是救出父亲要紧!

此时一个满头大汗的送信的冲进他的屋子:

"总兵,一队人马正朝着要塞过来!"

吴三桂猛地站起身,穿上盔甲护身:"有多少人?"

"近两万。"

"打的什么旗号?"

报信的比画着双手:"黄色的旗子上写着大顺……"

吴三桂哈哈大笑起来:"好吧,是时候给他们点儿颜色看看,让他们尝尝咱们的厉害!吹号下令,命各个将领全力备战,准备进攻!"

京城。紫禁城前殿。

李自成握紧了拳头,满腔愤怒!

他眼前站着三十二个士兵,浑身是血,身上的盔甲破破烂烂,一脸筋疲力尽。他派去山海关的将近两万人马,回来的只有这三十二人。据目击者称,吴三桂的人突然发动袭击,根本没打算抓活的。这三十几人算是侥幸死里逃生,还是像李过说的那样,故意放了他们来给李自成一个警示?

大顺皇帝李自成的想法是,这是公开挑衅……

他盯着这些士兵好久,然后对刘宗敏点头说道:"去让他们好生歇息,给他们疗伤。他们并无什么过错,我小看了吴三桂……对了,你说过,我们的人抓住了吴三桂家人?去,把他父亲带来,要是没记错的话,他还是个武将。让他去劝服自己的儿子,早早归顺于我。"

李自成说完撩起黄袍下摆,以轻快的步伐离开了前殿。

他在自己的寝殿终于可以松一口气,摘下皇帝的面具……他一头倒在巨大的龙床上,一动不动,连脱下黄袍的力气都消耗殆尽……高氏灵巧的手一点点解开他袍子上的纽扣。

她轻轻揉着李自成的手臂、肩膀,他浑身僵硬……一瞬间高氏甚至觉得李自成不是从前殿议事回来,而是刚结束了一场可怕的厮杀。他身上每一块肌肉都绷得紧紧的,但血管还在跳动着。

高氏用手指拂过李自成脸上的黑色眼罩,轻声问道:"皇上,何事如此烦心?"

李自成只是含含糊糊回答了几句。高氏苦笑着说:"自古帝王将相难啊!军队统领做的是吃力不讨好的事儿,更何况一国之君,并非常人所能及……"

李自成睁开一只眼睛盯着高氏。

"没错。"她接着说,"你身边尽是些来索求的人,每个人各有各的打算……一国之君便如同天下百姓之父母,饥饿贪婪的孩子们可不知满足!"

"娘子,你所说有理!"李自成用疲惫的声音低语道,"想当初,日日盼为帝王,如今真当上了皇帝,大功告成,但前面竟然漆黑一片……"

高氏这时终于帮李自成脱下龙袍,给他送来一盆带着香味的清水和手巾。她顺口提了一句:"对了,按照宫里的规矩,这些应该由宫女服侍,不过好像她们在街上被一些士兵杀了……"

李自成愣住了。

"整个京城都在大肆屠杀,至少人们这么传的。我今日确实未在宫里见到太监、宫女,要么他们被杀了,要么就是不敢上街……"高氏说。

"大肆屠杀?"李自成一只手撑着立起身子,"百姓们还说什么?"

高氏坐在他身边,将手掌轻轻放在他额头上。

"说什么的都有。前些时候京城纪律严明,百姓们对你深信不疑,爱戴有加。而现在呢,手下那些士兵们肆意烧杀奸掠,无论是良家妇女、贵族女子还是那些青楼出身,他们都……兽欲发泄之后不少人杀死女子,摘下金银珠宝……百姓们有苦说不出,大伙儿甚至盼着吴三桂的人来救他们……"

李自成听了此话,一下子从床榻上跃起,拼命拉着铃铛,宫殿内立刻响起悠扬的钟声。一个侍卫立刻冲进寝殿,他嘴里似乎还在咀嚼着什么东西。侍卫一进门便跪在李自成面前:"皇上有何吩咐?"

李自成随后披上一件还是当年在军帐里穿的袍子,戴上皇冠,大吼一声:"马上,让李过来见我!"

话音刚落,侍卫便消失在寝殿门后,一会儿李过便出现在他面前。看李过衣冠不整的样子,他今晚是想莺歌燕舞逍遥一番的,李自成叫的不是时候。

"皇上,有何吩咐?"他说话时还不停地摆弄着衣衫。

李自成用嘲讽的眼神盯着侄子:"你看起来像一只刚偷完腥

—301—

满嘴鸡毛的狐狸!"

李过一脸尴尬的表情。

"京城像你这样的狐狸还有多少?"李自成严厉地问。李过听出皇帝口气里并无善意,紧张地回答道:"皇上,臣不知……臣打算和内人还有几个女伴消遣消遣,她们答应告诉臣皇宫里一些人的趣事……臣以为皇上您也不妨听听……"

高氏听了笑出声来,而李自成更是大笑起来。李过此刻惊恐地发现,这个他自幼熟悉的叔叔似乎变了个人,变得无情、霸气、冷酷。

"行了,行了,不管你的事儿了。你告诉我,为何我们的人在京城四处烧杀奸掠,公然违抗我令?"李过摊了摊手说:"皇上……这个,有什么办法能管住他们呢?我们的将士们长年累月征战不休,都没过上好日子。还有,那些不守规矩的基本上都是半路加入进咱们队伍的……还没来得及管束好他们……皇上勿急,过不了几天,事态便会好转。"

"可这样一来,大顺也会丧失民心的!"

"百姓们确实等着北边吴三桂的队伍来救他们。"李过断然说道,"等他们来,我们将其一举击败,到时候看谁笑到最后。可是,皇上,实话说,京城里的人也都是墙头草。当时我们的人打过来,他们杀死使者,不愿和平归顺,现在也让他们自讨苦吃。皇上,谁对您来说更有价值?是京城懦弱匹夫,还是京城外天下百姓,他们可是对您尊崇有加啊!您要保谁弃谁,请三思!"

李自成狠狠看了一眼李过,然后咆哮着喊道:"你说那帮人翘首企盼吴三桂?等着瞧!他要么归顺于我,要么被我碾碎!反正京城里的人甭想等到他来!给你两天时间,派两队,各两万精兵北上。先不急着进攻,试探一下再说。我倒要看看吴三桂这个两面派做何反应。我们手里有他父亲和家里人。明日就让他父亲写下书信劝降。要是他答应了我们的条件,那再好不过,暂且是同道人。要是不答应,你们便把他和他的人碾成灰!"

他转过身去,望着窗外又一个春日景色,道路上已无积水,他的军队便可畅通无阻地向北前行。李自成合上帘子,转身面对高氏和李过说:"等解决了吴三桂那边,便立马严惩在京城为非作歹的那些人……好了,你们都退下吧,让朕独自静静。"

北方某地。多尔衮军营。

多尔衮听完山海关要塞来报信的人的消息,火冒三丈。这个狗娘养的吴三桂,竟然归顺于那个草民皇帝!谁会料到还有这一出?区区两万农民军到达要塞,吴三桂就举手投降了!

就算李自成抓了吴襄,又如何?不是应该以天下大事为重吗?他多尔衮给了吴三桂荣耀、金钱、权力,只要他助其一臂之力……真是个傻瓜!

"等等,你说山海关处要来第二批李自成的人?"多尔衮忽然问道。手下将领们聚集在他周围,用疑惑的眼神盯着他。他们认为趁李自成援兵未到,有必要立刻派兵攻打山海关要塞。那个从山海关一路颠簸来的报信的也不住地点头。多尔衮则哈哈大笑……手下将领个个沉默着,他们知道,这个看上去慈眉善目、整天笑脸的贝勒爷实际上阴险狡诈、心狠手辣。他这么大笑,说明他心里边早就有打算如何对付吴三桂!的确如此。多尔衮终于止住笑声,他站起身,用奢华的长袍袖口擦了擦脸上的汗,摇摇头说:"这个可恶的家伙……你说吴三桂还不知有

第二批人马来攻打他？"

"王爷，正是。"信使气喘吁吁地回答，"吴三桂带着人马撤出山海关，向西退了几十里，把要塞拱手让给由唐彤率领的大顺军。"

"妙！"多尔衮掩饰不住内心的欢喜，使劲搓了搓手，"告诉他李自成派第二批人马的事儿，且说那队人马将从后边突袭。我倒要看看他做何反应。"

京城。皇宫。

唐彤和白观恩率领的两队人马被击败的消息传到了大顺皇帝李自成的耳朵里，这让李自成恼羞成怒。前一天他刚处决了五百个崇祯帝的大小官员。朱由检手下的一些亲信也受到惩处，重则处死……此时崇祯帝的五千名贴身侍卫跪在李自成面前，听候大顺皇帝处置。李自成身坐宫殿广场中央高高的台子上，听着从北方传来的噩耗，脸上毫无表情。最后他不动声色地问了一句："唐彤告诉吴三桂他老父亲在我们手上为质了吗？"

"皇上，正是……起初吴三桂答应了条件，还让出了要塞。可不知为何，他突然袭击了白观恩率领的第二批人马，速战速决。随后又返回山海关，唐彤根本毫无准备就被吴三桂的人击溃了……他要求大顺将明朝皇长子送到他那边。否则，他威胁说要进军京城！"

"他……竟敢要挟？"李自成只是扬了扬眉梢。站在一旁的心腹们不由得向后退了退，大顺皇帝的神态让他们畏惧。李自成和原先不同了，要是以前他听到什么坏消息，准会大发脾气，大吼大叫。不过如今他总是摆出天子的威严，任何情形下都不动声色。只是微微显露出不满的神色。可就是这个细微的动作，足够让周围人觉得恐惧,皇帝到底内心在想些什么?眼下李自成扬了扬眉毛,平静地问:"你是不是还向朕隐瞒了什么?照实说来,可不许有任何隐瞒……"

那个送信的士兵双手颤抖着,从怀里掏出一块皱巴巴绢布卷轴,是用白色丝带绑着。上面用吴三桂总兵的私人印章盖封过。李自成接过卷轴,打开一看……他脸上一瞬间闪现出惊讶的表情,不过很快便恢复到原先冷酷的神色,"从何得来?"

"我们的人在山海关附近截住了吴三桂的秘密信使。"

"这到底是什么?"李过从一旁走到大顺皇帝身边,瞧了瞧那个卷轴,"竟然是!他真的情愿这么做?"

"看来他已下决心?"李自成说话声还是那么轻,"既然他写信乞求父亲宽恕,置父亲生死于不顾,那么他是决意不归顺了。朕也就别无他路。"

李自成此刻稍稍抬高了嗓门,宣告众人:"这些前朝侍卫……"他朝底下跪着的侍卫挥了挥手说,"拉到城外砍头处死。此为朕意。"

人群中顿时发出一阵令人窒息的叹息声。士兵们立刻冲上去抓住前朝侍卫绑在背后的手,将他们拖了出去。

"吴三桂犯忤逆罪,罪该万死,灭九族,所有财物纳入国库……你们去速速备战。即日攻打山海关。铲除吴三桂这颗毒瘤,事不宜迟……对了,张献忠如何回复朕的?"

"他说此次协同我们……不过不保证以后他站在我们这边。"

"你们认为张献忠可信吗?"

李过不敢直视李自成,他将心中的疑惑隐藏了起来。

大顺皇帝站起身,没有朝任何人望一眼便缓缓走下台阶。

这次又会有多少流血死亡……李过脑子里闪了一个念头,

可并没有敢出声。

  他也明白，李自成走到这一步，也别无他途。要是不彻底击溃吴三桂，恐怕乱世会一直延续下去。李自成此刻也心绪烦乱。忽然一个孩童的嬉戏声引起了他的注意。他朝那帮在路旁玩耍的孩子们望了一眼，眼前的一幕让他心里边突然感到一阵剧痛。只见孩子们脚下，一只伤痕累累的鹰正在拼命挣扎。李自成举目直视天空，深深吸了一口气。究竟天意如何？他李自成还会如同以前那般幸运吗？

  北方某地。多尔衮军营。

  "吴总兵，这我就不明白了。"多尔衮嗓音甜如蜜，可眼睛里闪的却是冰冷如铁的光，"你似乎并不乐意和我商量……山海关要塞拱手让给唐彤的人，后来又自己夺回去。可眼下四十万大顺军队紧逼山海关，你又想起我这个小王爷来了……也就是说你决意投靠清兵了？"

  "王爷！"吴三桂脸上尽是尘土灰泥，甚至都看不清他究竟是何表情，不过语气倒是出奇地平静，"我与我的人好不容易突围，就赶紧来投奔王爷您，除了您再也无人能救山海关……山海关事小，可这关乎江山归属！李自成现下饱受南方明朝残余军队困扰，不敢削弱京城驻军。所以只是四十万人马来攻山海关。在下以为，我们应联合抗大顺的那帮强盗土匪……我在京城的家族被灭……我和李自成有不共戴天之仇，定报仇雪恨！"

  多尔衮皱起眉头说："当初要是你马上按我的意思办，就不会有杀父灭族之事了，且咱们早就在京城共享战果。"

  吴三桂低下头……多尔衮见他如此也就没再多说什么，转移话题直接谈正事：

"现在你只有一条路,投靠我大清。之后再看下一步行事。如何?"

吴三桂紧咬牙关,单膝跪地:

"在下听从王爷安排。"

西军。张献忠军营。

"咱们要去支援那个冒牌皇帝吗?"一个年迈的将领激动地拍着桌子。

张献忠得意地笑了笑:

"皇帝?我倒要看看那个姓李的到底能撑多久……"

西军统领和手下对视了一眼,心照不宣地奸笑一声。

山海关要塞周围。李自成军营。

"也就是说,吴三桂决意和清兵联合了。"

李自成远远望着山海关,似乎自言自语道。山海关大门列出阵列,摆成战局。士兵们胸口系着三条白布,"这是何意?"

刘兴赶紧解释道:"吴三桂宣布效忠女真,他杀白马、斩黑牛,祭天拜地。请求上天祈福。然后他割断了战袍,以示他从此不为明朝将领。吴三桂还折断箭头,打破了效忠明朝的誓约。"

"唉,什么效忠?就这么轻而易举地被打破!"李自成嘟囔着,"那些白布条到底何意?"

"据说,按照满人习俗,所有士兵须剃胡须,留辫子,可哪儿来那么多理发的。所以吴三桂决定暂且用这个法子替代。'三'便是取他名字里的'三',白色示意他悼念明朝将逝之情。"

"你说他悼念明朝将逝?"李自成强压怒火说道,"他甚至都不在乎我手里有几个明朝皇子!你把皇长子带来,让他一起

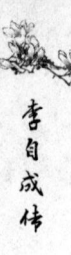

和我看看明朝最后一个将领的下场，朕在苗岗上观战。"

他快马加鞭，朝那个山岗疾驰而去。身后跟着几十个贴身侍卫。

甲申年巳月十九日（1644年5月26日）双军交战。李自成自然是全力以赴。他的人比吴三桂的多出三倍。可他哪里知道，狡猾的多尔衮在一旁，并不急着派出他的铁骑精兵，他只是静静等候李吴双方厮杀。

交战中途，吴三桂意识到，他已经无力支撑下去。的确，他手握精兵十五万，可在李自成庞大的军队面前，哪里还是对手？加上长年累月独处山海关，对中原作战的那些战术也并不熟悉了。

他派出使者去请多尔衮增援，可对方并无反应。他将所有希望寄于夜晚的到来，期盼漫长难熬的一天结束，暂停交战，可以稍稍喘息。

战斗一直持续到傍晚，太阳缓缓落山，地平线上投射过来的一丝霞光将沙场上映照得猩红一片。双方筋疲力尽，各自回到营地，休整后准备明日再战。李自成和吴三桂都希望明日见分晓，赢者为王，权力、荣誉、金钱，一切将会应有尽有……

李自成几乎坚信他有着绝对优势。更何况他身后还站着张献忠的人马。吴三桂已经元气大伤，而左翼张献忠的西军要是再乘胜出击，那便有十成的把握。吴三桂发现来自后方的威胁时，为时已晚。他的人已经被围住。李自成的私人卫队此刻正准备就绪，一发号令便全力进攻。

正在此刻，从群山远处传来震耳的响声，整个山岗似乎都在颤动……所有将士都扭过头望向东边，那里尘土飞扬，一时间看不清到底是什么。过了许久，才看清原来是多尔衮的铁骑飞奔而来，浩浩荡荡的精锐骑兵从大顺军队侧翼突袭过来，一路斩杀李自成的士兵。大顺步兵有些抵挡不住，开始后撤。

李过这时候回头看着张献忠。张献忠的军队纹丝不动，如同石雕一般矗立着。他紧握拳头，怒气冲冲地朝张献忠喊：

"你这是怎么了？要等多久你才下令进攻？"

可张献忠好像根本没有听到他说的话，转身示意队伍撤退。一切皆已明朗，张献忠反水了。李过狠狠抽了一鞭子，快马奔向李自成那儿。大顺军队已无支援，只能孤身作战。

多尔衮在山海关要塞附近观战，看他的人是如何大胜李自成的。随即他对手下说："我们的人已经完胜了？"

"据说战场上躺满了农民起义军的尸体，不计其数……那个恶鬼李自成只得撤退，逃回京城方向，而吴三桂的人一路追击……"

多尔衮一脸严肃地紧皱眉头，手下继续说道："王爷，李贼觉察大事不妙，便将两个明朝皇子送到吴三桂那里……"

"竟有此事？"多尔衮惊讶地说，"我现在终于明白，那个两面派吴三桂和冒牌皇帝谈了些什么条件。他痴心梦想，想掌控明朝太子……好吧，既然他爱耍鬼把戏，那我也让他瞧瞧谁是真正的高手……"

"那现在怎么处置吴三桂？"

"先不去管他！"多尔衮哈哈大笑，"留他还有何用，让他出头替我们去办事。向吴三桂传我的令，暂且不攻京城，在城墙外扎营，等候我前往。我们要让京城的人觉得我们并非入侵，而是去救他们。你记住，不走大门……"多尔衮重重地拍打了手下的肩膀说。

一切都按照多尔衮的计划进行着。

京城。

已月最后一日（6月4日）大顺军队被迫离开京城。他们离开时，京城道路两旁冷冷清清，没有一个百姓出来。众多百姓在混乱中身亡，其余的也对大顺只有不满甚至痛恨。他们亲历了屠杀、暴乱、丧亲之痛。京城里现在正等着吴三桂的人来解救。加上吴三桂到处派人传话说他们将把明朝皇太子带入京城登基，是为行天道也。可人们不明白的是，为何吴三桂的人马驻扎在京城外，而不急着攻城，让李自成他们顺利离开？

李自成坐在马背上，穿着简朴的服装。其余大多数乌合之众则见风使舵，一看形势不妙便立刻逃离，接着等待事态的发展，见风使舵该投靠哪一边。李自成只当了四十二天的大顺皇帝。在这短短的时间内，他并没有享受到什么当皇帝的乐趣，反而树敌更多。可李自成办了一件大事，天下已然不同以往。大明朝持续了近三百余年，人们觉得它似乎永不灭，就像坚不可摧的山峦、日夜奔流的江河，从未有人怀疑过。

可正是李自成，一个农民的儿子，打破了这个不朽的神话，打开紫禁城门，颠覆大明朝。那么如今天下又会落入谁手？天知道……

与此同时，当吴三桂在营地中等候新君令时，多尔衮的人则偷偷潜入京城。不动一刀一枪，也不伤及百姓，多尔衮率领八旗军占领了紫禁城，并假装是当地军队，悬挂上白色旗帜，假装为崇祯发丧，以表对大明的哀悼之情。甚至连前朝官员们都没有注意到，掌握天下的是女真人，只是他们满族席地而坐的习俗让其露了馅。

次日多尔衮便更换了城墙上所有的守卫士兵。京城的人此刻才明白紫禁城被满人所占，可一切已无法挽回。出人意料的是，多尔衮竟没有坐上龙椅。他任命前朝官员各就其职，并宣称皇帝将即日抵京。同时令吴三桂将皇太子转交予他。京城出现了越来越多的八旗兵。等实力足够时，多尔衮令百姓按满族习俗削发留辫，穿戴满人服饰，就这样多尔衮彻底征服了京城。

李自成则带着人一路向西撤离。他试图抗击女真，不过实在是由于力量悬殊屡屡失败。李自成自己也身受重伤，不得不在亲信的掩护下逃离。不少部下见此情形，觉得李自成大势已去，便纷纷反水倒向清军，留下来的将领们也相互不和，纷争不断。李自成决定回西安立足。

这一年冬季平安无战事。李自成在西安休养生息，聚集残余力量。高氏建议他收朱由检第三子为养子，李自成答应了。毕竟孩童无辜……

可这平静的一切并没有持续多久。酉年卯月初（1645年3月初）庞大的清军与吴三桂的人一起突然进攻潼关一带，双方交战激烈，甚是残酷，最后李自成的军队被彻底击垮！李自成身负重伤，并且失去了几乎所有的精干将领，他不得不委托李过掩护，将高氏和子女们送往陕北野兽谷避难，而自己率残余军队撤离西安，以免西安城百姓遭殃。他们向南前行，前往汉水一带。

在此期间又有不少手下因为惧怕清军实力，离开了李自成的队伍。识时务者为俊杰，说不定多尔衮的天下更为太平昌盛呢？

李自成带一小队人独自越过长江，避开追击，可又遭到南明王朝的军队袭击……他只能一路向南到了湖北……最后，李自成明白已经无法摆脱敌军追击，于是他召集起所有多年来一直忠心跟随他的手下,说:"我不勉强留你们,天下没有不散的宴席……等各自东山再起,再重逢,要么就来世再相见。大家别怪我,我也是尽力了。你们另寻出路吧,或许你们当中有的人前程还很远大……"

说完他把从紫禁城得到的皇冠放在深色桌案上。然后站起身来,一把拿起剑,披上斗篷走出军帐,在春日寒冷的微风中远去。

没有一个人阻拦,也没有一个人来送行。

大家都明白,就在此地,九宫山,这颗闪耀一时的将星坠落了。

陕北太华山。

一个身穿破旧雨衣的人缓缓走在山路上。此人看上去如同货商,不过他身边并没有携带什么货物。此人看上去像个货商,或是僧人,不过他既没有携带货物,手上也未执锡杖。他腰间挂着一把最普通不过的木剑。

这个男人脸上左眼蒙着一块布条,遮住了很久以前伤口的疤痕,他的另一只眼睛则敏锐地扫视着周围,突然他注意到灌木丛中有动静。

从灌木丛中几乎一瞬间蹦出来四个人,其中两个人手拿锯齿刃刀剑,这可是少见的兵器。

他们恶狠狠地看着眼前的人,而此人笑了一声,拉了拉斗篷,让这几个绿林见识到他腰间佩带的剑。这一招果然管用,几个土匪不由得向后退缩了一下。可过了一会儿,其中一个大个子走近几步,沉重的刀剑在他手里看上去仿佛是一根细牙签,他粗鲁地笑着说:"弟兄们,瞧瞧,老天开眼,看老天爷把谁送到咱们这儿了？"

土匪们互相递了个眼色。瞅瞅眼前的人，又朝大个子看看，还是不明白其中奥妙。大个子盯着过路人，用嘲笑的语气说道："你这个混蛋，不认得我了？只剩下一只眼睛，就看不清了？你这个畜生，我来告诉你吧！"

他举起刀剑，直抵着过路人的胸口。而过路人低声问："好汉，难道我们相识？"

"老相识了！"大个子狂笑起来，"许久以前的事儿了。当时你并非一人，还有个持手杖的老头子……"

过路人似乎此刻沉浸于自己的思绪中，脸上掠过一丝微笑，点点头……

"的确，是许久以前的事儿了。"

"没错，一晃二十多年过去了！"大个子说话语气中满是恶意，"那个老头子杀了我们的头儿何利伟……"

过路人回忆片刻后，脸竟然变得狰狞可怕，特别是那左眼的黑布条，让土匪们胆战心惊……

他飞快地拔出自己的剑，向大个子迈出一步："要是你决意和我算账，那今日就做个了断！"

他眼角余光瞧见左侧一个土匪向他攻击过来，他一转身，刀剑轻盈地划过空中，刺入那个土匪一侧腰部，这个小个子强盗立刻跪在地上，痛苦地捂住伤口，手中的棒槌落地。过路人又飞快地转到一边，锋利的刀刃一下子割破了第二个手持木棍土匪的喉咙处，顿时鲜血四溅，第二个强盗也倒地身亡。

大个子强盗没料到，眼前这个独眼行者竟然这么轻松便解决了两个手下的人。现在他们只剩下两人对付这个武功高强的剑客，情况不妙！大个子赶紧往灌木丛里逃去，过路人紧追不舍，向他投出了宝剑。或许是过路人精力耗尽，或许是小看了那两个土匪，他投出的剑并没有击中对方，而大个子强盗此时回转，一刀刺入他左侧肋骨。

他单膝跪地，强忍着痛，从伤口拔出刀。此时强盗举着刀向他冲过来。

在这千钧一发之际，过路人以出人意料的敏捷动作翻了个身，向右侧翻转过去，刀只砍到了草地。

大个子还没明白过来是怎么回事，便被过路人的剑刺穿小腹，刀刃直刺到肺部……他嘴角边立即涌出鲜血，眼睛里则满是不解与惊恐……过了一会儿便去见了阎王爷。

路人不是别人，正是败落的李自成。他心情沉重地站起身来，向那几个强盗走过去，确信他们都断了气，这才沿着小路慢慢向前走。可渐渐地，他越来越觉得没有力气，他一路连滚带爬到了小山沟里一条潺潺流动的小溪边，在痛苦中失去了知觉。

他并没有注意到，这时灌木丛中一只老虎正盯着自己……

李自成即将离开人世。他侧躺在小溪边，双手紧紧按住衣衫下几乎难以发现的伤口。在他身旁湿润的沙滩上，横放着他心爱的宝剑。他一只眼看到那只黄色黑条纹的老虎……突然，这个曾经的大顺皇帝笑道："恐怕是老对手'黄虎'张献忠来送我最后一程吧……可张献忠哪有这只老虎那么诚实坦荡？"

李自成向小溪旁靠了靠身子，他的嘴唇因为缺水而干裂开，一碰到溪水，他便大口地喝着……此时他向老虎瞥了一眼。野兽一直盯着他，然后咆哮一声，后退至灌木丛中。

李自成心知肚明，阎王爷只是暂时放了他一马，可马上就会来收他。他叹了一口气，心里边竟然有一种说不出的解脱感。

和这么多年心里的伤痛相比,这个剑伤算得了什么呢?他知道剩下的时间不多了,老天有眼,让他在这个风景如画的地方度过最后的时刻……

他脑海里尽想着再次与高氏团聚,和师父罗阳谈天说地,与李过叙叙家常,还有那个总是有些害羞的诗人李彦……离他们只有几十里路之遥。听,壶口瀑布的响声,家乡也就在不远处了……

可李自成再也见不到亲人好友。他意识渐渐模糊。李自成闭上双眼,试图勾勒出一个美好、明亮的却早已被遗忘的离别景象,家中炉膛的温暖,母亲玉米饼的味道或是心爱的妻子的爱抚……可他怎么也回忆不起这些,脑海中尽是战争、酷刑、战友或敌人的哀号组合起来的混乱画面。

他小心翼翼地从衣衫里拿出一本破旧的带血迹的卷轴,紧紧地握在手里。这是崇祯帝的血书。难道他的命运和朱由检的命运相似?他们俩都曾经梦想天下昌盛和平,为此也算呕心沥血,可皆遭受背叛遗弃。天下大乱,崇祯帝难道真的有过错?或者这只是老天爷的安排,一切都是命中注定?

他摇摇头,想摆脱这些血腥回忆,尽力尝试着在生命最后时刻匆匆捕捉波光粼粼的清澈泉水,它如同时间大河一般急速奔流。然而夕阳的闪烁光辉将透明的河水也染成了血红色。李自成叹了口气,又轻轻合上双眼。一个梦境向他走来……从遥远的童年开始的古老梦幻……

梦中的一切都是那么轻松愉快,明亮的天空,绵延的山脉,母亲身穿刚洗净的浅色衣裳,双手因不断劳作而长满老茧,她将双手浸入银灿灿的河水中。

他回头看着他的母亲,高兴地笑着……但他的笑声渐渐消失了，只见身后是一个死亡沙漠，村庄化为灰烬……他低头看着他的脚下，看到猩红色的水膨胀起来，而他手里闪闪发光的剑刃上滴落着几乎凝固起的血……

　　李自成抬起头来，深吸一口气……他是个真正的武将，死也要死得尊严体面。最后几年死亡总是擦肩而过，终于是时候歇息了。一切终有尽头。

　　回顾一生，他也知足了。一个农民的儿子，成为武将、统领，甚至当过大顺皇帝！爱与被爱，恨与被恨，人世间百味皆已尝遍，此生无憾……

　　李自成拔出利剑，高举头顶，直指上天，然后紧闭双眼，身躯慢慢陷入深红色的河水中……

尾 声

罗阳坐在家门口的长凳子上,这几年他养成了个习惯,就是傍晚时分聚集起附近的孩子们听他讲故事,他一生的游历,三军之战,还有那颗耀眼的将星李自成的坎坷经历。

秋日里温暖的阳光照射着大地,夜晚尚有余热,所以孩子们许久就聚拢在他身边,饶有兴致地听着许多年前发生的一切。

他们屏住呼吸,目不转睛地盯着罗阳,听他讲述当年高迎祥南征的伟绩,后来起义军是如何进军京城的,大顺皇帝李自成的功业,两面派吴三桂的种种行径,还有满人入中原,诡计多端的多尔衮最后怎样掌权,等等。

今天老人答应孩子们要讲的故事是李自成的队伍被彻底击垮后所有的在这篇浩瀚史诗中的关键人物的命运。

罗阳慢悠悠地点燃了他的烟斗,等孩子们叽叽喳喳的喧闹声渐渐消隐后,他开始不紧不慢地说道:

"李自成的队伍离开京城后,吴三桂率人进京,这帮人可算得上是'叛军'……他吴三桂还天真地以为能助明朝皇子登基,自己摄政……可事实根本不如他愿!多尔衮早就占领京城独霸紫禁城,吴三桂一到京城,多尔衮就要求他交出皇子,吴三桂不得不答应了,保命要紧。可以说吴三桂再次背叛了明朝。皇太子立刻被囚禁于大牢里,后来便再也没了关于皇太子的消息。满人将那棵崇祯帝上吊的歪脖树圈起来加以保护,作为明朝覆灭的象征以示众人。至于吴三桂本人,多尔衮说到做到,基本实现了当初承诺的条件。秋季,年幼的顺治帝进京登基,清定都北京后,册封吴三桂为平西王,授藩王之后,吴三桂乞师打击李自成队伍,还和明朝残余势力保持着一定的联系。他和南明一同西征为清朝扩张领土。吴三桂甚至开藩设府,坐镇云南,权力和声势都达到顶点。不过晚年他与清朝矛盾却开始激化起来,他起兵造反,最后在衡州称王,只做了五个多月皇帝,却焦虑过重,出血而亡……他死后世人对其评价颇有争议,是奸臣逆臣,还是识时务之英雄,孰是孰非,难断也。"

"那张献忠呢,他后来怎么样了?"一个脸上脏兮兮的小男孩插话问道。

罗阳有些伤感地笑了笑:"顺治元年张献忠在成都建立大西朝,设置左右丞相、六部尚书等文武官员。不过对前明朝众多官员来说,他张献忠只是个土匪……当年他拒绝助李自成一臂之力,现如今也轮到自己吃苦头了。顺治三年,清军攻占汉中,直逼大西都城。他不得不北上到陕西。在此他与李过的人马狭路相逢。张献忠只好再次逃亡。原大西军将领刘进忠叛变后,清军以刘进忠为向导,带领清军进入川北。张献忠的人惨遭失败,他本人最后中箭身亡。清军'求得发而斩之,枭其首于成都'。而他的残余很长一段时间抗击清军,最终也被打散了……"

"说到高氏,还有其他人……"老人笑了起来。

"高氏在离野兽谷不远处找到了李自成的尸首,正是在那儿他与强盗们相遇被杀害。她偷偷埋葬了李自成,只有最亲近的几个人知晓坟地在何处。随后她和养子明朝皇子一起消失得无影无踪……他们到底在哪儿?只有老天爷知道……还有我和你们，孩子们……"

罗阳说完转身看着向他走来的宝簪。他会心地向娘子微笑着。

她慢慢走来，依偎在罗阳身边，仿佛根本没有注意到孩子们好奇的目光……

"我们一直住在这儿，野兽谷……不过很快我也会离开人世，随之消逝的还有我一肚子的故事……"

"天凉了，老爷，进屋吧！"宝簪用温柔的双臂搂住老人的肩膀，罗阳则温顺地低了低头。突然他抬起头向西望了一眼，只见红彤彤的太阳正渐渐落山，而远方迅速变暗的天空中似乎闪过一颗流星，似那颗传奇的将星，但这只不过是天边的云际。

罗阳在一瞬间，仿佛看到一个截然不同的天下，没有满人铁骑，没有剃发留辫、盘腿坐地之习俗。

他满眼尽是明朝最后的风风雨雨，还有大顺短暂而辉煌的历程……这一切一去永不复返。

在心爱的宝簪搀扶下，罗阳缓缓走入屋中。孩子们用崇敬的眼神目送其背影。这是历史的背影。

尾声